金匠小農女 3 完

文創風 1133

藍爛 著

目錄

第五十二章

「什麼？我們每個月還要給朝廷免費提供兩千刀玉扣紙？簡氏一族怎麼沒有這條要求？」一大早興奮地等著朝廷把製紙法子送過來的鄭宣財看到這條協議時，皺起了眉。

一個月給朝廷提供兩千刀紙，完成不了，要賠償收購價十倍的金額，也就是四萬兩，簡氏的人是傻了嗎？自己都把玉扣紙的法子獻給朝廷了，還要簽訂這樣不利的條款？

「有，不過聖上念在簡氏一族把造紙法子獻給朝廷的分上，免了他們三個月的分例。」過來辦理事務的戶部員外郎章丘說道。

「這些合約是簡氏一族之前簽的，我們沒有必要履行吧？」鄭宣財拒絕，這條約與他們何干？每個月要給朝廷免費提供兩千刀玉扣紙，代表他們一個月要少賺二萬兩，他才不會這麼傻，把這蠢條款繼承過來。

「這條款是與玉扣紙製作權一同轉讓，轉讓協議上明寫的。從大人沒有告訴你嗎？哦，從大人沒有經手過玉扣紙的事，所以不是很清楚有這麼一條協議。是這樣的，當初簡家把玉扣紙獻給朝廷是有要求的，他們要求以後如果玉扣紙的製作權轉讓出去，條款必須一併轉讓，這也算為朝廷做好事。這一點，聖上感念簡氏一族心懷朝廷，同意了。所以鄭掌櫃，協議現在已經轉讓到你名下了，所以你必須履行它的要求。再說了，簡氏一族把玉扣紙獻給了朝廷，那玉扣紙的法子就是朝廷的了，你拿了朝廷的法子總不能什麼都不給朝廷吧？哪有這麼好的事？」章丘義正辭嚴說道。

「可是一個月兩千刀的紙太多了吧？」這樣一算，按照玉扣紙現在的賣價，一刀十兩，兩千刀就是二萬兩，相當於他們每年都要花二十四萬兩跟朝廷購買造玉扣紙的法子，簡直是天價！

章丘聽他這麼說，臉上帶了疑惑。「簡氏一族是小族都不嫌多，鄭掌櫃嫌多？可據從大人所講，鄭氏乃造紙大族，可生產足夠的玉扣紙供大晉所用，兩千刀你們都拿不出嗎？難道從大人的話有假，你們鄭氏沒有生產足夠玉扣紙的能力？看來我得回去請聖上查明，是你鄭氏欺騙了從大人，還是從大人欺騙了聖上。不過不管是誰，這可都是欺君之罪，大罪啊！」

旁邊的田繼元聽他這麼說，立即笑呵呵道：「大人，鄭掌櫃和從大人怎敢欺君？不就是兩千刀紙嘛，鄭掌櫃拿得出。這協議，鄭掌櫃肯定會執行的。」

田繼元掃了鄭宣財一眼，鄭宣財立即說道：「對，剛剛小人說錯了。每個月給朝廷兩千刀紙是我們鄭氏應該的，應該的，絕對不多！大人，我們一定每個月準時交給朝廷。大人，玉扣紙的法子還請麻煩您交給小人。」雖然這麼說，但一想到每個月要少賺這麼多錢，鄭宣財的心在滴血。

他決定了，拿到玉扣紙的造紙法子後一定要盡快多找些人多造紙，把兩千刀紙補回來。

「行，那法子我就交給你了。鄭掌櫃，可要按條約執行啊。」章丘從袖中掏出一張紙，遞給了鄭宣財。

「一定，一定！」鄭宣財哈腰道，笑著送走了章丘，回來後臉色就不太好了。

一旁的田繼元臉上的笑容也沒了。「我們被簡秋栩坑了！」

鄭宣財咬著牙。「難怪簡氏不反對，原來在這裡給我們挖坑啊！真是天真，以為我鄭氏一族是他們簡氏小族嗎？每月兩千刀的紙我們還是拿得出的。」

鄭宣財嘲諷了幾聲，卻看到拿過法子看著的田繼元臉色遽變，頓時有了不好的預感。「怎麼了？這玉扣紙的法子有問題？」

「有問題，問題大了！」之前總是一副彌勒佛模樣的田繼元臉色都冷下來了。「這才是簡秋栩給我們挖的坑！」

鄭宣財慌張地搶過玉扣紙的法子，掃過一遍，臉色大變。「製作一張玉扣紙竟然要這麼長時間？泡竹子就要三個月？怎麼要花這麼長的時間，那豈不是我們三、四個月都拿不出紙給朝廷？」

鄭氏一族是造紙的，以他們的法子一個月就能造出紙，所以鄭宣財沒想過玉扣紙竟然要花這麼長的時間。

四個月不能給朝廷供紙，那他們就要賠給朝廷十幾二十萬兩，這萬萬不行。「剛剛那人肯定知道玉扣紙造紙的時間過長，不行，不能從現在開始算。」

鄭宣財跑了出去。章丘還沒走遠，他追了上去，急著說道：「玉扣紙第一步就要三個月，我鄭氏族人可否四個月後再給朝廷供紙？」

章丘搖頭。「那可不行，協議上注明這個月就要開始了。」

鄭宣財臉色難看。「這個月來不及了！」

「來不及我也沒有辦法，鄭掌櫃，一切都得按協議走。」

鄭宣財懇求道：「不能通融通融嗎？」

章丘搖頭。「無規矩不成方圓啊！鄭掌櫃，我建議你去找簡氏族人，說不定他們還有剩下的造紙材料。你們跟簡氏族人把材料買過來，現在就開始，怎麼都應該來得及。能幫的我只能幫你這麼多了，一切都得按協議來，鄭掌櫃，希望你不要違約。」

章丘沒有多說，告辭了。

沒能讓章丘更改協議時間，鄭宣財這回徹底急了，又匆匆跑回去找田繼元。「我們現在該怎麼辦？」

田繼元神色也不好。「怎麼辦？只能去找簡氏一族了！」

這個時候，田繼元有些後悔參與進來了。那簡秋栩根本就不是普通小姑娘，早就算計上那些眼饞玉扣紙的人了，而他們還生生往裡跳……他看了眼在酒樓裡醉生夢死，最近總是對他指手畫腳的少東家，神色更加不好了。要不是少東家，他早就避開這個坑了！

沒辦法，鄭宣財只能急急忙忙趕到萬祝村。他也知道主事的人是簡秋栩，於是直往簡家去，還沒到門口，就被簡sir給攔下了。

大堂嫂余星光拿著掃把跟著攔在院門外。「哦，原來是鄭掌櫃啊。鄭掌櫃不是已經拿到了玉扣紙的製作權了嗎，現在過來做什麼？我家可沒有什麼東西給你搶的了。」

「我是來找簡秋栩簡姑娘的，麻煩妳請她出來。」有求於人，鄭宣財自然不會說刻薄的話。

「我家小堂妹沒時間見你，你趕緊走吧！」余星光像揮蒼蠅一樣趕他。

「妳！」鄭宣財想發怒，又忍了下來。「我有事想要跟簡姑娘詳談。」

「談什麼談，小妹跟你沒什麼好談的，趕緊走吧，再不走我放狗咬你了！」余星光對鄭宣財可是厭惡得緊。

潑婦！鄭宣財內心暗罵，咬了咬牙忍下來。「你們之前造玉扣紙剩下的材料我鄭某出錢買了，妳讓簡姑娘出來，我跟她詳談。」

「詳談就不用了。」簡秋栩和簡方櫸扛著一棵紅松從外面回來。「我們簡氏一族乃奉公守法的百姓，從大人說我們不能造玉扣紙，我們自然不會再造了，所以剩下的材料都銷毀了。」

「銷毀？你們怎麼這麼快銷毀！」鄭宣財不信，覺得簡秋栩是貪婪，想要他多出錢。

「鄭掌櫃不信，可以自己去造紙廠看。造紙廠你也知道在哪裡，隨便看。」簡秋栩冷眼看了他一眼，懶得再跟他說話。

鄭宣財心頭有不好的預感，急急忙忙地跑到造紙廠。造紙廠裡面空空盪盪的，除了灶臺，什麼都沒有留下。

他臉色異常難看地趕回大興城。

「讓你們搶我們的玉扣紙，走著瞧吧！」簡方櫸朝著鄭宣財的背影呸了一聲。「解氣！」

簡秋栩看了一眼慌張遠去的鄭宣財，現在就急了，太早了！「大堂哥，紅松先放著，我們去族長那邊一趟。」

雖然不能造紙了，族人也沒有閒著，幫著簡樂為把錢都換回來了，今天打算按戶把錢分了。

簡氏一共五十五戶，每戶到手一千八百多兩。雖然心裡不甘玉扣紙的製作權轉讓了出去，但一下子分到這麼多錢，族人心裡還是很高興。

有了這一千八百多兩銀子，每一戶都能買上田，一個個臉上都發著光。

簡家人的想法也一樣，她爺爺打算讓她爹和大伯在附近買些地。地的事他們已經想了好幾個月了，不過附近都沒有好田地出售，出售的那些又貧瘠又偏，他們也看不上。

「大堂哥，我覺得我們家也可以建房子了。」相比起買地，簡秋栩更急著要建房子。雨季快到了，她不想到時候一腳一個泥巴，睡覺還一身泥濘。再說了，她想要有自己的空間。

之前只有他們家靠著香皂賺了錢，早早建房子並不是很好，現在族人都有了錢了，正是建房子的好時候。

「我也想住大房子！小妹，等爺爺回來，我們商量商量。」其實簡方櫸也想建新房子，不過他不好提，如果是小堂妹提，爺爺肯定答應。

「對了小妹，我們收起來的那些半成品怎麼辦？」造玉扣紙剩下的那些東西他們怎麼可能銷毀了，都搬到族長家和其他族人家裡藏起來了。

「放著吧。」如果她的試驗成功，說不定還有用。

「嘿嘿，鄭宣財這會兒急死了吧！」

鄭宣財可不急嘛！他急急忙忙地跑去太平樓。「沒了，簡家造紙的東西都沒了。我們至少要賠四個月！四個月，按賣家二兩一刀，我們要賠給朝廷十六萬！田掌櫃，你可得想想法子，不然我們錢都還沒賺到，就要往裡面折二十六萬兩了。」

鄭宣財現在心中後悔了，應該查清楚了玉扣紙的製作時間才謀取它的法子的；查清楚了，就不會被簡秋栩坑了。

現在說什麼都晚了，只能來找田繼元。

田繼元沒什麼好臉色，他能有什麼法子，只能再找從黎了。

從黎接到他的信，有些為難，不過這事他還是得幫忙，只能硬著頭皮找武德帝。

武德帝哼了一聲。「怎麼，前幾天你還信誓旦旦地說一定把事情辦好，這才幾天就出問題了？」

從黎垂首。「皇上，玉扣紙製作之前，竹子需要浸泡三個月，鄭氏一族人再多，一個月之內也無法拿出玉扣紙來。請皇上允許鄭氏一族把玉扣紙造出來後再一併把之前欠的補上來。」

武德帝看了他一眼。「既然如此，朕也不為難他們，就讓他們三個月後一起把玉扣紙補上來。」

從黎叩謝，出了宮立即讓人告知田繼元。

「真是多謝從大人！」等到協議延後履行的消息，鄭宣財慌張的心才放了下來。「田掌櫃，幸虧有你啊！」

「廢話不用多說，趕緊讓人砍竹子造紙去。」

「是，我這就回去讓他們砍竹子去。」

鄭宣財又趕回了族裡，讓族裡的長老幫忙安排族人砍竹。鄭氏原本就有幾個池塘，把竹子砍了直接丟進去浸泡就可以了。

鄭氏一族的長老接過鄭宣財手中的法子看了幾眼，看著看著，皺起了長滿皺紋的臉。「砍竹子？現在砍不得。上面的法子寫著用的是嫩毛竹，毛竹現在已經沒有嫩竹了，要等到十二月。」

「什麼嫩毛竹？不是毛竹嗎？」鄭宣財大喊一聲。明明上面只是寫著毛竹，什麼時候要用嫩毛竹了？他以為長老年紀大了，老眼昏花看錯了。

「就是嫩毛竹。你看，這裡明明寫著。」長老有些生氣地把寫著玉扣紙法子的紙拿到了他面前。「這裡！」

鄭宣財見他說得這麼確定，不好的預感又出來了。他搶過法子仔細一看，寫著「毛竹」上一行的最末尾處，淡淡地寫著一個「嫩」字，不仔細看，很容易就忽略。嫩毛竹……不！

「不，不一定要用嫩竹，普通的毛竹應該也可以的。」

長老搖頭。「你沒動手造過紙，這原料不一樣，造出來的紙品質就不一樣，既然上面寫著的是嫩毛竹，那一定就是用嫩毛竹了！」

「不可能，用毛竹肯定也能造出玉扣紙的。」鄭宣財這下又慌亂了起來。

「萬一造出來的紙不是玉扣紙，我們就犯了欺君之罪！這可不能胡來，只能等到十二月才能砍竹子了。」

十二月？那他還要再等差不多一年時間，一個月四萬，一年他就要賠四十八萬兩！完了，這下真完了！

鄭宣財徹底慌張起來了。不，肯定不一定只能用嫩竹，如果只用嫩竹，過了嫩竹的時期，他們簡氏一族也無法給朝廷每個月提供兩千刀紙，不是自取滅亡？

他臉色一陣青、一陣白，不死心，覺得簡秋栩肯定沒有把所有製作玉扣紙的法子獻給朝廷，手裡一定還有其他法子，於是又匆匆跑去找簡秋栩。

不過他像上次一樣，被簡sir擋在門外，出來的人是簡方櫸。

簡方櫸看到他，雙手抱胸，不耐煩地道：「你又來幹什麼？都說了之前造紙的東西沒有了，趕緊走！」

鄭宣財憤怒道：「你們獻給朝廷的玉扣紙法子是不是騙人的？製作玉扣紙不一定只能用嫩竹是不是？」

簡方櫸白了他一眼。「不相信，你可以試試用別的。」

「我就是不相信，如果只用嫩竹，你們肯定不敢簽下每個月給朝廷供兩千刀玉扣紙的協議。你們敢這麼簽，肯定還有其他製作玉扣紙的法子，麻煩把其他的造紙法子交出來。」

「沒有！有也不給！」

鄭宣財黑著臉。「你——你們這是欺君！你們根本就不算把玉扣紙的法子全都獻給朝廷，趕緊把所有的玉扣紙法子都交出來！」

簡秋栩走了出來。「鄭掌櫃，我們平民老百姓可不敢欺君，玉扣紙的法子就只有你手中的那個。而且誰說我們簽了協議，就得由我們給朝廷供紙了？接下來給朝廷供紙的不是鄭掌櫃嗎？」

此時此刻，鄭宣財終於意識到，他是徹徹底底被簡秋栩坑了！這個協議就是專門為他準備的！

「妳、妳——好！」鄭宣財氣得臉色發黑，知道多說無益，心裡慌亂又害怕，轉頭就往城裡跑。

「田掌櫃……」現在能指望的只有田繼元了。「田掌櫃，你讓從大人再幫幫忙，讓聖上同意我們延後一年再把玉扣紙補上去。明年三月前，我們是沒辦法把玉扣紙造出來了。簡秋栩太可惡！」

看著慌亂的鄭宣財，至此，田繼元才知道簡秋栩真正坑他們的地方是在哪裡了！他低估簡秋栩了，原以為她就是個小姑娘，沒想到她從一開始就給他們下了這麼大的一個套。他很後悔沒有把造紙法子調查清楚，可此刻想得再多也沒用了，太平樓已經身陷其中，想後悔脫身不管都不可能了。

為今之計，只能再找從黎幫忙了。

再接到田繼元的信，從黎的臉色有些黑了。他不明白，明明一件簡簡單單的轉讓協議，怎麼會變得如此複雜？他跟聖上保證一定把事情辦妥，現在卻問題一個接一個，這讓聖上如何看待他？

從黎心裡有些不安，但不得不再硬著頭皮求見武德帝。

武德帝冷哼一聲。「一件小事你都辦不好，看來是朕看錯人了。延期一年是不可能的！既然鄭氏一族不能如期履約，便按違約處理。章明德，去把劉清叫來，此事讓他處理。」

從黎一聽，知道田繼元讓他辦的事是不可能完成的了。違約處理，按大晉律法，朝廷會收回轉讓給鄭氏一族的玉扣紙製作權，同時鄭氏一族還要付一半的違約金，二十四萬兩。鄭宣財這一回是賠了夫人又折兵，只是不知道太平樓要搭上多少。

「沒事你就退下吧，此事你不用再管了。」

「是，臣告退。」從黎知道自己惹了武德帝不快，什麼都不敢再說了。出了宮門，便匆匆讓人轉告田繼元。

原本想著能聽到好消息的鄭宣財一聽，氣差點喘不上來。「怎麼會這樣？從大人這次怎麼沒辦法了？二十四萬兩，要賠二十四萬兩啊！田掌櫃，你快想想辦法！」

二十四萬兩？他去哪裡拿出這麼多錢！他不想賠錢，他還要繼續造玉扣紙！

「我還能想什麼辦法！」田繼元這下也慌張了。武德帝既然已經開口讓他們按違約處理，那便是不可能更改的了，加上製作權轉讓費用，太平樓整整搭進去十萬二千兩！

不管鄭宣財如何慌張，如何拚命想法子，劉清第二天還是過來了。「玉扣紙製作權和法子朝廷收回，違約金二十四萬兩，責令鄭氏一族下月十五日之前付清。逾期未付，每日疊加千分之五利息。」

劉清把轉讓協議收回，帶著人離開了，留下頹然坐在一旁的鄭宣財。他後悔，他不該貪玉扣紙的法子的！現在怎麼辦，去哪裡拿出十六萬八千兩？拿不出來，利滾利，他傾家蕩產都賠不起！

頹然的鄭宣財心慌起來，又把主意打到了廣安伯府鄭氏的頭上。不過他還沒想好理由，羅志綺便帶著鄭氏匆匆趕來了。

羅志綺不放心鄭宣財，一直讓秋月盯著他。鄭宣財要付違約金的事，她當即就知道了。

她原本還等著造出玉扣紙發財，沒想到卻等來了三萬兩要打水漂的消息，怎麼能坐得住？

「我和我娘想過了，玉扣紙的事我們就不參與了，那三萬兩你還給我們。」羅志綺假裝不知道鄭宣財要賠錢的事，逼著鄭宣財把錢還回來。

「怎麼可能！合約簽了，錢已經給了出去，妳們不可能說不參與就不參與。妳們來得正好，違約金妳們也要付，一共三萬三千兩，妳們快快回府準備錢吧。」

「什麼？我們還要賠錢？」鄭氏一聽，大叫起來。三萬兩沒了，她心裡已經慌張得要死，現在聽到還要賠三萬三千兩，手都抖了。

「我們憑什麼賠？快把錢還給我們，我們不參與了！」羅志綺今天就是要把那三萬兩拿回來。

「憑什麼賠？這協議是妳簽的吧！」鄭宣財掏出了上次和羅志綺簽下的協議。「我讓二分利給妳們，妳們自然要承擔二分的風險。所以趕緊回去準備錢吧，晚了，賠的就不是這個數了。」

羅志綺瞪著協議，伸手就想搶過來撕掉。鄭宣財躲過，羅志綺整個人朝前面的椅子倒了過去，連人帶椅子摔到地上。

「志綺！」鄭氏驚呼一聲。

此時此刻，羅志綺半昏半醒。她不顧腦袋疼痛，心裡怨恨，不僅怨恨鄭宣財，更怨恨上天。

簡秋栩輕輕鬆鬆就賺了十萬兩，為什麼她一分錢都賺不到，還要賠這麼多錢？老天為什麼要這樣對她！

閉眼時，腦海裡人影重重，靈魂從軀體中飛出，她看到了自己的另一世——

第五十三章

原來，這是她第二次重生。

第一次重生，同樣是在簡明忠被壓斷腿的那一天。那一世，她像這次一樣，不理他的死活回了廣安伯府。

只是那一世與現在有很多不同。那一世的簡秋栩聰明伶俐，與廣安伯府每個人都相處得很好，羅老夫人和鄭氏也不像現在這樣勢利和愚蠢，而是很明理。

她回了廣安伯府後，羅老夫人和鄭氏讓人教了她很多東西。慢慢地，她也學會了一個貴女應有的禮儀和應對人事的態度，有了伯府嫡女應有的氣質。

只是她心中依舊不甘。那時候，改名為簡方櫸的簡秋栩雖然回了簡家，卻依舊與廣安伯府有關係，羅老夫人和鄭氏也依舊喜歡她。

羅志綺第一次重生，像現在一樣怨恨著簡秋栩占了自己十四年的榮華富貴，在慢慢獲得羅老夫人和鄭氏的喜愛後，她最終像這一世一樣，奪回了與林錦平的婚事。

只是婚事奪回後，她最後卻沒有嫁給林錦平，因為她看中了比林錦平更有勢力的盧陵王——這樣她就能一步走到簡秋栩攀不上的高位，不用跟著林錦平一步步往上爬。於是她不顧廣安伯府眾人的反對，執意嫁給盧陵王為繼妃。

只是她沒有想到，前世在她重生前一直被皇帝忌憚、勢力龐大的廬陵王，在這一世她嫁人後的第五年造反失敗。廬陵王被殺，而積極幫忙廬陵王造反，想要一步登高的她，自然也沒有什麼好下場。

至於簡秋栩，沒有了與林錦平的婚姻，還是嫁給了林錦平。林錦平依然像前世一樣仕途順暢，最後位列三公；簡秋栩依舊兒孫滿堂，幸福美滿。

為什麼老天對她這麼不公！看著自己又一生的羅志綺猩紅了眼，為什麼她永遠都不能比簡秋栩好?!在第一次重生死亡的那一刻，她不甘且後悔了，如果還能重生，她一定要嫁給林錦平，只有林錦平才能讓她過得比簡秋栩好！

「志綺？」鄭氏急急忙忙地讓人把羅志綺抬上馬車，往廣安伯府趕。這時看到昏迷的羅志綺臉色扭曲，好像很難受，擔憂地喊了起來。

羅志綺依舊陷在回憶中。

「秋月快，去把大夫叫來。」鄭氏讓人把女兒匆匆抬回府裡，催著秋月去找大夫。

鄭氏動作搞得有點大，住在廣安伯府西苑的崔氏在她回來的時候就得到消息。「小芒，走，姪女受傷了，我這個做嬸嬸的，怎麼也得去看看。」

崔氏帶著人悠悠地往羅志綺住的院子走。

「三小姐只是撞到頭，暈倒而已，並無大礙。」大夫仔細給羅志綺把了脈，下了診斷。「休息一會兒，過陣子就能醒來了。這藥膏給她搽，以免留傷疤。」

「太好了。」擔憂的鄭氏這才放下心來，趕緊讓夏雨給羅志綺搽藥。

羅志綺沒事了，鄭氏心中的害怕慌亂卻一點都沒少。因為她挪用的公中三萬兩，現在已經打水漂了，她不知道要去哪裡拿錢填補。

「大嫂，這是發生什麼事了，如此慌亂？」崔萍一來就看到焦躁的鄭氏，還以為羅志綺要死了，抬頭看了一眼床上的羅志綺，除了臉色白了點，也沒看出什麼異常。

「妳來做什麼？志綺受傷了，我擔心慌亂不正常嗎？」鄭氏看到崔萍，立馬強制自己收起慌亂的心思。

崔萍做出擔憂狀道：「志綺受傷了，我這個做嬸嬸的當然要來看看她了。天可憐見的，今早出門還好好的，怎麼就受傷昏迷了？大嫂，我有好藥，現在就讓小芒拿過來，說不定志綺一用就醒來了。」

「不用了，大夫說志綺要好好休息，人妳也看到了，沒什麼事就走吧。」鄭氏急著把崔萍趕走，怕自己一不小心就透露了慌亂，被她看出什麼來。挪用公中銀子的事萬萬不能讓崔萍察覺，不然後果不堪設想。

崔萍轉過身，不屑地扯了扯嘴角。「那大嫂有需要再找我啊，我那邊有救命藥，很靈的。」

鄭氏一聽，臉色一沈。崔萍竟然詛咒她家志綺！

崔萍掃了她一眼，帶著丫鬟離開。剛出院門，就把小芒喊了過來。「羅志綺明明沒有什麼事，鄭涵月卻如此慌亂，這當中肯定有什麼事。小芒，趕緊去查查。」

「是！」

羅志綺是去了鄭家才出事的，事情肯定與鄭家有關。這些年來，羅老夫人不喜鄭氏，卻還讓她把持中饋，最主要的原因是鄭家有錢。若鄭家出了什麼事，那中饋自然就輪不到鄭氏插手了。

鄭氏這邊，一看到崔萍離開，剛剛掩飾的慌亂害怕又都冒出來了，根本不知道崔萍已經察覺到什麼了。她像隻無頭蒼蠅般在房間裡亂走。羅炳元是靠不住的，他不可能拿出三萬兩給她填補虧空，而鄭家那邊，現在都是熱鍋上的螞蟻，自顧不暇了，更不可能幫她。怎麼辦，怎麼辦！

「志綺，我們該怎麼辦啊？」無人可幫忙，鄭氏只能對著床上的羅志綺說話。她是真的沒辦法了。

「急什麼急！」床上的羅志綺早就被鄭氏吵醒了，這會兒聽到她在自己耳邊講話，有些不耐煩地睜開眼。

著急的鄭氏聽到羅志綺像喝斥丫鬟一樣地喝斥自己，驚了一下，過了好久才反應過來。

「志綺，醒了？」

「扶我起來。」羅志綺看了鄭氏一眼，有些命令地說道。

鄭氏覺得有些怪。怎麼才暈了一下，志綺就像變了一個人，架子這麼大？她想了想，覺得女兒肯定是剛從昏迷中醒來，還沒清醒，於是伸手把她扶了起來。「頭還痛嗎？要不要讓大夫再給妳看看。」

「不用了。」

「那就好。志綺，現在我們該怎麼辦？」鄭氏時時刻刻想著那三萬兩，無法安下心。

「現在還沒有人知道這件事，妳急什麼？」羅志綺盯著鄭氏看了一眼，對這樣無措、不明理的鄭氏很是厭煩。怎麼同樣一個人，這一世卻這麼無用！

「現在沒人知道，總有一天會有人知道的啊！我們沒錢了，這錢填補不上去，還有朝廷那三萬三千兩，我們也要賠，拿不出錢，我們可是要坐牢的，我——」

「好了，別吵了！」羅志綺冷聲喝斥。她現在已經想起了第二世的記憶，自然帶上了那五年作為廬陵王妃的氣勢。

慌張的鄭氏驚訝地看著羅志綺，被她的氣勢嚇到了，有些反應不過來。

「妳還有多少錢？」

「五、五千。」鄭氏磕巴了一下。這些年來，她雖然從家族那裡分到不少錢，但大部分都花在廣安伯府了，再加上羅炳元花錢大手大腳，辦了義學後，她就沒留下多少錢了。

「把錢全部拿過來。」羅志綺命令道。

鄭氏不知道她要做什麼，但還是屈服於她的氣勢，出去讓嬤嬤回自己的院子把錢匣子拿過來。

羅志綺看著面前零零散散的錢，有些嫌棄，把門外的秋月叫了進來，叫她把錢都收起來。

「這是？」看到羅志綺把自己所剩不多的錢拿走，鄭氏有些不想給。身上沒錢，她心裡更慌。

羅志綺看了她一眼，讓秋月把錢收好。「這些錢先給我，我自然有辦法幫妳把錢補上。」

鄭氏聽了，彷彿溺水之人看到光，著急地問道：「志綺，妳想到什麼辦法了？」

「這事妳不用問，妳只要再拖一個月，到時候我自然有錢填補虧空。而且，不只這一點錢，以後妳都不會缺錢花。」羅志綺自信地說道。想起了第二世的記憶，她有得是辦法賺到錢，而且是很簡單的辦法。

「志綺，娘就靠妳了！」聽羅志綺這麼一說，而且見她這麼肯定，鄭氏才放下心來。這些年來，羅老夫人並沒有放手讓鄭氏管理廣安伯府，每隔兩個月都要核對一下府中財物。前幾天她才核對過，下次就等兩個月後，所以，一個月還是能拖過去的。

只是鄭氏的心沒放下多久，去打探消息的小芒就興奮地跑回西苑。

「真的?!」崔萍震驚地從椅子上站起來，接著是狂喜。她怎麼都沒想到鄭氏會如此大膽，竟敢挪用公中銀錢。「走，我們去找老夫人！」

崔萍急急忙忙地帶人去找羅老夫人。

鄭氏剛從羅志綺的房間走出去，夏雨就急急忙忙地跑了進來。「夫人，不好了！二夫人去找了老夫人，老夫人去查了庫房，現在帶人過來了！」

鄭氏一聽，臉色一白，差點倒下去。她雙腿發軟，回了羅志綺的房間。「肯定是崔萍那個賤人知道了！志綺，現在怎麼辦？等不到一個月了，快想想法子救救娘。」

羅老夫人是什麼人，鄭氏可是一清二楚，她肯定不會讓自己好過的。

羅志綺想到了這一世的羅老夫人，皺了皺眉。「為今之計，這事妳先一個人承擔下來，之後我會幫妳。」

第二世經過多年的調教，也當了五年的王妃，如今她已經不是之前的羅志綺了，遇到事情自然不會只有慌亂，而是第一時間就想到了對自己有利的方法。

「這不行啊！志綺，不能說錢是我拿的，老夫人不會放過我的。」鄭氏慌亂得腿都站不直了。

「不是妳拿的，難不成是我拿的？」羅志綺看著她冷聲道。

「明明就是妳讓我拿的。」鄭氏有些不敢置信，沒想到這時候羅志綺會把三萬兩的事全都推到她頭上。

羅志綺站了起來，怒道：「把我牽扯進去，那還有誰能幫妳？」蠢貨！

「要不我說錢被偷了？」鄭氏慌張地說。

羅志綺一聽，心裡更厭煩了。「這樣的蠢話妳都能說出來？妳覺得這種謊話老夫人會信？」

「可是……」

「就這樣！」羅志綺不讓她再說話。「等一下老夫人問起來，妳就把拿錢的事一人擔下來。放心，我自然會有辦法幫妳，不僅如此，以後羅老夫人都不敢再拿妳怎麼樣。」

羅志綺說得自信。鄭氏見她說道如此信誓旦旦，不知怎麼就相信她了。可是儘管相信女兒，她心裡還是慌亂得很。

「鄭氏，給我滾出來！」羅老夫人聽了崔萍的話，立即讓人去查了公中的銀子，果然少了三萬兩，怒火重重，帶著人就過來了。反了天了，她都還沒死，鄭氏的手就伸到公中了！

鄭氏一聽到羅老夫人的話，心裡更亂了。她向羅志綺求助，羅志綺卻躺回床上，閉上眼裝昏迷。鄭氏見此，知道羅志綺是讓她一個人出去面對老夫人了，於是只能閉上眼，吸了口氣，讓秋月扶著自己走出去。

一出房門，迎面砸來一個小花盆。鄭氏雖然躲得快，額頭還是被磕到了，痛得整個人有些暈。

「反了天了！來人，把鄭氏給我押過來！」羅老夫人臉色沈沈，指示李嬤嬤等人把鄭氏押著。「說，妳是不是拿了府中三萬兩！」

「娘，我只是借，沒來得及跟您說，我會還上的！」鄭氏慌張地說道。

羅老夫人怒道：「果真是妳啊！什麼借，妳這是偷！竟然敢偷公中的錢，說，妳以前是不是在我沒發現的時候也偷過公中的錢，一共偷了多少？」

鄭氏慌忙解釋。「娘，沒有！我只有這一次借了！」

「大嫂，妳再怎麼缺錢都不應該偷公中的錢啊，沒錢妳可以跟我說，我可以借妳的。」

鄭氏暗自咬牙。「娘，錢我一定會還上的，給我點時間，一個月後我會把錢補上的。」

崔萍插話。「大嫂，三萬兩，我看難啊！聽說你們鄭氏一族現在還欠著朝廷幾十萬兩，妳去哪兒拿錢還啊？說不定還得拿錢貼補你們鄭家呢！」

羅老夫人盯著鄭氏。「來人，鄭氏犯了七出之盜竊罪，把她帶到祠堂去，等伯爺回來，把她送到靜慈庵去！」

「老夫人，不要，一個月後我肯定能把錢還上！」靜慈庵破破爛爛的，把她送過去，她怎麼活？還有那裡根本就不是什麼好地方，去的人都是在內宅犯錯的。她去了，以後萬一被其他人知道了，她還有什麼臉面見那些貴夫人？

「妳以為去了就不用還了嗎？什麼時候把錢還上，什麼時候回來！李嬤嬤，把她帶下去！」羅老夫人惱怒。

鄭氏是個好面子的，眼見去靜慈庵躲不過，以後面子也沒了，於是壓了多年的怨氣爆發了。「我這些年給了伯府多少錢，現在為了這區區三萬兩就這樣對我?!」

羅老夫人怒瞪著她。「這是三萬兩的事嗎？妳這是犯了七出之中的盜竊罪！哼，不知悔改，不用等伯爺回來了，現在就把她送到靜慈庵去！」

「我不去！這些錢都是我的，什麼盜竊罪?!我好吃好喝伺候了妳這麼多年，沒我的錢，妳能在外面有好名聲？用我的錢買了好名聲，現在卻因為我用自己的錢就要把我送去靜慈庵，妳就是個假仁假義，勢利小人！」

「妳！」

鄭氏越罵越解氣。「妳什麼妳，真當自己在外面名聲有多好？誰不知道妳的名聲都是花錢買的，還花的是自己媳婦的錢！妳以為那些夫人都尊敬妳嗎？人家只是懶得嘲笑妳！」

羅老夫人氣得胸疼。「帶下去！氣死我了！氣死我了！」

看到羅老夫人被她罵得臉色難看，被壓了多年的鄭氏突然覺得神清氣爽，被罰去靜慈庵也沒覺得那麼可怕了。只是被李嬤嬤幾人帶著往祠堂走，走著走著，她就後悔了。她剛剛不該一時忍不住說那些話的，以後回府，老夫人更加不待見她了怎麼辦？

不會的，志綺說了，她有辦法幫她，而且以後羅老夫人都不敢拿她怎麼樣。她相信志綺，志綺身帶福運，一定可以幫她的。

不管女兒給她帶來了多少麻煩，鄭氏對明慧大師的批語仍舊深信不疑。

「娘，別氣了。」崔萍見鄭氏被帶走了，立馬上前幫著羅老夫人拍著胸膛。「大嫂只是一時糊塗，才說出來這些話。」

羅老夫人黑著臉哼了一聲。「一時糊塗？我看她就是這麼想的。應秋，去鄭氏那裡把帳本那些拿回來。」

崔萍聽到她的話，耳朵一動。

「都放我那兒去。我還沒死，還管得動！這府中的錢財果然給外人管就是靠不住！」

給她拍著胸的崔萍忍住了加大力氣的動作。死老太婆！她們都嫁入伯府這麼多年了，在她心裡竟然還是外人。鄭氏說得沒錯，這老太婆就是假仁假義的勢利小人！

崔萍慢慢收回手。剛剛抓住鄭氏把柄，把她鬥到靜慈庵的興奮心情消失了，翻著白眼看了眼羅老夫人離開的背影。

「夫人，我們走嗎？」小芒見她好像沒有自己想得那麼開心，小心地問道。

「不走，留著做什麼？」崔萍走之前看了一眼裡面。「羅志綺還沒醒？」

小芒搖了搖頭。

「真是便宜她了。」如果羅志綺醒著，以她那自私獨霸的性格，今天肯定能多出一齣好戲，說不定還會讓老太婆罰她陪著鄭涵月一起去靜慈庵。

身帶福運？鄭氏也不想想，自羅志綺回來都帶了多少麻煩，今天這一齣還不是羅志綺惹出來的？鄭氏真是蠢透頂了才會相信女兒身帶福運，霉運還差不多。

崔萍離開後，羅志綺就從床上坐起來了，指使著秋月和夏雨幫她收拾包裹。

夏雨和秋月兩人也覺得羅志綺有些變化，但如今的羅志綺讓她們有些害怕，也不敢表達出來。

收拾好包袱帶上錢，第二天，羅志綺就帶著秋月和夏雨，以去靜慈庵給鄭氏送東西的名義出了府。

「妳去鏢行找人，讓他們出一隊人護我去郢州。」

秋月驚訝。「郢州？三小姐，我們去那裡做什麼？」

「我自然有要事。問這麼多做什麼？還不快去！」昨天說有辦法很快賺到錢，她的賺錢法子就在郢州。恢復了第二世的記憶，她當然不可能放掉記憶中那塊財源滾滾的地方。不過，郢州離大興城有半月車程，女子上路不安全，得有人護送才行。

秋月張了張嘴，想說她們不跟府裡說一聲就離開是不合規矩的，但看了羅志綺一眼，這話她不敢說。

從昨天開始，她就覺得羅志綺給人的感覺非常怪，卻說不出來哪裡怪。於是也不敢多說，跑去了鏢行。

羅志綺跟她說了碰頭的地方，帶著夏雨去護國寺。

她要問問明慧，身上的福運為什麼一直不起作用？她堅信自己是身帶福運之人，只因如果不是，怎麼會有這麼多次機會重生？老天讓她重生，肯定就是眷顧她，肯定是知道她上上輩子過得太苦，才給了她福運，讓她重生過好日子的！

福運不起作用，是不是府裡的誰奪了她的福運，或者奪了她福運的人就是簡秋栩？不然為什麼簡秋栩每一世都過得那麼美滿，而她卻不得善終？

她一定要問明白。

第五十四章

匆匆趕到護國寺，正巧，明慧大師剛出關，從小僧口中得知要見他的人是廣安伯府的人，便打算見上一面。

之前在廣安伯府看到的金光，不知道現在還有多少影響？

「不知明慧大師還記不記得我？」

「羅施主。」明慧打量了羅志綺一眼，卻見她氣場比之前更紊亂，心中疑惑，仔細凝視，終看出端倪。這世上，竟然還有其他人有這樣的奇遇，怪哉。

看到明慧凝視自己的眼神，羅志綺心裡緊了下。她怎麼忘了這明慧是個得道之人，若自己重生回魂被他看出來，會不會被他當成鬼神妖怪對付？她來得太著急了，羅志綺心裡有些許不安。「明慧大師，小女身上有何異常？」

明慧並不打算揭穿，搖頭道：「無。」

羅志綺聽了，舒了口氣。看來這明慧的道法還沒有達到能看見魂魄的地步，所以無法看出她的異常。羅志綺放下心了，直說來意。「大師曾說我身帶福運，明慧大師，是不是有人在搶我的福運？」

明慧看她全身已無當初所看到的福運金光，便知道那福運金光已經對伯府沒有任何作用了。「羅施主請放心，並沒有人搶奪妳的福運。」

雖沒了當初看到的福運，眼前這女子身上還是有些運氣的，所以他當初說她身帶福運也不算誤判。只是這運氣掩蓋在她紊亂的氣場下，能不能突破而出，就看她了。

「那為什麼最近我會諸事不順？」聽到自己的福運沒有被搶，羅志綺才放下心來。可是既然福運沒有被搶，為什麼這福運不像她想的那樣讓自己事事順心？

明慧看了她一眼。「福禍相依。福運只是讓妳比別人多一分機會而已，並不能讓人坐享其成，更不會讓人萬事順心。」

那要這福運有什麼用，還不是得靠她自己？老天還是對她不公，她兩世都過得那麼苦，為什麼不讓她事事順心，萬事順利！

羅志綺心裡不忿了一番，可此時的她有了第二世的記憶，臉上自然不會輕易流露。「多謝明慧大師解惑。大師，家母替小女選了個嬤嬤，可否麻煩大師幫忙算算嬤嬤的八字和小女八字是否合得來？」

雖然羅志綺藏得好，明慧還是一眼就看出她身周帶著戾氣。「可。」

羅志綺從荷包中拿出寫了兩人八字的紙遞給明慧。明慧接過，看了一眼，心中驚訝。

兩人的八字都不似常人，但另一人的八字更是詭異。雖然顯示那人日後貴人多、萬事順，但要再算，就算不出來了。而且隱隱之間，有這八字的人與這世間有背離感，好像存在這世間，又好像隨時可以不存在。

「大師，我們的八字可有問題？」明慧驚訝太過，羅志綺看出來了。

「羅施主可讓令慈換一人。」明慧把紙還給她。

「為什麼？她的八字有什麼問題？難道她剋我？會對我不利？」她就知道！

「並不是，她是福運深厚之人，妳的八字壓不了她。」

聽明慧這麼一說，羅志綺臉色黑了。什麼福運深厚之人，還不是搶她的！

「羅施主，萬事要行得正。」明慧看她氣場越加紊亂，戾氣抬頭，提醒她。

羅志綺不理，咬牙帶著夏雨離開。八字、福運深厚又如何？她就不信，有了兩世的記憶，還會讓簡秋栩壓自己一頭！這一世，簡秋栩根本就嫁不了林錦平，看她還怎麼福運深厚。

「去，讓秋月把人帶來，我們現在就去郢州！」

看著羅志綺匆匆離去的身影，明慧阿彌陀佛了一聲。羅施主，老天既然給了妳重生的機會，可要好好善待它，別辜負了上天的恩賜才好。

明慧搖了搖頭，轉身回禪房。看到桌上的螺旋方塊，他頓了頓，把剛剛那個詭異的八字又算了算，卻意外發現這個八字與端均祁的的生機有著某種關聯。

難道這八字之人便是端施主的生機？可這人好似存在又不存在，生機難道也是一時有、一時無嗎？

明慧嘆了口氣。

「簡姑娘，厲害啊！鄭宣財這幾天可急瘋了。」簡秋栩和簡樂為去泰豐樓結最後一筆帳，張全幫她把帳結清後，有些幸災樂禍地說道：「廣安伯夫人知道吧，她是鄭宣財堂妹，聽說也參與進來了，用的還是公中的錢。現在因為這件事，被羅老夫人罰去靜慈庵，可丟了大臉！」

鄭氏被羅老夫人送到靜慈庵，第二天，那些貴婦人就知道了，身邊的丫鬟、嬤嬤自然也知道，一個個當笑話講。她們這些人中有不少人是經常來泰豐樓買香皂的，跟張全比較熟，便跟他講了。

「哦！」簡秋栩驚訝了下。沒想到鄭氏也參與進來了，肯定少不了羅志綺的原因。

呵，既然都打著玉扣紙的主意，付出點代價也是應該的。

「簡姑娘，以後有其他好東西，記得再拿來泰豐樓啊！」雖然高興鄭宣財踢到鐵板，但以後沒玉扣紙賣了，張全還是有些可惜。

「再說吧，我們先走了。」以後什麼的，以後再說。「族長爺爺，我們走吧。」

「欸！」看簡秋栩走遠了，張全拍了拍自己的腦門。他忘了問簡姑娘，她的玩具店還要等多久才開門。王大家自上次把機械蜂鳥買回去後，已經好幾次來問他了。

「怎麼了？爺爺。」簡秋栩把簡樂為送回家後，一回來就看到爺爺臉上帶著愁容。

按理說前天才分了錢，家裡不愁吃穿，他不該這樣焦急發愁。

「田裡的秧苗有些葉子長斑了，我擔心它們得病了。」秧苗得病難治啊，只要一塊田得病，周邊的田都要遭殃。得病的秧苗收不到糧食，到時候多少人沒糧食可吃，簡樂親最怕的就是這個。

「長斑？什麼樣的斑？」簡秋栩問道。

「暗綠色的，跟水浸泡過一樣的小斑。」什麼病簡樂親是不懂，但他之前見過這樣的秧苗，後來都病死了。

暗綠色水泡小斑，難道是細菌性條斑病？

水稻的病很多，簡秋栩知道的也不過細菌性條斑病、白枯病和黃葉病這三種，所以不能從簡樂親話語中判斷出水稻得了什麼病。

「爺爺，我去看看。」簡秋栩把東西放下，打算去看看。

簡樂親帶著她一起去，指了指有斑的秧苗。「不僅這裡，我們家幾畝田都有，妳那畝也有。」

簡樂親指的秧苗上大部分都有暗綠色水浸狀小斑，有些秧苗葉脈的斑痕已經變成黃色了。

細菌性條斑病的特徵還是挺明顯的，簡秋栩確定這些水稻得的就是條斑病。不過還在初期，並不是很嚴重，但是現在不防治，就會損害水稻了。

簡秋栩看了幾畝其他人的田，發現水稻的病情已經擴散了。簡樂親也看到了，臉上更是焦急。

「爺爺，別急，這種病不是很難治的。」細菌條斑病是細菌病，殺菌就好。

「秋栩有辦法？」簡樂親聽她這麼說，立即期盼地問道。

「不是很難。爺爺，這個病要治的話得一起治，我們去找族長爺爺。」細菌性的病，附近的水稻都要一起治，不然細菌殺不完，到時候又擴散了。她記得一種叫波爾多液的殺菌效果還不錯，而且製作非常簡單，在這個朝代很容易買到原料。

「那太好了！」簡樂親沒想到簡秋栩連這個都懂，急急忙忙帶著她去找簡樂為。

簡樂為的家裡，有幾個族人也發現秧苗生病了，正焦急地找他想辦法，聽到簡秋栩說有辦法，很是驚喜。

「秋栩，怎麼治啊？」簡樂為焦急地問道。

「族長爺爺，你讓叔叔伯伯他們去造紙廠裡打幾桶石灰泥回來，我讓大堂哥同我去城裡買些東西，回來調配好了，就可以用來治病了。」

波爾多液調配原料及方法相當簡單，用石灰乳和硫酸銅按不同比例，就能調成不同效果的波爾多液。之前造玉扣紙用了不少熟石灰，為了不污染附近的環境，用過的熟石灰特地挖了個小池子裝，裡面有現成的石灰乳。

現成的硫酸銅沒有，但膽礬還是有的。膽礬就是五水合硫酸銅，有藥用價值，現在的藥店肯定有。她要的量大，所以只能去城裡買了。

「好，我們這就去撈石灰乳。秋栩，妳快去買其他的東西吧。」

攸關糧食，在場的人都比較急，催著她趕緊去買東西。簡秋栩便讓大堂哥去租車往城裡趕。

大興城的藥店不少，但每家藥店準備的膽礬都不多，簡秋栩兩人分頭買，到時候在石紡路那邊會合。

剛到太平樓附近的藥店，就看到面色憔悴的鄭宣財急急忙忙地跑進太平樓。

這鄭宣財，估計真要急瘋了吧？

鄭宣財這幾日心焦難眠，焦頭爛額。還要再賠朝廷十五萬五千兩，他實在拿不出來了，而且為了玉扣紙的製作權，他前前後後已經花了將近二十萬兩！

鄭氏一族再大，在大興城也只是一個新興家族，沒有什麼家底，哪裡拿得出這麼多錢？

而且當初簽合同時，是以他的名義簽的，現在族人都知道這件事了，根本沒有人願意幫他。

鄭宣財後悔了，可後悔又如何，這個錢他必須要賠。他找了很多熟人借錢，可連兩萬都湊不到。他想到鄭氏，前天因為羅志綺的事，那三萬三千兩她們還沒給過來，然而過去找才知道鄭氏因為這事被羅老夫人丟到靜慈庵，而羅志綺不知道去哪兒了！

鄭氏和羅志綺是指望不上了，沒有錢，只能變賣家產了。

當初簽下轉讓協議時他有多得意，現在就有多後悔。「田掌櫃，這事從大人真的不能再幫忙了嗎？」

「指望誰都沒有用！」田繼元何嘗不想讓從黎再去武德帝面前說和說和，可是那有可能嗎？從黎現在已經讓武德帝不喜，即使從黎跟他東家再熟，也不會冒著仕途風險再去懇求武德帝。

還有一事很重要，田繼元隱隱覺得還有其他人在幫簡秋栩，他們才會被坑得這麼慘。是誰在幫？他們都不知道，再去求武德帝，說不定賠得更多。前前後後他也搭了十萬兩進去，不趕緊把這些錢補上來，他也不好過。

田繼元把目光轉向了那些香皂。香皂已經被他研究出來了，他要盡快讓人多做，勢必要把賠出去的錢賺回來。

「田掌櫃，貴東家呢？讓貴東家幫幫忙？」聽到從黎也無法再幫忙了，鄭宣財把主意打到太平樓的東家身上。看他們少東家那麼囂張，太平樓東家如果能出面，肯定還有回轉的餘地。

「不可能。如果可以，我還用得著賠錢？鄭掌櫃，你還是趕緊想辦法準備錢吧！」

最後一點希望也破滅了，鄭宣財頹然地離開太平樓。

他悔啊！可再後悔又能如何，只能翻箱倒櫃，滿打滿算也只湊出了四萬多兩，還差十萬兩。無可奈何，他只能把地契拿了出來。

京郊外連綿肥沃的五千畝水田，每年單靠著這租金，他就能過上富裕日子，如今要賣掉，他的心在滴血。

「不能賣，不能賣！」鄭宣財的婆娘看到他把地契拿出來，立即焦急喊著。「我們花了多少心血才得到了這成片的水田，怎麼能說賣就賣！」

那水田幾乎是大興城各個大小家族所有，那邊的地不是說買就能買的，他們花了多少心思才買下來的，怎麼能賣。

「不賣妳能拿出錢來？」鄭宣財當然也捨不得，吼她。

說到錢，鄭宣財的婆娘不敢開口了。「可是現在就這樣匆匆賣了，不划算啊！那五千畝地都是成片的肥沃水田，一畝能賣二十兩左右。我們現在急急忙忙賣出去，肯定會被壓價，不划算啊！老爺，你看我們能不能直接以二十兩一畝，直接抵給朝廷？這樣不會被壓價，我們也能省下一筆錢，抵押的錢加上手頭上的現銀子，正好夠。」

賣肯定是不划算的，賣出去肯定還不夠錢，但是如果直接抵押給朝廷，他們就不用再借錢了。

鄭宣財覺得自己暈了頭，幸好他婆娘點醒了自己，不然他又要多出幾萬兩的銀子了。如今他已經掏光家底，再要拿出幾萬兩，就只能賣宅子了。

雖然心裡再滴血，鄭宣財還是找了劉清，懇求他答應他用五千畝水田抵十萬兩。

劉清做不了主，便把事情匯報給武德帝。

「允了。劉愛卿，這五千畝水田先不動，朕自有用處。」

簡秋栩和簡方櫸幾乎把大興城的所有藥店都跑遍了，也才買了五十斤左右的膽礬。這點膽礬還是不夠，簡秋栩只好讓藥店明天從庫房多拿一些，他們明天再過來。

回到家的時候，族長帶著人在簡家等她。

「秋栩，石灰乳妳叔叔、伯伯已經撈回來了，接下來怎麼做？」簡樂為問道。

「接下來把它們和膽礬加水按比例調配就好。不過這東西不能放置超過一天，現在天已經快黑了，肯定來不及了。族長爺爺，你讓叔叔、伯伯他們去砍一些手臂粗的竹子過來，可以先準備一下工具。」

波爾多液放置時間不能超過二十四小時，今天肯定來不及調配了。而且噴灑波爾多液要均勻，目前並沒有什麼農具能讓人均勻地噴藥。簡秋栩想到了小時候用來噴農藥的長筒，一個類似針管的東西，做起來還是挺簡單的，使用起來也方便。

麻煩一點的就是沒有用來密封活塞的橡皮，不過她已經想好替代品了，可以用過年時製作好的腸衣簡單替代一下。

聽她這麼一說，族長也知道急不得，讓大家先去砍竹子。

人夠多，沒過一刻鐘竹子就砍回來了。簡秋栩先裁了一節竹子，把其中一端的竹節打通，用竹枝作為芯桿，用腸衣綁在末端作為膠塞，之後在竹子另一端的竹節上均勻地打孔，把芯桿塞了進去。

「大堂哥，麻煩你打一桶水來。」簡秋栩試了試，發覺密封性還挺好的，不知道抽水效果怎麼樣。

簡方櫸很快打來了一桶水，簡秋栩把竹筒放進水裡，用力抽水，發覺抽水效果也不錯。她舉起竹筒，朝院子一旁壓下芯桿，竹筒裡的水像花灑一樣均勻地灑了出去，還算成功。

「這是什麼東西？」簡樂為等人驚訝。怎麼用一節竹子就能做出這種東西，水還能噴那麼遠。

「族長爺爺，這是明天用來灑藥的竹筒。做法挺簡單的，你們剛剛也看著我做了，今天你們就多做一些，明天配好藥就可以給水稻噴藥治病了。」這東西做起來確實很簡單，簡秋栩不怕他們做不出來。

「小妹，妳真聰明！」簡方櫸拿著做好的竹筒抽水、噴水，心想，這東西這麼簡單，他們怎麼都沒想過做出來。

「這是別人想的，我不過是學過來而已。大堂哥，你快去幫爺爺他們，我去試配一下藥。」以前沒有配過波爾多液，她也只是紙上談兵，打算先去把具體的比例確定下來。

簡秋栩打算配百分之零點五濃度的，殺菌效果比較好，也不會傷了秧苗。

試了十幾次，才把原料比例確定了。兩斤膽礬配兩斤石灰乳加四百斤的水，明天用熱水溶解了膽礬就可以直接配藥了。

等她從房間出來，族長和她爺爺、大伯他們已經做好了三十幾把竹筒。

「小妹，腸衣用完了。」過年時準備的腸衣被他們用了一半，現在還能做三十幾把竹筒也算多了。

「也夠了。族長爺爺，明天你們再過來，我教大家配藥。」

簡樂為他們趁著夜色回去了。

天還矇矇亮，大堂哥就趕去大興城把昨天訂的膽礬載回來。

族長他們在簡方櫸剛離開家時，就帶著族人趕到簡家。

大嫂她們幫著燒水，簡秋栩教大家配藥。配藥時，石灰乳和膽礬溶液等量倒入桶中，邊倒邊攪拌，很快，天藍色膠狀、混濁液模樣的波爾多液就成了。

「秋栩，這個真的能給秧苗治病？」羅葵她們沒見過，也沒聽過這東西，心裡沒底。雖然小妹聰明，但這東西萬一治不好秧苗的病，那可就糟了。

「我相信秋栩不會胡來的。」簡樂為說道。雖然他也沒有聽過這兩種東西混合起來能給秧苗治病，但他知道簡秋栩不會胡來。既然她說可以，那一定是確確實實可以才會說出來的。

這幾個月來他看出來了，簡秋栩這姑娘是個聰明通透的人，做事絕不會胡來。

「謝謝族長爺爺信任我，嫂子放心，不會有事的。」這是糧食，沒有把握她自然不會讓他們用這種辦法給水稻殺菌。不然到時候族人怨她，可就吃力不討好了。

「那就好。」聽簡秋栩這麼一說，羅葵才放下心來。

「族長爺爺，可以了，我們先從東邊開始。」今天吹東風，順風噴灑效果比較好。

「好。」簡樂為把族人喊過來，開始工作。

東邊的田正好靠著方氏一族的田。方氏眾人見簡氏族人一個個拎著桶子，舉著一根長長的竹筒，納悶。

「簡氏一族的人在做什麼？」

「難道他們又有了賺錢的法子？」

第五十五章

簡氏一族一下子賺了十萬兩，方氏一個個嫉妒得抓耳撓腮，他們都想著把簡氏一族賺到的錢扒拉到自己的荷包裡，同時心裡因為簡氏一族賺了這麼多錢，對簡氏更加仇視。

最近簡氏外出，不少人都受到方氏一族的挑釁，兩族之間的矛盾越來越激化了，這些族長和簡秋栩他們也都知道。

「偷別人法子賺錢，簡氏一族缺德！」方氏有人呸了一聲，憤憤說道，好像自己多正義似的。

「我看他們這次肯定又偷了別人的法子，不要臉！」

方氏那些人站在田埂上，對著隔了一條小溪的簡氏族人冷嘲熱諷。「這次又偷了誰家的法子，是不是又逼死了人！你們簡氏一族缺德不要臉，等著吧，老天會收拾你們的……」

簡方櫸他們不搭理方氏那些人，照著簡秋栩的方法，用竹筒攪拌水桶中的藥，再用竹管抽出來噴灑。齊刷刷的幾十人一同協作，場面看起來很是壯觀。

「呸，呸！這是什麼味道？」雖然順風，但噴灑出來藥的味道還是飄到方氏眾人那邊。味道有些難聞，有些刺鼻。「他們這是在灑毒？」

「鬼知道！哼，在水稻裡灑這些東西，等著把水稻毒死吧！」方氏的人惡毒地道。

一桶波多爾液很快就噴完，為了省時間，族裡的人都過來幫忙，配藥送藥，源源不斷地把藥送到田間。為了讓水稻快點好，族裡人也不怕累，一直都沒有停過。

院子裡，眾人熱火朝天地幹活，蹲在一旁看簡秋栩工作的簡sir突然像接到信號的雷達，鼻子一嗅，迅速站起來朝著門口叫了起來。

李九又被簡sir攔在了院門外，他有些哭笑不得。

在一旁幫忙的簡方榆看到，不好意思，又去把簡sir拉了回來。

「簡姑娘，我都來了你們家這麼多次了，為什麼簡舍還對我凶？」李九覺得這隻狗特別針對自己。

簡秋栩看了他一眼。「哦，可能牠比較記仇。」

最近，李九終於挑選好了一處地址，開始動土建房子，因此最近一段時間常常出現在萬祝村。簡秋栩心想，他一個要休養的病弱書生，事還挺多。

「記仇？我和牠沒仇吧？」李九看著謹慎盯著他的簡sir，心裡有些哭笑不得，他怎麼就被一隻狗給盯上了，太丟臉了。

「誰知道呢？」簡秋栩不想跟他多說，重新量了一斤膽礬，打算再配一些藥。

「簡姑娘，你們這是在做什麼？」李九仔細看了看她的動作。

「小妹在配藥給水稻治病呢。」把簡sir牽到一旁的簡方榆走回來接話道：「田裡的秧苗得病了，小妹說這個可以給水稻治病。」

「真的？簡姑娘怎麼懂這個？」李九狀似無意地問道。

簡秋栩看了他一眼。「天生的吧。有些人天生什麼都懂，或許我就是這樣受老天眷顧的人。李公子，這種天賦不是人人都能有的，你羨慕也羨慕不來。」

李九扯了扯嘴角。「那可真遺憾。」而後指了指簡秋栩面前的水缸。「我可以試試嗎？」

「隨意。」簡秋栩把攪拌用的棍子遞給了他。

簡方榆看他那蒼白的臉，柔弱的身子，趕緊上前說道：「李公子，我幫你吧。」

李九感激地笑道：「多謝簡大姑娘。」

簡方榆垂下了頭。「不、不客氣。」

嘖，她姊竟然真的喜歡柔弱小白臉這一款。簡秋栩仔細打量了一下李九，這身病弱扮相可不惹人憐愛嘛！

「簡姑娘如此看著李某，李某可是哪個步驟錯了？」看到簡秋栩打量自己，李九轉過頭來疑惑道。

「那倒沒有。」簡秋栩搖了搖頭。「我只是驚訝李公子過目不忘，連我剛剛的小動作都記了下來。」

李九謙虛道：「李九常年病弱，所以比常人專注，記東西記得快而已，過目不忘不敢當。」

簡秋栩笑了下，算是給他回應。

李九想了想。「簡姑娘，剛剛聽令姊說這藥可以給水稻治病，不知道能治哪些病？」

簡秋栩不瞞他。「蟲害或者枯黃、長斑，這些都有作用。」

枯黃、長斑這些一般都是菌病，波多爾液還是可以有些效果的。

聽此，李九臉色一喜，而後又有些為難。「簡姑娘，李某家中有幾座莊子，聽佃戶說，莊中水稻都生了病，不知這藥方子可否賣給李某，好讓李某拿回去給那些佃戶用？」

「賣就算了，我可以送給你。不過，需要你幫我一個忙。」方子都學了去了，還要我賣？簡秋栩在心中朝李九白了個眼。

「什麼忙？李某能幫一定幫。」

簡秋栩拍了拍沾在自己衣服上的膽礬。「也不是什麼大事。我們家打算把舊房子拆了建新房子，新房子一般泥瓦匠建不來，李公子久居城中，應該認識不少人，所以麻煩李公子幫忙找些人建房子。」

上次她跟爺爺說了要建房子的事，爺爺也答應了，只是他們家沒有其他的地可以建房子，重新買一塊地建房子也不划算，便打算把舊屋子拆了。

簡秋栩喜歡大院子，舊房子拆了，她也不想新房子占用院子。不占用院子的話，新房子即使建好了，房間也不夠住。所以，她打算把新房子建兩層。

村裡那些泥瓦匠大多不會建兩層，得到外面找人。現在她面前有了李九這人，何必還要自己費力出去找？簡秋栩相信他能替自己找到好工人。

「原來是這樣啊，這個忙確實不算什麼大忙，李某一定幫簡姑娘找到合適的人。」

「那就多謝了。李公子等等，我這就把方子寫給你。」簡秋栩回房快速寫了張方子給他，李九接過後便告辭了。

至於他拿了方子後是不是真的回去給莊子上的佃戶用，她才不管。

李九拿著波多爾液的方子離開了萬祝村，轉身去了郭赤縣的縣衙。

縣衙中，楊璞正一臉憂色地翻著書。沒想到他才上任縣令不久，就遇到了大問題。大興城周邊的村落稻苗都出現疾病，範圍正在擴大，已經擴散到了郭赤縣周邊了，郭赤縣東北部有些村子的秧苗也出現了輕微症狀。這種水稻病以前很少見，司農寺也拿不出什麼法子來，如今一個一個都焦急上火，若再不想出治水稻的法子，萬一這水稻病擴散到全國，大晉今年糧食堪憂。

沒有好法子，他想要在上任縣令第一年就拿出好政績是不可能的了。

楊璞正苦惱之時，楊文華帶著一個瘦弱的書生求見。

「有什麼事？」楊璞現在沒心情見無關的人。

「大人，李公子說有治水稻的法子。」

「真的？」楊璞聽了心中一喜，不過一喜過後是疑慮。「你怎麼知道我在找治水稻的法子？」

李九解釋道：「楊捕快有心，告訴了學生。」

楊文華點頭。「大人，我和李九公子認識。李九公子聰明，我見大人憂心，便問他有沒有法子，沒想到李公子真的找到法子了。」

楊文華是在一次抓捕犯人的時候認識李九的，那天他追著的犯人往東邊跑，眼看犯人就要跑遠，恰巧李九出現在前面，聽到他的喊聲，幫他把犯人攔下了。

李九這柔弱書生在那種緊急情況下還願意幫他，楊文華覺得他的品性不錯，一來二去，兩人便熟悉了。之後相處得多了，更覺得李九這人聰明，還沒有讀書人的高傲，便和他走得越來越近。

「你果真找到了法子？」解除疑慮後，楊璞焦急地問。

李九點頭，把簡秋栩寫給他的法子遞了過去。

楊璞接過仔細看。「這法子當真有效？」

「有沒有效，大人何不先嘗試？大人現在也沒有其他的法子了，不是嗎？」

楊璞想了想，確實現在沒有法子了，若不盡快找到治療水稻的法子，不僅郭赤縣今年的五成收成保不住，大興城周邊的收成也都保不住了。「若這法子有效，本官一定好好獎勵你。」

李九搖頭。「大人，治水稻的法子不是學生想出來的。這法子是萬祝村簡氏一族的簡秋翙想出來的，學生不敢冒領功勞。」

簡秋翙？楊璞想起她是誰了。那姑娘是個聰明人，或許這個法子真有效。若真是有效，那將是大功一件。眼前這個叫李九的書生對這樣的大功勞卻一點都不貪心，看來是個品性不錯的人。

「好，本官知道了。楊捕快，去把李縣丞找來。」糧食的事耽誤不得。

李九見目的達成，說道：「學生告退。」

楊文華匆匆把李縣丞叫過來。李縣丞拿著方子看了看，眼中有著思量。「大人，宜快不宜遲，不過這事不能讓我們來做，我們可以把法子拿給司農寺，讓他們來嘗試最好不過。」

楊璞點頭。「我也是這麼想的。我現在就給黎明闕大人寫信，把法子之事告訴他。」黎明闕是司徒，專掌農業，由他來試驗這個治水稻的法子，再好不過。

「大人，這法子……」楊璞在信中寫明了想出法子的人是簡秋翙。「何不寫您的名字？如果這法子有效，那是大功一件，到時候……」

楊璞打斷了李縣丞的話。「貪墨他人功勞的事，楊某不屑做。」

「大人高風亮節。」李縣丞口中誇讚，心中卻想，難怪你在地方當了七年的縣令才調到郭赤縣當縣令，太正直也不是件好事。

「楊文華，幫我把信送給黎大人，越快越好！」

簡秋栩不知道自己的法子被李九轉手就送了出去。她配好最後一缸藥，幫著族裡的嫂子們把藥倒進桶裡，送到田裡去。

人多力量大，族裡幾百畝水田，一天之內竟然都噴了藥，現在就剩下最南邊的兩畝了。田邊吵吵嚷嚷的，簡秋栩以為發生了什麼事，加快腳步走過去，走近了才知道吵嚷的是隔壁那片水田的人。

原來隔壁那片地易主了，里正帶著幾個穿著官服的人在重新丈量土地。跟在里正身邊吵嚷的是那些佃戶，擔心農田易主後，他們不能繼續租種，一個個圍著里正和官員要答案。

「原來這是鄭宣財的地。小妹，妳說我們能買這些地嗎？」這片地肥沃，簡方櫸已經眼饞好久了，現在聽說鄭宣財把地賣出去了，很想買幾畝。

這麼巧？

「我看不行，我們估計買不到。」這一大片連著的肥沃水田，眼饞的可不只他們。今天來量地的人是官員，估計鄭宣財是把地賣給了朝廷。到時候，這些地統一由朝廷出售，大興城世家貴族眾多，估計一放出消息就被搶光了。

簡方櫸很是遺憾。

「大堂哥，放心吧，好田會有的，我們等等，不急。」家裡人現在也不靠種田為生，不急於買田。

簡方櫸也知道，只是還是遺憾。

最後的兩畝田很快噴灑完了，大家拿著東西跑到河邊洗乾淨，各自回了家。藥有沒有效果，要等幾天才知道。

「小妹！」剛走到院門口，就見簡方樺興奮地朝他們大叫了一聲。

「哥，你回來了？」簡方樺離家將近一個月，簡秋栩其實很想他。這會兒見到他平安歸來，很是開心，朝他跑了過去。

簡sir見到他也很開心，直接朝他撲了過去。

「好了，簡sir。」簡秋栩看她哥的頭髮都被簡sir舔成一坨了，趕緊拍了一下簡sir。

「哥，你沒事吧？」

「唉，疼死我了。」簡方樺捂著屁股站了起來。「簡舍肯定吃胖了。」

「哈哈。」簡秋栩笑了幾聲。「哥，路上順利嗎？」

「挺順利的。」除了他差點被人抓，其他都挺順利的。

「那就好，快回家吧，小和淼幾人見到你肯定高興瘋了。」

家裡人看到簡方樺回來，每個人都很高興，幾個小孩圍著他轉了半天，從他身上掏光了零食和玩具才嘰嘰喳喳地散開了。她奶奶還特地殺了一隻雞給他接風洗塵。家人聽簡方樺一路上都遇到了什麼趣事，雖然經歷並沒有什麼稀奇的，但簡方樺口才好，把一路的見聞說得有趣，一個個聽得津津有味。

簡秋栩覺得，她哥如果是在現代，很適合去講相聲。

「還是家裡舒服。」晚飯過後，簡方樺挺著吃得太飽的肚子過來找她。「沒想到打我們玉扣紙主意的是鄭宣財和田繼元，呵呵，活該！」

聽羅葵說了事情經過，簡方樺很是解氣。「還有鄭氏和羅志綺。對了小妹，不是說羅志綺也要賠錢嗎？她怎麼離開大興城了？難道是沒錢賠，跑路了？」

簡方樺兩天前在明州官道上遇到羅志綺，那時，他跟李掌櫃正好在路邊的小食攤上休息。羅志綺的馬車差點把他們裝著藥材的幾輛馬車撞倒了，簡方樺過去找他們理論，才發現坐在馬車上的人是羅志綺。

羅志綺見到簡方樺，連馬車都沒停下，還差點撞到他，急急忙忙的，可不像跑路嗎？

「這我就不知道了。哥，你路上真的沒有遇到什麼事？」雖然簡方樺說一切順利，但簡秋栩總覺得他有些心虛。

「真沒什麼事。對了小妹，我給妳帶了好東西。」簡方樺把黑色袋子拿了出來。

「什麼？」簡秋栩接過，驚訝。「玻璃珠子？你在哪兒買的？」

雖然這些玻璃珠子也不是很圓，但玻璃品質比上次她撿的好上幾個層次，有些玻璃珠子已經達到了純淨程度。若是技術穩定，說不定就能做出成片的玻璃來了。

想到自己要建房子，簡秋栩的眼睛亮了亮，如果能把成片的玻璃做出來，那她不是可以有玻璃窗了嗎？

「在郢州城外買的。怎麼了？有問題？我花了十文錢一個買的，不會買虧了吧？」

簡秋栩搖頭。「不虧，這些玻璃珠子品質很好。哥，你知道做這個玻璃珠子的人是誰嗎？」

「好像叫沒人理？」簡方樺當時並沒有特意問那人的名字，不過印象中好像叫沒人理。人怪，名字也怪。

「沒人理？沒……梅？哥，他是那裡的人嗎？如果我們去找他，你能找得到他嗎？」簡秋栩越想越覺得可行，如果找到他，說不定真的能把成片玻璃做出來。

「應該可以吧。小妹，你要找他做什麼？他人奇奇怪怪的，聽說前不久才被大興城瓷窯趕出來了，有些不靠譜。」簡方樺一想到梅仁里那身髒兮兮的衣服和鳥窩一樣的頭髮，就覺得他是個不著調的人。

前些日子在大興城？這麼說，上次她撿到的那個玻璃珠子很可能也是他的。如果真是他的，在這麼短的時間將玻璃珠子的品質改善得這麼多，說不定他已經穩定掌握了製作玻璃珠子的技術。

「哥，這東西不僅能做出玻璃珠子，還能做成一片一片的，可以當窗戶用。哥，透明的窗子，你覺得怎麼樣？」

「透明的窗子？」簡方樺想想，不解。「窗子也能做成透明的？」

「當然。你想一下，如果窗戶是透明的，房間是不是會變得更亮？」

「那不就很值錢？」簡方樺突然兩眼發光，立即想到了錢上面了。「小妹，我們去找他！」

梅仁里在郢州城外，他們不用進郢州城，肯定沒問題。「對了，他還給了我一塊黑色石頭，說是好東西，小妹妳看看。」簡方樺翻了翻袋子。「咦，石頭呢？我明明放在這裡的。」

「什麼石頭？」簡秋栩也翻了翻，沒看到，於是轉頭看旁邊，卻發現小和淼抱著一塊巴掌大的黑色晶體狀石頭好奇地看著，手上沾了些黑粉，正摸在眼睛上。簡秋栩擔心地喊道：「小和淼，別眨眼。哥，快去打水過來。小和淼乖，千萬別眨眼。」

一眨眼，眼睛上的黑色粉末肯定會進到眼睛裡去，也不知道這東西有沒有毒，會不會灼傷皮膚。

簡方樺趕緊去打水，簡秋栩拿來毛巾，仔細幫小和淼擦掉了眼睛上的黑色粉末，再讓他把手洗乾淨，發現他的眼和手都沒有什麼問題才放下心來。簡秋栩這才拿起那黑色的石頭仔細看起來。

「咦？」看清楚石塊，她驚訝了。

「小妹知道這東西？」簡方樺一看簡秋栩的表情，就知道她肯定知道。

簡秋栩點了點頭。這黑色石頭不常見，但組成它的物質見多了，二氧化錳，乾電池的主要成分。

「這東西有什麼用？」黑糊糊的一塊石頭，簡方樺真看不出它有什麼用。

「用處大著呢！哥，我們過兩天就去找梅仁里。」有玻璃、有二氧化錳，簡秋栩腦海裡立即有了一個大膽想法。「哥，你這趟收穫可真大。」

大在哪裡，簡方樺不知道，不過小妹說大，那肯定大。

簡方樺第二天一大早就進了城，打算跟李誠請假。剛進泰豐樓，張全就把他拉了過來，焦急地說道：「方樺，不好了，太平樓和中和樓把我們泰豐樓的香皂研究出來了，還比我們多了十幾種香皂。不僅如此，他們香皂做得還比我們的漂亮，聽說有花鳥魚蟲、詩詞歌賦什麼的，今天早上到我們這兒買香皂的都跑到太平樓與中和樓去了。」

「太可惡了！」

「可惡什麼，這是早晚的事。」李誠從外面走了進來。「以後估計我們泰豐樓的香皂難做也難賣了。」

第五十六章

李誠剛剛打探了，中和樓雖然也有了香皂，但量不多，也就幾十、上百塊，太平樓就不一樣了，聽說能源源不斷地供貨。簡家一個月也就供應三、四百塊，太平樓不僅量多，品種也多，而且還比泰豐樓優惠。如此一來，太平樓會把香皂的生意全部搶過去。

原本來請假的，一聽到這個，簡方樺又急急忙忙地回去了。

「李掌櫃怎麼說？」簡方樺很是氣憤地回來，把事情告訴了簡秋栩。這事之前李掌櫃已經提醒過她了，家裡人也都知道，倒沒有意外，只是沒想到他們動作這麼快而已。

「還能怎麼說？香皂法子已經被田繼元他們研究出來了，又能有什麼方法？今天好多來買香皂的客人都跑回太平樓了，看情況，我們泰豐樓這幾個月拉過來的客戶又都被他們搶回去了。」香皂的法子是田繼元他們研究出來的，又不是偷的，就是報官都不能拿他們怎麼辦，因此簡方樺再氣憤都沒用。

「就這樣算了？」盜版在現代都杜絕不了，更別說在大晉了。雖然法律不能拿田繼元他們怎麼樣，但簡秋栩覺得李誠不應該就這樣算了。

「小妹有法子？」簡方樺聽她這麼一說，期待地問道。

「哥，我有個想法，不過要看李掌櫃願不願意。」太平樓準備了上萬塊的香皂，是想要把泰豐樓的顧客都搶過去。田繼元準備這麼多香皂，人工費、材料費都不少。之前搶玉扣紙法子，現在又偷偷摸摸研究香皂的法子，她自然不想讓田繼元就這樣拿自己的法子賺錢。

「什麼法子？」簡方樺焦急問道。

簡秋栩仔細跟他說了想法，簡方樺聽了，眼珠子轉了轉。「我現在就跟李掌櫃說去。」

簡方樺也不在意自己累不累，急急忙忙地又跑回了泰豐樓。

「你怎麼又回來了？」李誠看到他很驚訝。

簡方樺拿起水壺大口喝了水，喘氣說道：「李掌櫃，我小妹說她有法子讓太平樓的如意算盤落空，就看你願不願意實行了。」

「哦，什麼法子？」李誠把他拉到一邊。「快說。」能讓田繼元如意算盤落空，他當然想知道了。

「讓香皂的事人盡皆知。」

「人盡皆知？」李誠疑惑。「如何？」

「小妹說了，製作香皂的法子很簡單，一學就會。如今太平樓和中和樓利用我們的法子把客戶搶過去了，香皂對我們泰豐樓來說，已經沒有任何優勢，小妹說了，如果不想讓他們把客戶搶走，就用這個法子。這樣不僅讓他們不能如願把客戶搶過去，而且也能讓他們準備的那幾萬塊香皂變得不值錢，虧死他們。」

李誠搓著手想了想，當即拍桌子決定。「好，就按照你小妹說的做！」

現在香皂已經不是泰豐樓的特色了，不能再給泰豐樓帶來什麼，既然如此，那還不如捨棄它，打擊打擊敵人。

「你和張全去把上次那幾個人找來，多找幾個人，既然要讓田繼元算盤落空，動作就要快。」

「好，我們這就去。」

「掌櫃的，這香皂可真是個值錢貨，今天拿過來的香皂都賣完了。」僅僅一天，他們就淨賺了一千兩。小二看著進帳，心裡很興奮。「還有好多人預定了，外來的商人也預定了，明天都等著拿貨。」

「讓田青明天多運一些過來，讓人盡快多做。」田繼元看著帳單，才放下心來。一天賺回一千兩，按這樣的速度，他很快就能把玉扣紙賠進去的錢賺回來了。李誠沒能力多做香皂，那他就多做點，不僅賣大興城，以後更要壟斷整個大晉香皂。沒了玉扣紙，這香皂比玉扣紙更賺錢。

第二天一大早，田青就又運了幾百塊香皂過來。太平樓專門設了一個地方放香皂，一個個不同品種的香皂放在一起，盒子和香皂表面都加上了詩詞鳥花等圖案，看起來確實比泰豐樓賣的那些香皂更高雅，是那些附庸風雅和貴婦、小姐喜愛的風格。

不過香皂一擺好，第一個上門的不是客戶，而是匆匆趕來的鄭宣財。

「田掌櫃，你不厚道啊，這麼大的生意怎麼不叫上我？」賠了幾十萬兩，鄭宣財最近的日子過得苦哈哈的，還以為田繼元也像他這樣焦急，沒想到他轉眼就把香皂拿出來了。昨天一聽說，鄭宣財就坐不住了。

因為玉扣紙這事，全大興城的人都在嘲笑他，族裡那些人也不像以往一樣看重他，他急於讓自己家產再次豐厚起來。

田繼元看了他一眼。「小本生意，就不必麻煩鄭掌櫃了。」

這是拒絕他了？鄭宣財心中咬牙切齒。「田掌櫃，有錢大家一起賺嘛，咱們要守望相助啊！」

田繼元瞥了他一眼。「鄭掌櫃這詞用得不對啊，你我又不是鄰里，不用守望相助。再說，你也知道香皂的法子是我從李誠那兒研究出來的，你想要賺錢，也可以自己去研究。法子的來源我已經透露給你了，這也算有錢大家一起賺了。」

研究，他哪還有這個精力研究！等他研究出來，還有什麼錢給他賺！鄭宣財想想以前，心裡有氣。「田掌櫃，這可就不對了。鄭某以前有什麼好法子都要帶上田掌櫃，田掌櫃不會現在有了好法子就把鄭某撇下吧？」

田繼元看了鄭宣財一眼，不想再搭理他。賠了十萬兩，他現在可是一點都不想和鄭宣財搭在一起。「鄭掌櫃，你請自便，我客人來了。」

門外來了幾個外地商人。「田掌櫃，我昨天跟你們訂了上千塊香皂……」

聽到那幾個人一開口就是幾千塊香皂，鄭宣財嫉妒得眼睛都發紅了。這香皂竟然比玉扣紙賺的錢還多，他說什麼都要讓田繼元答應自己入股。

「對，客人是來拿貨的？」田繼元對著他們笑呵呵道。

「不是，這香皂我們不要了。協議我們還沒簽，麻煩你們把訂金退還給我。」幾人把昨天爭相交了訂金的訂金條拿出來讓田繼元退款。

聽幾人這麼一說，田繼元臉上的笑容淡了。「客人這是……怎麼突然變卦了？」

「什麼原因不好說，麻煩田掌櫃把訂金退了吧。」幾人互相看看，都沒有說原因。

田繼元心中有些生氣，但還是笑呵呵地讓帳房把錢退了。訂金退了，下次便別想再買他們的貨。

只是沒想到他退了幾個，接著又來了幾人要退訂金。

「掌櫃的，事情不太對啊？」昨天說好來買香皂的那些人都沒來，來退訂金的已經有十幾人了，帳房和小二都覺得事情不對勁。

田繼元皺眉。「羌明，你去外面打探打探……」

「不好了掌櫃，香皂的法子洩漏出去了，現在整個大興城的人都知道香皂是怎麼做的了。」在外面招攬客人的小二急急忙忙地拿著一張紙跑了回來。「掌櫃的你看，是香皂法子。現在來大興城的人都人手一份，每個人都知道香皂的法子了，怎麼辦？」

田繼元搶過小二手中的紙，一看才發現上面詳細列明香皂的做法，比他們現在想到得還多，而且做香皂的原料更是多到他都沒想到。

「這從哪裡來的？」田繼元臉色發青，怒道。

「買的，五文錢一張。他們說東西南北四個城門口，還有城中各個地方都有人在賣。」

「是誰在賣？」

「不知道啊。」小二搖頭。「那些人都不認識。」

「走，去看看！」

田繼元帶著人匆匆趕到賣香皂法子的地方，卻發現賣法子的人都不見了。賣法子的人雖然不見了，但路上幾乎每個人都拿著香皂的法子，興奮好奇又疑惑地議論紛紛。

香皂之前一直都是有錢人在用，普通老百姓也就聽過，見都沒有見過。今天看到有人賣香皂法子，還當著他們的面做香皂，看到香皂就這樣出現在面前，每個人都忍不住花錢買法子，想著回去自己做，做出來了還能賣錢，於是一個個搶著買，不用多久，寫好的香皂法子都搶光了。

「怎麼會這樣？」完了，現在每個人都學會了，他想要用香皂賺錢是不可能的了。他昨天才賣香皂，一夜之間怎麼就能印刷出這麼多張香皂的法子？難道早就有人針對他，印好了香皂的法子，就等著他把香皂做出來嗎？

幾萬塊的香皂賣不出去，不僅賺不到錢，還要虧上一筆材料費啊！為了買豬油，他可是花了不少錢從別的地方收購，田繼元內心焦急不安起來。

看到田繼元神色不好，跟著過來的鄭宣財冷哼一聲。「哼，讓你得意！虧不死你！」

而憤怒焦急過後的田繼元冷靜下來，立即懷疑到了李誠頭上。他氣沖沖地去找李誠，卻看到李誠拿著路人買到的法子，一臉焦急憤怒。「快，去把那些人找出來，到底是誰在賣法子……」

難道不是李誠？不是李誠那是誰？田繼元如今沒了頭緒，不過找到人不是重要的，重要的是趕緊把那幾萬塊香皂賣了。

「哼！」看到田繼元離開，李誠朝著他的背影翻了個白眼。「方樺小子，多虧了這個你帶來的東西，這東西賣不賣？」

普通的雕版印刷和人工抄寫當然不可能一夜寫出上萬張法子，用來印刷的是簡小弟想出來的簡單印刷術。簡秋栩昨天特意讓簡方樺帶過來，果然發揮了重要作用，李誠也看出來它的價值所在。

「不知道，這是我小弟做出來的，我回去問問。」看田繼元焦頭爛額，簡方樺心裡興奮。

「你小子一家子頭腦都挺靈活的嘛，你小妹要去找梅仁里，是不是又想出了好東西？」

簡方樺嘿嘿笑，沒說。

李誠踢了他一腳。「你小子趕緊走。我看啊，不用多久泰豐樓就容不下你了，到時候可別忘了我李誠。」

以簡秋栩的聰明，以後肯定會做出更多稀奇東西。他們泰豐樓畢竟是酒樓，不是什麼東西都能放在這裡賣，這簡方樺遲早要離開泰豐樓的。

「那我走了。掌櫃的，記得把田繼元的事記好，我回來聽你說。」要去找梅仁里，沒時間看後續發展，簡方樺還是有些可惜。

「知道了，快滾吧！」不用多想都知道，田繼元那幾萬塊香皂想要高價賣出去是不可能了。現在滿城的人都知道香皂是用豬油那些材料做的了，即使他們不能很快就把香皂做出來，但那些貴婦人怎麼可能還願意花高價買豬油做的東西。

他就不信不虧死田繼元。

李誠高興地哼起曲子，想到田繼元又被簡秋栩坑了，就慶幸自己當初沒有對她手中的法子動壞心思。

簡方樺開心地買了幾袋糕點帶回給家裡的幾個小孩。

還沒進院子，他就聞到一股刺鼻味道，趕緊捂著鼻子。「什麼味道？」

「小妹在煮竹片。」羅葵過來接過他手上的東西，指了指左邊。

院子左側牆角，簡秋栩在爐子上架著一口鍋，覃小芮在一旁加火，味道就是從小蒸鍋裡傳出來的。

「這是在做什麼？」簡方樺被嗆得打噴嚏，眼淚都要流出來了。

「煮竹子啊。小芮，可以了，把火滅掉。」簡秋栩打開蒸鍋，用細長的棍子攪拌了下，撈出竹纖維。雖然煮了差不多兩個小時，竹纖維還是有些硬，看來這個鍋不行。

「煮竹子做什麼？這是可以了？」

「還沒。」簡秋栩搖頭，打算讓二堂哥幫忙打一個立式蒸鍋。普通的鍋是不行的，蒸煮出來的竹纖維不軟，不軟就代表還不是純正的纖維素纖維。「哥，解決了？」

「解決了。」簡方樺捂著鼻子，離得老遠。「妳還沒說妳要做什麼呢，裡面加了什麼？」

「加了從城隍廟帶回來的那罐綠油。至於要做什麼，現在還沒做出來，也不好跟你說。」簡秋栩想要獲得毛竹的纖維素纖維，只能用硫酸蒸煮了。如果成功了，沒了玉扣紙，族人以後也能繼續賺錢。

不過這鍋明顯不行，打一口鍋也沒有這麼快，看來要等她去找梅仁里回來後再試試了。

「嗆死人了。」簡方櫸幾人從外面回來，也被嗆得打了幾個噴嚏。

簡秋栩見簡樂親他們幾人神色很好，問道：「爺爺，秧苗好了？」

「好了，好了！開始好了。」噴了農藥後，這兩天，家裡人時不時就要到田裡去看一下，昨天沒見到什麼效果，今天再去看，那些秧苗的斑變得淡了好多，因此他們很是開心。

「那就好。」簡秋栩確定法子沒問題，只是他們秧苗問題輕，效果沒那麼容易看出來而已。如果嚴重，說不定昨天就有效果了。

司農寺這邊，確實如簡秋栩所想的一樣，很快就看到了變化。「大人，這法子真的有效！」

黎明關接到了楊璞的信，雖然半信半疑，還是立即試用他送過來的法子，沒想到第二天就看到了效果。為了再確定效果，他多等了一天，才急急忙忙去見武德帝。

「皇上，郭赤縣縣令楊璞獻上來的法子確實有效。」

「如此，立即把法子傳下去，讓各縣立即噴灑。」因為秧苗生病一事，武德帝這幾天一直憂心著，就怕這病擴散開來。雖然知道有法子，但不確定能不能治好秧苗的病，如今真正看到效果，才放下心來。他敲了敲桌子，看著黎明關，問道：「此法是郭赤縣楊璞所獻，他想出來的？」

黎明關搖頭。「啟稟皇上，此法雖然是郭赤縣縣令獻上來，但想出此法的乃郭赤縣簡氏女簡秋栩。皇上，這法子若把秧苗都救過來，乃大功一件。」

武德帝看了他一眼。「確實大功一件，若確實有效，朕自然少不了賞賜。黎愛卿，你速速把法子下發，盡快把秧苗治好。」

武德帝身後的章明德聽武德帝這麼一說，明白了。難怪聖上明明知道有了治秧苗的法子，還要多此一舉，原來是有其他想法。

黎明關領了旨意，當即把法子傳給大興城周邊的各個縣城。楊璞接到命令，立即讓各個村莊的人製作農藥噴灑。

當命令傳到萬祝村時，簡氏族人都有些驚訝。這不就是他們用的法子嗎？朝廷怎麼知道他們用的法子？

他們有些疑惑，想要問簡秋栩，不過這時簡秋栩和簡方樺已經坐上租來的馬車，往郢州方向去了。

官道上，一馬一車三人外加一隻狗，走得不疾不徐。

「小妹，妳怎麼把簡舍帶出來了？」看著坐在車轅邊上，吐著舌頭好奇看著周邊的簡sir，簡方樺無奈。雖然簡sir平時很聽話，但他從沒想過帶著牠出遠門啊。

「簡sir很厲害啊。」覃小芮說道：「可以幫我們抓壞人。」

畢竟是第一次出遠門，覃小芮忍不住興奮，在車上左看右看，還沒有簡sir穩重。

「確實，哥不覺得帶上簡sir安全多了嗎？」畢竟路途遙遠，不知道路上會發生什麼事，帶上簡sir，可以安心一點。

「汪汪汪！」

正誇著簡sir呢，牠突然站起來朝著車後叫。

「怎麼了？」覃小芮探頭。「沒人啊。」

官道兩旁是低矮的灌木，後面根本就沒有看到什麼人和東西，然而簡sir卻一直警惕地叫個不停。

「姑娘，簡sir這是怎麼了？」覃小芮疑惑。「難道簡sir不習慣出遠門？」

「或許吧。」簡秋栩挑眉看了看車後不遠的地方，拍了拍簡sir，示意牠安靜下來。得到指令，簡sir又安靜地坐下，只不過眼神仍舊警惕地看著車後。

「哥，去到郢州城外大概要多久？」

「快的話八天，慢的話大概要十天。」

「我們不急，就走慢點吧。」雖然坐的是馬車，但車速快的話，就顛簸得厲害。簡秋栩覺得走慢一點也無所謂，可以好好了解一路上的風土人情。

簡秋栩不急，羅志綺很急。

她一路讓鏢行的人疾駛，終於在今天早上進入郢州。稍作休息後，她帶著秋月和夏雨匆匆趕到牙行，指定要買城北那棟楊家的宅子。

夏雨和秋月都很驚訝。三小姐急急忙忙趕來郢州，就為了買房子？難道她以後不回去了嗎？三小姐是怎麼知道郢州城北有楊家宅子的？

夏雨和秋月都覺得很怪，卻什麼都不敢提。

牙行的人看到有人要買房子，當即要帶她們去看房，羅志綺卻要求直接簽合同，不用看了。

牙行的人覺得怪，沒見到買房子買得這麼急的人，但房子這麼輕易就賣掉了，他們也開心，很快就和羅志綺簽了合同拿了錢，把鑰匙給她。

羅志綺立即帶著夏雨和秋月趕去城北的宅子，打開大門，仔細察看了一番，發現宅子沒有被翻動過，徹底地放下心來，臉上也揚起了得意的笑。

「三小姐，為什麼要買這房子？」秋月實在忍不住問了出來。雖然這宅子不是很舊，但比起其他的房子，還是差遠了。

「妳懂什麼。」她買的是宅子嗎？她買的是宅子下面的東西。

幸虧她及時恢復了第二世的記憶，再晚一點，這裡的東西就要被盧陵王搜刮了。這一世，她是不會嫁給盧陵王了，但好東西她得搶過來。

羅志綺興奮地鎖上大門，打算明天就把地下的東西挖出來。

「咦？」剛從楊宅出來，羅志綺看見一道有些熟悉的身影，還未等她辨認清楚，身影便消失不見了。

「三小姐，您看什麼？」看羅志綺疑惑，秋月問了一句。

羅志綺搖頭。「沒什麼，應該是我看錯了。」

她覺得自己可能真的看錯了，端均祁怎麼會出現在這裡？她記得前世、前前世，這個時候他還在金平城，而且應該快死了。

對於端均祁，羅志綺心裡是有些複雜的。端均祁這人長得好，家世又好，配她剛剛好，可惜是個短命鬼。這人兩世都在二十歲那天死掉，每次死的時候，簡秋栩卻都在他身邊，都能從他的死亡得到好處。

這一世說什麼，端均祁死的時候，都不能讓簡秋栩出現在他身邊，有好處也是該她得！
她算了算時間，打算把東西挖出來後就趕到金平城。

第五十七章

第二天一大早，羅志綺讓秋月和夏雨買了些工具，再次進了郢州城北的楊家宅子。她目的明確，直接進入正房臥室，讓秋月砸掉了床旁的瓶子。瓶子一破，立即露出了地下的機關。

羅志綺興奮地扭轉機關，一扇做成牆的門緩緩打開，門後面是一個密室，整整齊齊地疊著二十幾口大箱子。

果然都在！

羅志綺看著那些箱子，激動地跑了進去，一個個打開。金銀珠寶，古董字畫應有盡有……她興奮到顫抖，這些都是她的了！老天讓她想起了第二世的記憶，老天還是眷顧她的，這一世，有了這些錢財，她必定能活得風光無限。

「秋月，夏雨，妳們去把鏢行那些人找來。」她要盡快把這些東西運回去，如果沒記錯，廬陵王很快就知道這裡了。

這宅子是郢州首富周密楊的秘密宅子，廬陵王一直打著周密楊家財的主意。周密楊這人吝嗇卻精明，他知道端禮覬覦自己的家財，早早就做了準備，把值錢的東西都藏起來。然而沒過多久，周家一百來口的人全部中毒身亡了，沒有人知道他的家財去哪兒了。

前世盧陵王費了好大的勁才查到這宅子，如果沒記錯的話，他已經快要查到了。

這是羅志綺嫁給盧陵王幾年後才知道的事，也是為什麼她急於來郢州的原因。如今她先端禮一步，這些都是她的了。

秋月和夏雨兩人被那一箱箱的金銀珠寶驚到了，有些反應不過來。興奮的羅志綺看到她們這模樣，立即狠戾地說道：「這些妳們都看到了，如果誰敢說出去，我讓妳們吃不了兜著走！」

「三小姐，我們不敢！」兩人被羅志綺的眼神嚇到了，趕緊發誓絕不會說出去。

「還不快去鏢行找人過來，多找一些。」這麼多箱子，她得多找一些人護送才行。

「是。」秋月和夏雨匆匆跑了出去。

羅志綺轉身回密室中，一個個地檢查那些箱子，再用鎖把箱子都鎖緊，絕不能讓人看出裡面是什麼東西。

至於之後端禮要查，她才不怕，因為來之前就做好了準備，買這個宅子用的是簡秋栩的名字，要查也是查到簡秋栩的頭上。

呵呵，端禮這人睚眥必報，野心勃勃，被他盯上了絕對沒好下場。簡秋栩不是聰明，不是好命嗎？她就不信被端禮盯上了，簡秋栩還能跟前兩世一樣風光無限。

秋月和夏雨剛跑出去不久，又匆匆地跑了回來，有些驚慌。「三小姐，好像有些不對勁，城裡多了好多官兵，朝這裡來了。」

羅志綺一聽，心中一驚。難道端禮查到了？不可能啊，她的記憶肯定沒錯，端禮肯定沒有這麼快就知道周密楊的錢財藏在這裡的。

「去看看！」匆匆鎖上門，羅志綺帶著秋月和夏雨從後門出去。

她們剛出去，便有一隊人朝她們迎面而來。

當了五年的盧陵王妃，羅志綺一眼就認出這些是端禮的人，心裡一驚。難道是記憶出錯了，端禮現在就知道了楊宅？

羅志綺心裡瞬間冒出了不甘，眼裡冒著怒火。老天怎麼就不讓她順心！

她盯著那些官兵，發現他們根本沒有進入楊宅，而是從巷子後匆匆離開了，如此，她才放下心來。

她就說自己的記憶不會錯的。不過為了以防萬一，今天就得離開郢州！

盧陵王府。

「還沒找到人？」端禮眼神陰沈地看著垂頭立在一旁的人。「廢物！」

派出去不少人，卻一無所獲，端禮很是惱怒。

「再繼續找！後山給我看緊點，絕不能讓人混了進去。破壞了本王的大事，一個個提頭來見。」端禮沈著臉說道。

「是。」幾個副將應道，匆匆出了府。

「王爺您放心，後山守衛森嚴，一隻蒼蠅都飛不進去。」站在他身後的王長史說道。

「如此最好。周密楊的財產有眉目了沒？」

王長史點了點頭。「有些眉目了，過幾日應該就能找到所藏之處。」

「哼，任你狡兔三窟，還不是便宜了本王。加快速度，讓人盡快多找人，別耽誤了計劃。還有，給我盯緊了郢州城，有異常的，寧殺勿放。」

「是。」王長史匆匆出了門。

廬陵王陰沈沈地看著門外。身為武德帝異母同胞的兄弟，他外貌與武德帝有兩分相似之處，不過他繼承了母親的七分樣貌，外貌比武德帝更亮眼幾分，說得上是儀表不凡。只是他為人睚眥必報且自負，神色中少了正氣，多了些戾氣。

他是端太祖的小兒子，他母親深得端太祖喜愛，端太祖愛屋及烏，對他也是十分喜愛。端禮自認皇位手到擒來，沒想到會功敗垂成，端太祖把皇位給了武德帝端允。這些年來心中不甘，總想著把皇位搶回來。

然而他不是傻子，知道武德帝肯定忌憚著自己，找人監視著他，所以這些年來行事很是謹慎。這次有人暗中打探後山的事，一定是武德帝得到了什麼消息，派人過來打探。

端禮琢磨著，這一次，武德帝會派誰過來？不過不管是誰，他肯定讓他有來無回。他準備了這麼多年，絕不會失敗。

郢州城北荒山，易容過後的端均祁再次帶著一人敲開山門。

「盧孝，最近你怎麼都抓不到人了？隔了這麼多天才又抓了一個？」守門的小兵說道。

「外地人失蹤的消息傳開了，來得人少。」端均祁儘量模仿著盧孝的聲音，雖然帶著些冷意，但守門的小兵根本就察覺不出異常。

「上次不是跟你說張影他們去附近的周家莊找人了嗎？他們最近帶回了不少人，我覺得你還是跟他們一起去，這樣人也多些。這些人一個個都沒啥用，不用皮鞭抽都出不了力。」小兵有些抱怨。

「再說。」端均祁看了一眼山洞內部。相比上次所見，裡面的人又多了一些，只是一個個的神色更加麻木了。

「還要再等啥？再等周家莊外地人也都要沒了。咦，你找的這人也挺健碩的，還是帶到鑄箭那邊吧。你先帶過去，我去給你登記。」

端均祁點了點頭，帶著身後的人往鑄箭那邊去。

隔壁有響動，鑄箭處看守的小兵跑出去看情況，喬裝的端一乘機走近端均祁。「三公子，山洞後面是一座礦山，不過守衛森嚴，屬下沒有機會進去察看情況。如果屬下猜得沒錯的話，礦山周邊應該設有軍營，位置大概在後山。」

端均祁聽了，神色並沒有異常，彷彿已經知道。「最近小心一些，如無意外，盧陵王會加強守衛。我讓端一一同進來，等有機會，你們把地圖畫下來。」

端二疑惑。「怎麼會突然加強守衛，難道我們有人被他發現了？」

端均祁抬頭。「不是我們的人。你們儘量小心，不要去後山，後山我親自去。」

端一聽此，有些急。「三公子，那裡危險，等屬下們出去再陪您去。」

他們可沒忘記自己最主要的任務是保護端均祁的安全，讓他順利度過二十歲的大劫。如今廬陵王加強警戒，後山必定是危險之地，雖然三公子武藝高強，但他們還是不放心他一個人去打探情況，就怕突然有了意外。

端均祁看了他一眼。「不用，人多容易暴露，我去即可。」

「三公子，還是等屬下一同前往。」端二急道。

端均祁掃了他們一眼。「你們既然是聖上派過來協助我的，自然要聽我吩咐。」

端一和端二對視了一眼，知道說服不了他，只能答應。「是。」

端均祁把人交接後，離開城北荒山，往城外而去。

同一時間，官道上，坐了幾天馬車的簡秋栩有些懨。她不是個嬌生慣養的人，可以說能承受多數男人都不能承受的勞累，可如此有能力的她，卻被馬車顛成了一個嬌弱的小女子。

雖然馬車走得算慢了，但簡秋栩還是腰痠背痛得差點把腰給坐斷了。和她一樣，一開始還很興奮的覃小芮也興奮不起來了，這會兒正捏著屁股嗷嗷叫著。全車除了睡得舒服的簡sir，神色都不是很好。

為了不讓自己成了個廢人，簡秋栩時不時站起來活動一下筋骨。

「哥，還要多久？」撩開車簾，她往前面看過去。

「前面是陳州，過了陳州，差不多明天就能到了。」畢竟來過一次，簡方樺對路程的計算還是比較精確的。

「那我們今晚先在陳州休息一晚，明天直接去郢州城外的小食攤找老闆問問看。」簡秋栩問過簡方樺，知道他並不清楚梅仁里住在哪裡，所以只能去問小食攤的老闆了。

「行，就先這樣。」在路上走了幾天，簡方樺也累，確實想找個地方好好休息一下。

「太好了，今晚可以好好睡一覺了！」覃小芮高興地嚷了一聲，又恢復了興奮。

馬車很快駛到了陳州，簡秋栩問了路人，挑了最好的酒樓明陽樓。她不是個會虧待自己的人，能享受自然要好好享受，況且現在不缺錢，該花就花。

只是沒想到，馬車剛停在明陽樓，就看到羅志綺從對面的馬車下來。

羅志綺自然也看到她了。身邊的夏雨看到簡秋栩身邊的簡sir，臉立即白了，害怕地往後躲了躲。羅志綺掃了她一眼，夏雨立即垂下頭，不敢動了。

雖然有些意外在這裡遇到羅志綺，但簡秋栩他們也只是意外一下，只當羅志綺是個陌生人，把馬車停好，進了明陽樓。

而羅志綺卻盯著簡秋栩，心裡一堆疑問。她怎麼會在這裡？

吃了飯，漱洗一番，簡秋栩幾人舒舒服服地睡了一覺，第二天精神抖擻地往郢州去。

只是沒想到他們剛從明陽樓出去不久，羅志綺的馬車就跟了上來。

昨晚睡前，羅志綺突然想到，這個時候簡秋栩出現在這裡，那麼她便不可能再有時間去金平城；她不去金平城，就不可能再遇到端均祁。她心中疑惑，難道這一世簡秋栩不會再遇到端均祁？這麼說來，她就有更大的機會把簡秋栩前世的機遇搶過來？

只是……不對，上次她覺得熟悉的那人肯定就是端均祁，端均祁現在就在郢州，所以簡秋栩才會去郢州！

不行，端均祁要死，只能死在她面前。

於是羅志綺匆匆多訂了幾天的房間，讓那些鏢行的人在明陽樓等著她，留下秋月看著那些箱子，帶著夏雨匆匆追了上去。

「小妹，就在這裡了。」到了上次停留的小食攤，簡方樺立即停下車。

因為還早，小食攤人不多，就只有一個穿著白色衣服的客人坐在攤位上。

簡秋栩帶著簡sir從車上跳了下來，等簡方樺繫好馬車再一起過去。

「老闆。」簡秋栩朝小食攤老闆喊了聲，背對著她的白衣人卻突然轉頭朝她看了過來。

簡秋栩正巧對上了他的視線。

那是一雙淺綠色的眼睛，僅僅不到一秒的對視，她卻從中看出了意外、了然、不甘與堅定等複雜的情緒。

為什麼一個人的眼神會如此複雜？簡秋栩被他的眼神震了一下，突然大腦一激靈，總覺得這人似曾相識。再想多看，那人卻已經轉回了頭。

這人是誰？她怎麼覺得認識他？簡秋栩覺得有些奇怪，自認為記憶力極佳，若自己見過他，肯定不會忘記的。況且那淺綠色的眼睛很有特色，若見過肯定更加不會輕易忘記。

而一旁的簡方樺心裡卻嚇了一跳。這人不就是騙了他和李掌櫃的書生嗎？他不是死了嗎？怎麼還會在這裡？難道人能死而復生？

「哥？」簡秋栩心中雖然奇怪，但她很快就發現簡方樺的異常。「怎麼了？」

「沒。」簡方樺低著嗓音，就怕那人認出來。

沒事才怪，臉都白了。簡秋栩從來沒見過她哥這樣害怕的模樣，肯定有什麼事。

「欸，小哥，你怎麼又過來了？又要去郢州？」遠處走來一個人，見到簡方樺，立馬聊開了。此人正是上次跟梅仁里打架的灰衣青年，他明顯還記得簡方樺，趕緊跑了過來勸道：「我告訴你，最近不僅郢州城，這附近的幾個地方都有不少外地人失蹤，你還是趕緊離開吧，別停留了。」

失蹤？看她哥這模樣，上次來郢州肯定發生什麼事了。

「公子，我們不去郢州，我們要找梅仁里，找到他我們就離開。請問你知道他在哪兒嗎？」簡秋栩覺得還是不要耽誤時間了，趕緊把梅仁里的住處打探出來。

「妳找他做什麼？」灰衣公子見簡秋栩問梅仁里，很是奇怪。梅仁里那人整天穿得破破爛爛，髒兮兮的，竟然還有姑娘找他。

「有事需要找他相商，公子能否告知他的住處？」簡秋栩從他的話中聽出他認識梅仁里。

「就住在北邊的山頭下，你們一直往前走，看到有冒黑煙的地方就看到他了。」灰衣公子嫌棄地說道。

「多謝！」看來梅仁里住處標誌很明確。「哥，我們走吧。」

簡秋栩拉著簡方樺離開，只是離開之前，她忍不住又看了那人一眼。她心中的感覺是真的很怪。

馬車一離開，端均祁轉頭看了過去，眼神很淡，也不知道在想什麼。

「老闆，請問剛剛有沒有一輛帶著一隻狗的馬車經過，往哪邊走了？」羅志綺安排秋月看著那些箱子花了點時間，因此跟簡秋栩差了些距離。如今看不到簡秋栩的車，心中有些焦急，讓夏雨下來問人。

聽到問話，端均祁下意識地皺了下眉。

「往那邊走了。」小食攤老闆指了指簡秋栩離開的方向。

夏雨匆匆跑回馬車上，讓車伕跟了上去。

「奇了怪了，怎麼這麼多人去找梅仁里？梅仁里要發達了？」灰衣青年喊道。

端均祁站了起來，在小食攤老闆和灰衣青年看不到的地方，往羅志綺馬車方向扔出了什麼東西，之後往馬車走了過去。

羅志綺主僕兩人的馬車剛駛不遠，馬車喀嚓一響，兩人往前撲了出去，差點就滾下馬車。

「怎麼回事?!」羅志綺怒道。

「小姐，車梁斷了。」車伕下來檢查，有些不敢相信。造得不久的車，怎麼就斷梁了？

「什麼破車？快點給我修好！耽誤了我的事，你賠不起！」羅志綺心中很是憤怒，怎麼只要是關於簡秋栩的事，她就事事不順！

「可以修好，但沒有那麼快，小姐要等等了。」車伕也無奈。

羅志綺又氣又焦急，就怕跟丟了。

簡秋栩當然不知道在她的馬車後面有這麼一齣，他們的馬車一路沿著北邊的山頭往前走，果然走了差不多一刻鐘，就看到了煙囪冒出的滾滾濃煙。

沿著濃煙一路往前走，看到一間破破爛爛的茅草屋，屋後堆著幾個窯子，窯子前面蹲著三個小孩，一個個頂著鳥窩頭，不斷地往窯裡添火加柴。

簡秋栩他們下了馬車。

「哥，哪個是梅仁里？」這些小孩差不多都是十一、二歲，怎麼都不可能是造出玻璃的梅仁里吧？

「不是他們。」簡方樺左右看了下，沒找到之前看到的梅仁里。

「你們找誰？」那幾個小孩聽到聲音，轉過頭來問他們，一張張小臉髒兮兮的，眼睛卻亮得很。

「我們找梅仁里，請問你們知道他在哪兒嗎？」簡秋栩看了茅草屋一眼。

「仁里哥哥在裡面睡覺呢，我去叫他。」

簡秋栩探頭往茅草屋裡一看，裡面果然躺著一個十七、八歲的少年，臉比幾個小孩的還黑，身上衣服燒焦了不少洞，都可以當漁網捕魚了。

「仁里哥哥，有人找你。」一個小孩跑進去，大力搖醒了他。

「找我做什麼？沒錢賠！」梅仁里眼睛都不睜，轉身又睡了。

「仁里哥哥，不是要你賠錢的，是上次那個買珠子的人找你呢！」這小孩就是上次跑去喊梅仁里的小孩，認得簡方樺。

梅仁里一聽，立馬睜開眼坐了起來，看向簡方樺。「你還要買珠子？」

「這次不買珠子。」簡秋栩說道。

「不買珠子找我做什麼？」梅仁里一聽不是買珠子的，笑臉立馬就沒了。

「珠子都是你做的嗎？」她問道。

梅仁里看了簡秋栩一眼，眼珠子一轉。「法子不賣！」

「我不買你的法子，只是需要你幫我做一個東西，把珠子做成一片片的形狀，大概窗戶那麼大的形狀。」

聽簡秋栩這麼一說，梅仁里倏地站了起來。「一片片？這東西還能做成一片片？」

「圓的你都能做出來，一片片當然可以。」

梅仁里眼珠子轉了好幾圈，突然好像想到了什麼，大力拍了自己腦袋一掌。「對！我怎麼沒想到？一片一片的，它也可以做成一片一片的！」

梅仁里興奮地大叫幾聲，之後又像川劇變臉一眼，表情一變。「能做成一片一片的又怎麼樣，我現在沒錢，做不出來。」

「如果我給你建窯，而且原料錢我出呢？」就這幾個歪歪扭扭、不合格的窯，怎麼可能把玻璃做出來？如今梅仁里有技術，她有錢，何不投資他？如果真能把玻璃做出來，她也不虧。

「建窯？跟大興城瓷窯一樣的？」聽到簡秋栩這麼一說，梅仁里眼睛一亮。

「對！」製作玻璃的窯廠估計比瓷廠的窯要求更高吧？「不過要建在我那裡。」

古代交通不便，她不可能經常來這裡，窯廠還是建在離她近一點的地方比較好。

「好，就這樣，那我們快走吧。對了，他們得跟我一起去。」梅仁里一聽到有窯，立馬答應下來，又指了指那三個小孩。

「對，我們可以幫仁里哥哥。」

「我會燒火！」

「我會砌窯！」

「我，我會切珠子。」

得了，團隊都有了。

「可以。」簡秋栩沒想到梅仁里這麼快就答應了，還只提了這麼小的要求。

興奮地撓著頭的梅仁里突然想到了什麼，立馬又變臉了。「不行，現在不行，得等我這一窯的燒出來再去。」

很好，有始有終。

第五十八章

梅仁里說要等，那簡秋栩就多等他兩天了。

簡秋栩繞著他那破破爛爛、冒著濃煙的窯看了幾眼。沒想到梅仁里用這種窯都能把玻璃做出來，看來他掌握的技術很紮實了。

「附近有地方可以住嗎？」小茅草屋破破爛爛的，根本就不可能住人。簡秋栩原本想進城去找個地方住，心中卻想起了剛剛那個灰衣公子的話。

郢州城，最近似乎不太平，如果現在回陳州，又太晚了，所以她打算還是在附近找個地方住下來。

「姊姊，我家可以住！」叫小東的小男孩很積極地說道，眼神裡有著期盼。

「行，那你帶我們去你家吧。」簡秋栩看出他很想讓他們住自己家，打算去看看。

「姊姊，我家就在附近，很近的，我現在帶你們去。」見簡秋栩答應了，小東很是開心，跑在前面給他們帶路。

走了幾百公尺，他們就拐入了一個村莊。村莊看起來不大，零零散散地住著幾戶人。

「這就是你家啊？」覃小芮看著那四扇窗子都破了的茅草屋，皺了下眉。這房子也太差了吧？

「是，是我家。」小東有些不好意思。「你們還住嗎？」

簡秋栩看了下周邊，點頭。「住。」

「那我讓奶奶給你們收拾收拾。」小東見簡秋栩沒有嫌棄，高興地去喊他奶奶。

「姑娘，這屋子有點破。」覃小芮左右探頭看了看，不是很滿意。

「這屋子雖然破了點，但還挺乾淨的，住沒問題，反正我們也只是住一、兩天。」簡秋栩雖然不會虧待自己，但也不是吃不了苦的人。

她看出來了，這個叫小東的小男孩家裡好像只有奶奶，他想要她住這裡是想賺點錢吧？這點小小的願望，簡秋栩還是能幫他實現的。

小東把奶奶叫了過來，老人聽了很開心，拿著抹布開始收拾房間。

簡秋栩按照普通的客棧收費把錢給了小東，小東開心得眼睛都亮了不少。

「小東，你梅仁里哥哥平常就住那裡啊？」安頓下來，簡秋栩打探起梅仁里。

「不是，仁里哥哥家在村子後面呢，那個大房子就是他的。不過仁里哥哥把瓷窯的窯又燒塌了，被梅叔叔趕出來了。姊姊，仁里哥哥人很好的，他說要帶我們賺錢，我們真的賺到錢了！仁里哥哥分了我一百文錢呢。」

又燒塌了？看來梅仁里是個執著的人。從他剛剛的反應以及分出去的錢來看，他的執著在於自己的法子能成功，而不是執著於法子能賺錢，同時又有義氣，這種人，合作起來還是很輕鬆的。

小東的奶奶整理好了屋子，還給他們準備好了晚飯。雖然不豐盛也沒有肉，味道卻不錯。

簡秋栩特地給簡sir舀了一大碗吃的，簡sir也吃得挺開心的。小東很喜歡簡sir，蹲在一旁看著牠吃飯。

簡秋栩看簡sir對小東沒有什麼惡意，便讓他帶著牠玩了。

「哥，你上次是不是遇到什麼事了？」

「哎，小妹就是聰明，什麼事都瞞不過妳。」簡方樺摸了下鼻子。「上次我和李掌櫃在郢州差點被騙了，幸好被人救了，不然妳哥我真的要有去無回了。小妹，我不是故意要瞞著妳，只是怕家人擔心才沒說。早知道郢州城外也不安全，我就不帶妳過來了。」

簡秋栩皺了下眉，沒想到她哥竟然會遇到這種事。看來郢州是真的不安全，等梅仁里事情搞定，他們就離開。

「哥，以後你得小心點。」簡秋栩囑咐道。家裡人都很好，就是太容易相信他人，像之前杜春華一家，交往了十幾年，家裡人都看不出他們人品有問題。

「知道了。」經過這件事，簡方樺心中警惕了不少，再不敢隨隨便便就相信人，跟人走。

說到這個，他又想起了不久前看到的盧孝。想到他死而復生，心裡還是有些怕，只是覺得還是不要告訴簡秋栩了，怕萬一把她也給嚇壞了就不好了。

「汪！汪！」院外的簡sir突然叫了幾聲，一輛馬車急急忙忙地往他們的方向駛來。馬車簾子掀著，車裡的人一眼就看出來是誰了。

「姑娘，是羅志綺！她怎麼也跑來了？」覃小芮看到羅志綺心裡就有氣。

「不知道。」簡秋栩掃了一眼馬車，把簡sir招了過來。

終於追上簡秋栩，羅志綺焦急憤怒了一路的心才稍微放了下來，讓車伕把馬車停在這裡，打算就住在簡秋栩這裡，時刻盯著她，不讓她搶先。

「三小姐，我們找別的地方住吧？」看著面前虎視眈眈的簡sir，夏雨心裡哆嗦。「這裡只有四間屋子，而且房子看起來又破、又不乾淨，住起來肯定不舒服。三小姐，您是伯府嫡女，怎能住這樣的房子？」

聽到夏雨的話，羅志綺才正視眼前幾間房子，看了一眼，滿臉都是嫌棄。這樣破舊的房子，她怎麼住？

要不是為了盯著簡秋栩，她現在就想轉頭離開，不過此刻，只能忍了。

「我們去那裡！」站在馬車上看了一番，羅志綺指著離小東家不遠的房子，讓車伕把車駕到那兒。

那是村裡唯二的瓦房，房主人聽到羅志綺要借住，心裡有些不願意，但聽到她開出的價格後，立馬殷勤地騰出了兩間房間讓她住下。

儘管房間很乾淨，羅志綺內心依舊嫌棄。「簡秋栩來這裡做什麼，妳之前問出來了沒？」

「聽那個小食攤上的人說，好像她是去找一個叫沒人理的人。」夏雨根本就沒有細問，自然不知道簡秋栩來這裡做什麼，不過她聽到了灰衣公子的話。

「沒人理？什麼沒人理？」羅志綺哼了一聲，突然腦中靈光一閃，她眼睛一瞪，激動地站了起來。「梅仁里？果真是梅仁里？」

夏雨不知道她為什麼突然如此激動，卻還是點了點頭。

「梅仁里，難怪簡秋栩要到這裡來！」她記得幾年後，京城會出現一種透明的瓶子，一個瓶子要賣到上千兩還供不應求。製作出這瓶子的人就叫做梅仁里，名噪京城，多得是達官貴人想要與他合作。

而梅仁里誰都不選，最後選了簡秋栩，給她帶來了源源不絕的財富。只是，這梅仁里現在沒有任何名氣，簡秋栩怎麼就知道他手裡有法子？

哼，不管她怎麼知道的，既然讓她知道了，那肯定要搶過來。

「秋栩姊姊，昨天那個女人要跟仁里哥哥買法子。」剛吃完早飯，小東就急急忙忙跑回來了。昨天看到簡sir凶羅志綺幾人，小東心裡就認定了他們不好。於是看到羅志綺過來，便偷偷跑回來跟簡秋栩說。

「姑娘！」覃小芮一聽就急了。

「別急，我們現在就去看看。」

「這羅志綺怎麼什麼都要搶？」簡方樺心裡很不爽，氣沖沖地跑了過去。「知道什麼叫先來後到嗎？」

羅志綺沒理會簡方樺，而是看了簡秋栩一眼，下巴微抬，端出高貴氣勢。「他還沒有跟你們簽訂任何協議，我出高價讓他把法子賣給我再正常不過，價高者得不是天經地義嗎？」

簡秋栩聽至此眼神閃了一下。羅志綺一路追著她的尾巴過來，難道是知道梅仁里有玻璃的法子，想要過來搶？她怎麼知道的？她記得當時夢到羅志綺一生時，她的人生記憶可沒有一丁點關於梅仁里的事。

「當然，價高者得很在理。若梅公子要賣給妳，我是不會阻攔的。」簡秋栩掃了她一眼，感覺眼前的羅志綺有些不一樣了，氣質和表情都有了改變，不由得心中疑惑。難道廣安伯府專門找人調教過她，讓她學會了貴婦、小姐的作態？不過這改變也太快了吧？

「不賣！」簡秋栩的話剛落下，梅仁里就朝羅志綺翻了個白眼，馬上拒絕。

聽到梅仁里的拒絕，羅志綺也不在意。「我出二千兩，你這法子可不值二千兩，簡秋栩也不會給你出這麼高的價錢。現在，你賣不賣？不賣的話，之後你就別想再找到出更高價的了。」

說完，羅志綺有些得意。她能出這麼多錢，簡秋栩百分之百拿不出來。她就不信出這麼多錢，梅仁里這沒見過世面的鄉巴佬不會動心。

「誰要妳的破錢？滾滾滾！」得意的羅志綺沒等來梅仁里的感恩戴德，卻等來了他揮過來的髒兮兮衣袖，衣袖上的黑色灶灰直接往她臉面上揚。

羅志綺嫌惡地退了幾步，惱怒地說道：「我好心好意給你高價，你這是什麼態度？我出的價格肯定是最高的了，現在不賣，以後別後悔！」

「後悔也不關妳的事，趕緊離開我這裡，礙事！」梅仁里像趕蒼蠅一樣趕著羅志綺。

羅志綺心中惱怒，這人是死心要賣給簡秋栩了？為什麼簡秋栩這麼容易就得到法子，她就不行？

羅志綺心中暗恨，怒瞪著簡秋栩。等著吧！等廬陵王盯上妳，到時候不管妳怎麼說，他絕對不會放過妳的！買了梅仁里的法子又如何，到時候說不定跟周密楊一家一樣，莫名其妙就死掉。哼，就讓妳再得意一會兒！

想到這兒，羅志綺眼中的嫉恨和惱怒變成了得意的冷笑，看了簡秋栩一眼，甩著衣袖離開了。

羅志綺的眼神讓簡秋栩有些莫名其妙，不明白她有什麼好冷笑的。看了她一眼，心中雖有疑惑，但簡秋栩一時也不知道羅志綺是什麼意思。

「梅公子，沒想到你竟然拒絕了她。」

「我梅仁里是個守承諾的人，既然答應了妳，怎麼可能還會把法子賣給別人？而且，我最討厭別人說我的法子不值錢。」梅仁里哼了一聲。

「你的法子很值錢。」羅志綺二千兩就想把梅仁里的法子買走，真當梅仁里是個傻子了。

梅仁里有些得瑟。「那當然，妳還算有眼光。」

簡秋栩笑了下。「對了，梅公子，上次你給我哥的那塊黑色石頭是在哪裡找到的？還有多的嗎？」

「那東西有用？」梅仁里聽簡秋栩這麼一說，粗眉往上一挑。

簡方樺聽了，眉角一抽。「你之前還跟我說值錢，所以你上次是騙我的？」

「嘿嘿，我沒騙你啊，你妹不是說有用嗎？有用就值錢啊。」梅仁里絕不承認上次騙了簡方樺。

簡秋栩輕笑一聲。「那東西還有嗎？你在哪兒找的？」

「後山撿的，妳要的話讓小東帶妳去。」梅仁里把小東喊了過來，讓他帶簡秋栩撿黑色石頭去，之後拿著一塊平板模樣的東西，又鑽進了窯洞。

簡秋栩看他又沈迷於燒製玻璃，便不打擾他，跟著小東去後山。

後山並不是指後面的山，而是指山的後面。這座山看起來有兩、三百公尺高，五分之四的面積位於郢州城內。

小東帶著她進山，山的背後鬱鬱蔥蔥的，形成了天然屏障，根本無法讓人看清山上的情況，更別說要透過樹叢看到山對面的情況了。

「秋栩姊姊，繞過山坡就到山腳下了，石頭是仁里哥哥在山腳下撿的。不過山上更多，我帶妳去。」幫簡秋栩撿石頭，小東看起來很開心。

「好呀。」簡秋栩也想看看那裡是不是一座天然的二氧化錳礦山。

四人一狗爬過山坡，剛踏上山腳，一根樹枝飛來插在離他們半尺的地方。

覃小芮等人嚇了一大跳，簡秋栩瞬間警惕地看向對面。

「離開這裡。」樹叢中隱隱約約有一個人，冷聲讓他們離開。

簡秋栩拉住簡sir，透過樹葉，對上了他的視線——一雙淺綠色、讓她莫名覺得熟悉的眼睛。

是他，昨天在小食攤上見到的人。

「為什麼要離開，山上有什麼？」簡秋栩看著他問道。

「妳最好不要問，速速離開。」說完，他轉身就走。

「等一下！」簡秋栩喊住了他，問出了心中的疑惑。「你認識我？」

端均祁離開的腳步頓了頓，頭都沒回。「不認識。」

話音一落，人就消失了。

簡秋栩皺了皺眉。直覺告訴她，這人認識她。

「小妹，我們還是不要上去了，在山坡下找一找，應該也有的。」再一次看到盧孝，簡方樺心中更覺得驚悚。只是等他開口後，他的驚悚變成了震驚。這聲音不就是那天救了他的人的聲音嗎？想起了李誠說郢州有些事情不簡單的話，簡方樺立即讓大家下山。

簡秋栩雖然心中疑惑，也不打算上去了。安全最重要，誰知道上面是不是真的有危險的東西。

「小東，這山上有什麼？」到了山坡下，簡秋栩看了一眼山背，問道。

小東搖頭。「沒什麼啊，以前我和仁里哥哥他們經常跑到上面摘果子，上面就只有果子和樹，哦，還有黑色的石頭。」

估計有什麼他也不知道，簡秋栩便不問了，讓大家在山坡下找找，果然找到了一些從山上滾落下來的二氧化錳礦石，估計這座山是座礦山。

剛剛在簡秋栩等人面前消失的端均祁悄無聲息地來到了山頂，山背的另一側沒了樹木，取而代之的是被削平的山石，沿山而建的房子，高高豎起的旗子以及正在操練的幾千上萬精兵。

端均祁眼神冷了冷，仔細察看地勢。

地勢易守難攻，山頂上下時時有人巡邏，想要潛入營地並不容易，更別說直接強攻了。

看來，還是要從郢州城北荒山下手。

看了一眼起伏的山巒，端均祁當即有了決斷，悄無聲息地消失在原地。

「羅志綺怎麼還在這裡？」簡秋栩等人帶著幾塊礦石剛離開山坡，羅志綺就走了過來。

她什麼也沒說，就是時時刻刻讓夏雨盯著簡秋栩等人。

「小妹，她這是在做什麼？」簡方樺看到羅志綺心裡就有氣。「梅仁里都不願意把法子賣給她，難道她還想從我們這裡搶？」

「我看未必。」簡秋栩這會兒也看出來羅志綺的真正目標不是玻璃珠的製作法子，而是她。只是盯著她做什麼？她現在沒有什麼東西可以讓她獲利的吧？「別管她，哥，麻煩你去跟小東奶奶把這兩個筐子買下來。」

裝了礦石的筐子變得髒兮兮的，簡秋栩不好再還回去，就這樣裝著帶回去吧。這些二氧化錳礦石純度很高，敲成粉末就可以直接使用了。如果不是明天就離開，簡秋栩還打算多撿一些。

把礦石放好，簡秋栩打算去看看梅仁里新出爐的玻璃。她有些好奇梅仁里是怎樣把玻璃做出來的。

「仁里哥哥把珠子又倒回去了。」簡秋栩剛走到茅草屋旁，小布就大著嗓門跟她說了這件事。

「為什麼？失敗了？」她有些遺憾。

小布搖頭。「沒有，仁里哥哥說了，他想到怎麼把珠子做成一片片了，於是就把它們倒回去了。」

簡秋栩無語了，喊了一聲梅仁里。「最後一窯已經搞定了，是不是該離開了？」

梅仁里搖頭拒絕。「不行，還要再等幾天。」

簡秋栩扶額，她就知道。「做完這一次，一定要走了。你想要實驗，用好窯不是事半功倍？把它做成片狀也不是一時半刻就能成功的，跟我們回去，到時候再試都不遲。正好路上你可以多想些法子，說不定能做出更多東西來。」

再這樣試下去，她還能不能回家了？

梅仁里聽了她的話，覺得也對，點頭。「那妳就再等幾天吧，我下次肯定不再倒回去了。」

簡秋栩還能怎麼樣，只能等了。幸好家裡沒什麼事，二堂哥也沒有那麼快把立式蒸鍋打出來，她也不急。只是附近不太平，她不好出去逛，悶了些。早知道就把工具帶上了，幾天時間還能做些小玩意兒。

簡秋栩不急，羅志綺急！她等了好幾天都沒見簡秋栩離開，有些懷疑。難道這一世，簡秋栩不會再碰到端均祁？難道自己上次真的認錯人了？

羅志綺有些暗惱自己沒有記住端均祁的二十歲是哪一天，擔憂著自己那些放在明陽樓裡的金銀財寶，又害怕自己離開後，事情會按著前兩世走。

不行，不能再這樣耗著了。既然等不下去了，她可以加快事情的進展，反正端均祁早死也是死，應該沒什麼影響的。她不確定那人是不是端均祁，可以讓別人確定！再等下去，周密楊宅子就要被查到了，到時候端禮追上來，她就要功虧一簣。

去。

羅志綺想了想，想出了一個好法子，於是寫了一張紙條，讓夏雨進郢州，給一個人送過去。

王長史剛從茶樓出來，有人走過來撞了他一下，他以為是小偷想要偷東西，一摸腰包，卻發現了一張紙。打開紙後，他臉色變了變，匆匆往廬陵王府而去。

「端均祁在郢州。這紙條是誰送過來的？」看到上面的字，端禮的眼神沈了下去。

「不知道。」王長史搖頭。「當時人多，卑職沒有看清。」

「派人去查。」端禮冷聲道。

「卑職已讓人去查了。」王長史想了想。「王爺，您覺得這可不可信？」

「寧可信其有。」端禮把手中的紙條扔到桌上。

「可之前來報，端均祁還在金平城。」武德帝在郢州有探子，他們自然也有探子在其他地方。探子來報，端均祁並未離開過金平城。

「是不是，查一下不就知道了。」端禮冷冷地盯著桌上的紙。

王長史皺了皺眉。「郢州各個進出口都有人監視，若端均祁來了郢州，我們不可能沒發現。」

端禮冷哼了一聲。「你小看他了。端均祁若沒有點本事，能讓端允如此看重？若此次來的是他，他必定已喬裝進了郢州。哼，喬裝又如何，再怎麼喬裝，那雙淺綠色的眼睛也不會變成黑的。」

「王爺，郢州內有淺綠色眼睛的人不少。」

端禮冷笑。「寧可錯殺，不可錯過！」

「是！」

第五十九章

郢州城北荒山，山坡後的門再一次打開了。

守門的依舊是那個小兵。

「盧孝，這次這麼快就又找到人了？這兩人看起來也不錯，就帶到弓箭那邊吧。昨天那邊死了兩個人，正好頂上。」小兵打著哈欠讓端均祁把人帶過去，照例去給他做登記。

打著鐵的端一乘機從端均祁身邊走過，把一張紙塞到他手裡。「三公子，端三已經探明了山洞後的情況。」

端均祁接過紙，臉色沒有任何變化。「郢州情況有變，我讓明一、明二兩人協助你們盡快找機會離開這裡。」

端一低聲。「三公子先走，我們隨後會離開這裡。」

雖然這裡守衛森嚴，作為暗衛的端一他們還是能找到機會逃出去的。即使三公子今天沒有來告知他們，他們今晚也要找機會離開。明天就是三公子的二十歲生辰，保護三公子才是他們任務的重中之重。

如今郢州情況有變，端一擔心端均祁的安危。「三公子，請您先離開郢州，屬下等隨後就到。」

「我暫時不會離開郢州，你們直接在城外等我。」明慧說他最後的機會就在郢州，又怎麼能離開。最後的一次機會，他絕不想錯過，即使這機會虛無縹緲。

端一見此還想要說服他，入口處的山門再一次轟隆地打開了，一支身著黑色盔甲的精兵迅速進入，在門前排成兩排。

「端均祁，好久不見！」冷笑著的端禮從兩排精兵身後走了出來，門緊緊地關上。「甕中捉鱉，這招怎麼樣？」

端均祁神色一冷，一旁的端一神色一緊。他們暴露了？

「不用假裝不知道誰是端均祁。乖姪兒，雖然本王幾年沒見過你，你那雙眼睛我還是認得出來的。」端禮走了過來，神色嘲諷。「你是不是在想自己的計劃明明天衣無縫，怎麼會暴露？當然，你的計劃是天衣無縫，本王的探子至今都堅信你還在郢州城。可惜啊，百密終究一疏，偏偏就有人告訴本王，你在郢州。」

端均祁轉過身，神色不變地看向端禮。

端禮冷哼。「都這個時候了還這麼鎮定，端允果然沒有看錯人。均祁姪兒，你是不是心中疑惑，本王知道你在郢州後，怎麼會這麼快找到你？呵呵，這得多虧你的這雙眼睛啊。本王想啊，你來了郢州，必定已經發現了此地；既然已經發現了此地，必定要深入查探。想要深入查探，最適合的人選只有盧孝，因為只有他的眼睛是淺綠色的，正好可以讓你偽裝。果然本王沒有猜錯。哦，如果本王沒有記錯的話，明天就是姪兒二十歲的生辰了，這招甕中捉鱉的大禮，就當作是提前送給姪兒的生辰禮物了！怎麼樣，姪兒喜不喜歡？」

端均祁抽出長劍。「如此大禮，均祁承受不起，王叔自己留著用吧！」

端禮冷哼，朝那些精兵揮手。「全部上，格殺勿論！」

城北荒山後面的情況他是絕不能讓武德帝知道的，端均祁必須死。

士兵一聽命令，拉弓射箭，端一等人抽出了兵器飛身上前，擋在端均祁前面。

「端三，從山洞後突圍。」阻擋著飛箭，端均祁說出了之前想好的對策。

想要從前面突圍是不可能的，只能往山洞後面走。雖然山上守衛森嚴，地勢易守難攻，但只要從山洞進入深山，便能給他們隱藏和逃生的機會。

不過此時，山洞後面也圍了士兵，想正面突圍，也是難上加難。

「三公子，這邊。」端三一腳踢掉山洞後門左側牆上的一塊石板，一道一人寬的密道出現在他們面前。

這是那些挖山洞的人，為了防止挖好山洞後被殺害，特意留下用來逃生的密道。端三此人善勘察，第一天進來就發現了它的存在，此時用此密道突圍，正好不過。

「三公子，快走！」端三擋在前面，端一第一個進密道打探裡面情況。

端均祁揮劍斬下前面的士兵，毫不遲疑側身進了密道。「走！」

山洞狹小，不可戀戰。

端禮看到了密道，面色一冷，抽出旁邊侍衛的長劍，親自揮劍而上。

「大家快跑啊！這次不跑，你們以後就再也沒有機會了！」墊後的端三朝那些害怕得縮在一邊的人喊。

那些被抓來的人一個個都很麻木，心裡都知道他們不可能活著出去，但是他們都不想死，不然也不會苟活至今。此時聽到端三的話，一個個爭相往密道鑽，場面混亂，端禮帶來的那些士兵被打亂了陣腳，想追端均祁等人都邁不開腿。

眼看端均祁突圍，端禮大怒，一劍朝密道刺了過去，沒來得及逃的人被刺成了一串，慘叫連連。

「追！」端禮陰沈沈地拔出長劍。原以為今天定能讓端均祁有來無回，沒想到竟然還是讓人逃脫了。

端禮舉劍怒斬，周邊慘叫連連。「王鶴，把山圍起來，準備弓弩，追！」

進了深山，定讓你沒有機會下山。

「走北面。」密道終點在山上，現在下山不可能了，只能往後山走。

上次端均祁已把後山摸清，後山地勢險峻，可借地勢甩開端禮的人，在他的人把山圍起來前下山。

一行人疾行，最後停在了一處三面可防禦的地方。端一往下看，山下並沒有人，看來端禮的人還沒有把後山圍起來。

「三公子，我們可以往右側走。」端一警惕四周。

「我們分開走，端三，你即刻把信帶回京，向聖上稟報。」端均祁拿出寫好的信件。

端三伸手拿信，卻被飛來的弓箭擊退。

後山山腰處，端禮帶著人從另一處密道走出。「你以為只有一條密道嗎？端均祁，看你還能往哪兒跑！弓箭！」

他話音一落，背後的士兵齊齊拿起弓箭對準了端均祁等人。

「小心。」箭不斷射來。那些是機械連弩，端均祁知道它的威力，臉色一冷。軍中果然有奸細。

眾人小心應對，即使如此，端一他們還是被箭射傷，行動變得遲緩。

「三公子小心！」一支長箭直直往端均祁面門射來，端均祁揮劍劈開。隨後又有一支箭飛來，那箭原本射向他左側的樹木，卻突然一陣大風，箭生生拐了個彎，射進了他的左胸。

端均祁眼神一冷，身上有了熟悉的無力感。箭的力道加上風，他整個人被帶著往後倒，身後便是懸崖，還沒等端一他們反應過來，他已跌落下去。

這次是連一天都不想多給他了嗎？端均祁不甘。

「三公子！」端一等人見此，驚恐大喊。怎麼會這樣！「殺出去！」幾人傷痕累累地突破端禮的包圍，心焦如焚地往山下跑。「端二，發信號！」

「給我追，一個都別給他們逃了！」端禮冷哼。「端均祁，看來老天都不想讓你活。讓人下去找，我要看到他的屍體。」

「是！」

「汪！」因為還要多等幾天，打算在山坡下多找一些二氧化錳礦石的簡秋栩被突然叫起來的簡sir嚇了一跳。

「怎麼了？」

簡sir在周圍嗅了嗅，有些焦躁。簡秋栩也嗅了嗅，並沒有發現什麼異常，看著焦躁不安的簡sir，皺了皺眉。

「汪！汪！」努力嗅著四周的簡sir似乎確定了方向，站定，朝著那個方向大叫幾聲，跑了過去。

「簡sir！」簡sir平常很聽話，今天這樣反常，肯定有異常。簡秋栩怕牠跑過去會出事，趕緊跟了上去。

「簡sir！」簡秋栩怕牠有危險，喊住牠，但簡sir沒聽話，她只能警惕地跟著往前跑。越往前跑，流水的聲音越大。漸漸地，一道湍急的溪谷出現在簡秋栩的面前。

原來山的這邊還有懸崖。

懸崖下有溪流，在懸崖的一頭，簡sir停了下來，在一棵從懸崖下面長出來的樹旁一直打轉，不停嗅著。

簡秋栩不知道牠在嗅什麼，自己也嗅了一下。除了水氣，好像也沒有什麼特別的氣味……

不對，有血腥味！簡秋栩立馬警惕了起來。

此時，簡sir已經發現血腥味的來源，用爪子拍打那棵樹，轉頭嗯嗯地跟簡秋栩叫著什麼。

簡秋栩謹慎地探頭往下一看，下面的樹枝上懸掛著一個人，搖搖欲墜。而那人一動不動，身上的血滴落在樹葉上，再從樹葉上滴落，也不知是否還活著。

「喂！」簡秋栩喊了一聲，趴在地上，小心地伸手碰了碰他掛在樹枝上的左手。

她剛要拍他的手，那人突然動了動，反手抓住她的手，抬起頭冷冷地看著她，那眼神帶著濃濃的殺氣。

「是你。」簡秋栩對上了他的眼睛，意外了一下。

看到是簡秋栩，端均祁那帶著殺氣的眼突然認命了般，收回殺氣，多了些無奈與自嘲。

看到他這樣的眼神，簡秋栩忍不住抓住他的左手。「你等等，我拉你上來。」

端均祁左胸的衣服已被血浸透，掛在這不大的樹枝上沒有掉下去，完全是因為他在昏迷的時候，右手依舊牢牢地抓著樹枝。

只是這樹枝在慢慢往下撕裂，支撐不了多久了，她必須盡快把他拉上來。

「沒用的。」端均祁很淡地說了聲。

「什麼？」簡秋栩緊緊拉住他的手，想要把他扯上來，才發現他左胸上還插著一支箭。箭正好落在樹杈間，如果她用力拉他，那支箭肯定會被卡到，加重他的傷勢。如果箭正好傷到心臟，那後果就不堪設想了。

「你等等，我想想別的法子。」這棵樹的旁邊根本就沒有其他的著力點，也沒有其他支撐物，簡秋栩根本沒有法子。

這該怎麼辦？她不希望他死，可如今她沒有辦法。唯一的辦法就是她下去找人幫忙，可一旦她離開，樹枝隨時可能就斷了。而且這人如今半昏半醒，說不定樹枝還沒斷，他就掉下去了。

下面是湍流的溪水，他掉下去必死無疑！

該怎麼辦？

在簡秋栩焦急地想著法子的時候，盯著她的夏雨立即跟羅志綺回報了簡秋栩的異常行為。羅志綺想也不想，匆匆往簡秋栩的方向跑去。

為了不讓簡秋栩發現，她抄了近道。當她看到掛在樹枝上的端均祁時，神色一喜，正想用法子把簡秋栩引開，喜意就消散了。

這人根本就不是端均祁。前世她見過幾次端均祁，認為此時依舊戴著盧孝妝容的人不是端均祁。

白跑一趟！羅志綺心裡不滿地哼了一聲，轉身就打算離開，只是走了幾步，心裡突然有了一個念頭。她仔細看了看四周，在夏雨不解的眼神中，彎腰撿起了一塊拳頭大的石頭，拉著夏雨藏好，而後把石頭往簡秋栩砸去。

簡秋栩正蹲在樹旁邊想法子，石頭狠狠地砸向她的後腦，痛得她有些眼花，人一踉蹌，身子往前一倒，就滑落了下去。

旁邊的簡sir反應迅速地咬住她的裙子，然而牠的力量哪裡能夠拉住簡秋栩。

簡秋栩帶著簡sir往山澗跌落。

「小……心！」樹枝上的端均祁半昏半醒，看到簡秋栩跌落，想也不想就放開了抓著樹枝的右手，想要把她拉住。

然而樹枝不能支撐兩人的重量，迅速斷裂，兩人一狗一同跌落山澗。

看到簡秋栩和端均祁雙雙跌入水中，羅志綺哼了一聲，等了一會兒才衝出來往山澗看。看到山澗裡已經沒有了簡秋栩的身影，她有些開心地笑了聲。

既然這個不是端均祁，那端均祁肯定還在金平城。只要簡秋栩死了，就沒有人跟她爭了。

一旁的夏雨被羅志綺嚇住了。她怎麼都沒想到，三小姐竟然會做出這種事來。

羅志綺看到了她的異樣，語帶威脅道：「妳看到了什麼？」

夏雨害怕地搖頭。「沒，三小姐，我什麼都沒有看到。」

「沒看到就好。」離開前，羅志綺又看了一眼下面。水流湍急，簡秋栩這次肯定必死無疑。

山上有聲音傳來，羅志綺怕有人過來看出什麼。「快，我們快走！」

溪流很急，即使簡秋栩會游泳，也沒有辦法，加上她的手被抓著，更沒辦法抵擋流水。她暈乎乎地被水一路沖著往下，原本想著等水流變慢，找個機會游回岸上，沒想到越往下，水流的速度越快。

這樣不行！再這樣下去，不僅那人會死，估計她也要凶多吉少。

簡秋栩努力觀察前方，看到了前面正中央有一塊突出來的石塊，她盡力拖著端均祁往石塊靠近，讓自己能夠被水沖到石塊旁。

幸好老天保佑，她抓住了石塊。石塊後面是一塊平整的大石，簡秋栩費了不少的勁，才把端均祁拖上大石。

「你還好嗎？」來不及休息，簡秋栩立馬觀察起端均祁的傷勢。

他左胸上的箭因為水流的衝擊，加上溪谷中不少的石塊撞擊，位置已經發生了變化，不用看，簡秋栩都能想像得到那是如何疼痛。

胸口的血不停地流著，簡秋栩趕緊扯開他的衣服，用手中的袖箭把衣服割成長條，包紮傷口，希望能夠把箭固定且止血。

然而血根本止不住，他的手越來越冷。

「喂，你還好嗎？」簡秋栩拍了拍端均祁的臉，希望他能夠醒過來。手拍到他的臉上才發現，他臉上的東西在慢慢化開。

簡秋栩把他臉上的東西擦掉，顯現在眼前的是一張蒼白到毫無血色的臉。

「喂！你醒一醒！」看到這張冷冰冰的臉，簡秋栩突然覺得有些難過。「你快醒來！」

她抓起了他的手，給他搓手，希望能給他一些溫暖。

「最後一次了……」端均祁緩慢地睜開眼，眼神有些放空。「妳會是最後一次嗎？」

「什麼？」謝天謝地，人還能醒來。但什麼最後一次，什麼意思？

不過這時候不管什麼意思了，讓人保持清醒才是重要的。

「你別暈過去了，等等會有人來救我們的。」她出來這麼久，她哥沒見到她回去，肯定會來找她的。「你叫什麼名字？怎麼會中箭，還掉到樹上？」

簡秋栩儘量跟他聊天，想讓他一直醒著。

端均祁看著她，並沒有回答她的話，而是說了一句。「謝謝妳。」

「要謝我不能只用口頭感謝，你得好起來，到時候用大禮謝我才行。」他的聲音很虛弱，簡秋栩很是擔心。

端均祁艱難地從身上拿出一封信。信用牛皮紙裝著，因此沒有全部濕透。「幫我交給端長平，這便是我給妳的謝禮……」

「端長平？你認識端長平？你到底是誰？要交也是你自己交，我不會幫你。」

「妳會幫我……」端均祁咳了一聲，血不停地流。

簡秋栩心頭的難過噴湧而出。「你堅持堅持，很快就會有人來救我們了。」

「不會，一直都沒有人來過……只有妳。」

「什麼？」簡秋栩輕輕拍他的臉。「一定會有人來的，請你再堅持一下。」

端均祁沒有再說話，只是看著她。簡秋栩發現，此刻他的眼神變得溫暖起來，但她心裡卻很難過。

「你不會死的，我一定會救你的。」望著湍流的溪水，簡秋栩心裡很焦急。怪石嶙峋的溪谷，他們在溪谷中央就像在一座孤島中間，根本沒辦法找到幫忙的人。

此刻，她突然想起了那個夢。夢裡的她也是這樣焦急無助，如此似曾相識的場面，讓她心裡越想越不對勁，人有些恍惚。

「別怕……」

夢裡一樣的聲音，讓簡秋栩覺得自己現在是在夢中。

「我沒什麼好怕的，倒是你，你一定要堅持。」簡秋栩握住他的手，想給他點希望，一邊打量周圍，期盼能找出什麼辦法來。

他的體溫原來越低了，真的不能等了，她必須帶他離開這裡。她雖然平時挺冷靜，有時候又過分冷漠，但真的做不到眼睜睜看著一個人死在自己面前。

「汪！汪！」正在簡秋栩焦急之時，跟著他們一同掉下來的簡sir卻在對岸叫了起來。牠看到簡秋栩，對著湍流的河水叫聲焦急，想要游過來。
「簡sir，不要！回去找人！」簡秋栩彷彿看到了希望，朝對岸的簡sir喊。然而一人一狗相隔太久，簡sir根本就聽不到她的話，在岸上焦急地叫著。
簡秋栩爬上石塊，朝牠打手勢。
簡sir看到了她的手勢，冷靜下來，而後沿著溪水往上跑。
盧陵王的人一直沒有放棄追殺端一等人，同時也讓人在四處尋找端均祁。端一等人身受重傷，幸好外援到了，他們才躲過了盧陵王的追殺。不過，此時他們也顧不上身上的疼痛，悄悄在山上搜尋。
「端九，有沒有找到三公子？」看到端九回來，端一焦急地問道。
端九搖頭。
「三公子一定沒事的。」端一說道。
只是聽到他的話，眾人都有些沈默。三公子胸口中箭，又從那麼高的地方跌落，恐怕是凶多吉少。
「快找！一定要在盧陵王之前找到三公子。你們往北邊——」
「汪！汪、汪！」端九還沒安排完，身後卻響起了狗叫聲。端一等人立即戒備，端九卻是一喜。

「簡舍？」轉身一看，果然是渾身濕漉漉的簡sir。

此時的簡sir很是焦急，看到端九後，朝他叫了幾聲，轉身就跑。

「快，跟上去！」端九福至心靈，立即跟了上去。

端九帶著端一和端二跟著簡sir往溪谷下跑，果真看到了他們焦急尋找的人。

「三公子！」端九不顧湍急的溪水，拚命游了過來。

「李九，是你?!」看到來人，簡秋栩相當驚訝。

「事有緩急，簡姑娘，此事之後再說。三公子傷勢重，快離開這裡！」

第六十章

想要離開，並不是輕易的事。雖然李九武藝高強，也不可能帶著他們飛過湍急的溪水。

端九看著端均祁，發現他傷勢嚴重，心裡焦急，朝著溪對岸的端二等人打手勢。

「我就說會有人來救我們的，你看，他們來了。你堅持堅持，我們很快就能上岸給你治傷了，你會沒事的，相信我。」雖然李九來了，端均祁的傷勢卻已經不容樂觀。他的意識漸漸渙散，隨時都有一睡不醒的可能。

「所以，一直都是妳……」看著簡秋栩，端均祁說道。

「對，一直是我。」簡秋栩不知道這是什麼意思，卻還是肯定地回答他。

端均祁看著她，握住她的手，蒼白的臉上露出了一絲笑容。

簡秋栩雖然不知道他在笑什麼，卻也鼓勵地朝他笑了笑。只是她的笑容還沒綻開，眼前的人卻閉上了眼睛。

「喂！」看到端均祁閉上眼睛，簡秋栩心裡一慌。不會的，她趕緊摸他的脈搏，發現脈搏還跳著，心裡才舒了一口氣。「快，不能再等了！」

雖然他的脈搏還在跳動，卻很弱了，得趕緊止血才行。

「三公子、三公子，一定要堅持！」李九接過端一他們臨時做好的木排，打算把端均祁放到木排上，他們拖著他過去。「簡姑娘，麻煩妳搭把手。」

簡秋栩站起來，卻發現自己根本就掙脫不開端均祁的手。

李九也發現了這一情況。「簡姑娘，如此只能麻煩妳幫忙推木排了。」如此情況，簡秋栩不會拒絕這個要求，因為現場除了李九，其餘人全身都是傷，而且他們不能再耽誤時間了，必須立即走。

多了木排，想要游到對面顯然更難。短短的十公尺距離，花了大概半個小時。

「快走！」一上岸，李九等人的臉色就一沈，因為不遠處傳來了聲響。李九小心地揹著端均祁，端一等人警惕四周，快速地往前跑。

幸好簡秋栩身體素質好，跟上了他們的步伐。

只是走得快，即使李九他們再小心，端均祁的傷口還是被扯到了。

每個人都知道他的傷口需要緊急處理，不能再耽誤，但是端禮的人隨時都能搜查到這裡來，他們不敢停下。

「去梅家村，那裡有地方可以躲藏。」握著她的那隻大手越來越冰涼了，簡秋栩能摸到他的脈搏越來越弱，若不及時處理傷口，估計不行了。現在簡秋栩也看出來了，他們肯定是被人追殺，必須要找一個隱密地方才能替他處置傷口。

小東的家雖然簡陋破舊，但簡秋栩昨天散步的時候發現院子後有個地窖，地窖很大，這些人都躲進去沒問題。

「好。」李九想也沒想便同意了。

幾人匆匆沿著小路避開端禮的士兵，悄悄往小東家而去。

「姑娘！」覃小芮看到簡秋栩回來，原本要告訴她羅志綺和夏雨剛剛已經匆匆離開了，卻見她全身濕答答，身後還跟著幾個渾身是血，以及一個渾身是血，好像要死了的人，嚇得臉色有些發白。

「小妹！」簡方樺也嚇了一跳。

「哥，你在外面看著，有人來了提醒一下我們，千萬不要讓他們發現我們。快，往這邊走。」小東和他奶奶剛好出去了，正好少了些麻煩。簡秋栩趕緊帶著端一和李九他們找到屋後的地窖。

簡方樺和覃小芮不知道發生了什麼事，有些緊張地答應了。在簡秋栩他們進入地窖後，覃小芮在門口小心看著外面，簡方樺趕緊拿來掃把，掃掉院子和門口的腳印，以及其他會讓人發現的痕跡。最後還把簡sir叫進廚房，讓牠靠在灶臺邊，把牠的毛烘乾，絕對不能讓人想到牠可能掉進過水裡。

「端九，如何？」端一等人把自己身上的衣服換給了端均祁，焦急地看著處理傷口的李九。

「箭暫時不能拔。」李九神色並不太好。他從身上拿出了一顆藥，餵給了端均祁。

「能看出是否傷及心脈？」簡秋栩最擔心的是箭傷到心臟。以如今的醫療技術，若真傷到了心臟，那必定是凶多吉少了。

李九搖了搖頭。「我醫術淺薄，只能用藥暫時止住了血。箭不拔出，三公子隨時都有危險。簡姑娘，三公子麻煩妳了，我現在就去陳州找大夫！」

端均祁不可能再被搬動，只能去把大夫找來。

「等等，有人！」

院子前，覃小芮看到有一隊人挨家挨戶詢問後，朝他們走過來，她趕緊往裡跑告訴簡方樺。簡方樺喊了一聲「有狗」，簡秋栩於是知道有人來了。

「小芮，別出去。」

簡方樺看到小東和他奶奶回來了，讓小芮回房去。那些官兵就讓小東和他奶奶應付。因為他們不知道小妹帶人回來了，被問話自然不會慌張；若是問覃小芮，說不定會被看出什麼。

覃小芮點點頭跑回房間，做樣子整理著衣服。

而那些搜尋的官兵果然問了小東和他奶奶，小東和奶奶很是肯定地說他們沒有見過其他人。

那些官兵在院子裡搜了搜，搜不出什麼就走了。覃小芮和簡方樺鬆了一口氣。

「今天怎麼回事，是有犯人逃跑了嗎？」小東奶奶不解，搖了搖頭拿著菜進了廚房。

覃小芮和簡方樺見此，乘機跑到後院。「姑娘，人走了。」

「多謝！」李九從地窖中飛出，再也等不及，匆匆而去。

「李九？」簡方樺和覃小芮驚訝不已。要不是那熟悉的聲音，他們還以為自己看花眼了。

「小妹，發生什麼事了？」簡方樺讓覃小芮在外面看著，自己也爬進地窖。看到躺在一旁的端均祁以及一旁身受重傷的端一等人，焦急地問道。

「事情一時說不清，哥，你去把我們帶來的傷藥拿下來。」端一等人只是隨便處理傷口，根本就沒有搽藥，如果不消炎，說不定不用多久就惡化了。如今這裡已經躺了一個半死不活的人了，她不想再多幾個。

簡方樺趕緊爬上去拿藥。

「哥，讓小芮給我拿件衣服。」她身上的衣服還濕答答的，只是無法掙脫端均祁的手，所以沒辦法去把衣服換了。

「簡姑娘，謝謝妳！」端一很真誠地跟簡秋栩道謝。今天若不是有簡秋栩，三公子或許真的已經失去性命了。她就是三公子的生機嗎？三公子若能熬過明天，是不是代表他的大劫就過了？

端一不知道也不確定，看著端均祁，內心非常焦急。

「你們三公子是誰？」簡秋栩看著蒼白著臉的端均祁，問出了心中的疑惑。

「三公子乃齊王三子。」

原來他就是端均祁，那個抓了突厥皇子，讓突厥退兵求和的齊王三公子，難怪他認識端長平。

「追殺你們的是什麼人？」

「是盧陵王端禮。他密謀造反，三公子負責調查他，被他發現了。」端一也不瞞她。

原來如此。只是，他怎麼知道自己認識端長平？簡秋栩看著他，總覺得莫名熟悉，可是她很肯定，自己真的不認識他。

「你們三公子以前認識我？」簡秋栩直覺他肯定認識自己，他的眼神和話也說明了。

「這屬下就不知道了，姑娘可以等三公子醒來後問他。」

他還能醒來嗎？簡秋栩不敢肯定，只是她內心並不想他死。她想到他閉上眼睛時的笑容，心裡就有些慌。

「姑娘，妳流血了！」覃小芮拿著衣服爬了下來，替她擦乾頭髮的時候，發現她後腦有血，驚呼一聲，趕緊幫她包紮傷口。

流血？對，她是被人砸了才跌落山澗的，只是心中惦記著端均祁的安全，一時忘了自己頭上的傷。

「羅志綺呢？」背後偷襲她的人，她第一時間就想到羅志綺。

「走了，姑娘回來之前，她就帶著夏雨匆匆走了。」

看來襲擊她的人是羅志綺八九不離十了，所以羅志綺跟著她的目的就是找機會對她下手？

「三公子！」端一突然叫了聲。

他的聲音打斷了簡秋栩的思考，她趕緊看向端均祁。

此時，端均祁突然抽搐起來，臉色由蒼白變成了潮紅，眉頭緊皺，彷彿陷入了什麼不好的夢境。

「他發燒了！」簡秋栩發覺到拉著自己的手溫度上升，趕緊摸摸他的頭，額頭滾燙。需要立馬降溫，不然會燒死人的。

「小芮，妳趕緊上去帶水和毛巾下來。還有，請小東去買烈酒。」用水物理降溫太慢了，必須用酒精。

覃小芮點頭，慌張地跑了上去。

端一等人看著，焦急不安。希望端九能盡快找到大夫，三公子絕對不能有事。

此刻城北荒山，端禮陰沈沈地看著前來回報的人。

「還沒找到人？」

回報的人搖了搖頭，眼神裡有著害怕。

「那些人都殺掉了沒？」

「他們有外援，逃脫了。」

「廢物！」端禮憤怒地砸掉了面前的東西，抽出長劍，一劍擊殺了回報的人。

旁邊候著的人心裡寒顫了一下，紛紛垂下頭。

王長史上前。「王爺息怒。那些人肯定也在找端均祁，他們應該還在山上，我們繼續找，肯定能找得到。即使找不到，端均祁身受重傷，若不死，他們找到了人肯定要找大夫。屬下派人去盯著周邊的藥店和大夫，必定能把他們找到，全部滅掉。」

「遲了！」端禮一怒扔掉沾血的長劍。「他們已經逃脫，武德帝必然會知道後山的存在！」

準備了多年的地方就這樣廢了，端禮心中憤怒不甘。「不管死活，端均祁一定要給我帶回來！」

廢了本王多年的心血，端均祁，哪怕你死了，本王都不讓你好過！

「姑娘，小東說外面有好多官兵，聽說都是郢州城裡的，他們要抓一個受傷的罪犯。」覃小芮匆匆拿了烈酒進來，說話間，有意無意地看向躺著的端均祁。

「與他無干。小芮，妳上去讓小東再偷偷買些吃的，去周邊打探打探。還有，把我哥叫下來。」小東是個機靈鬼，讓他幫忙觀察情況還是沒問題的。至於把她哥叫下來，是因為端一他們深受重傷，要給端均祁擦身子都難，只能讓她哥幫忙。

「哥，用布沾上烈酒，給他全身擦一擦。」簡秋栩把烈酒交給簡方樺，讓他盡快。

簡方樺拿著布條沾上烈酒，掀開端均祁的衣服快速地給他擦著，只是擦到手那裡才發現，這人的手一直抓著他小妹的。

簡方樺皺了皺眉，去掰端均祁的手，可費了不少勁，都沒把他的手掰開。這人怎麼回事？把他小妹的手抓這麼緊幹麼？

「哥，別管這個，趕緊擦。」簡秋栩立馬制止他。端均祁手心的溫度告訴她，他的高燒越來越厲害了。

「小妹，好像並不管用。」簡方樺給端均祁擦了一遍身體，卻發現他的高燒並沒有降下來。

簡秋栩皺了皺眉。如今的烈酒酒精濃度太低，作用真的不比冷水高多少。

「怎麼辦？」端一等人聞言，有些心急。

「只能一遍遍擦，必須把他的體溫降下去。」溫度一定要降下來，不然怕他撐不到大夫過來。

她不是學醫的，除了用這種辦法讓端均祁的身體降溫，她也找不出更好的方法。看著臉色潮紅的端均祁，簡秋栩皺了皺眉，有些後悔自己當初怎麼不學點醫療知識。

在她絞盡腦汁想著能不能找到其他法子的時候，握著她的那隻手突然加大了力道，昏睡中的端均祁好像遇到了什麼，劇烈掙扎著。

「按住他，不要讓他亂動。」因為劇烈亂動，他剛剛才止血的傷口再一次流血了。

端一趕緊死死按住端均祁的身子。

「端九怎麼還沒回來？」端二心急。陳州距離這裡並不遠，怎麼找一個大夫這麼久？在心焦的時候，李九揹著一個人回來了。

「大夫，快看！」還沒等大夫喘好氣，李九就拉著他跑到端均祁的面前。

雖然被李九半請半挾持過來的大夫有些生氣，但作為一名醫者，看到病人，他還是趕緊拿著醫藥箱上前。「傷勢不樂觀，我可以幫忙把箭拔了，但是活不活得過來，就看他自己了。」

「大夫，你一定要救我們公子！」端一等人求道。

那大夫搖了搖頭。「不能保證，要看這支箭了。」

大夫把工具拿了出來，解開了端均祁身上的布條。當他把手放在箭上的時候，一直昏迷的端均祁突然睜開眼，看了簡秋栩一眼。

原本簡秋栩見他突然清醒，想把他的手掰開，見到他的眼神卻頓住了。那雙眼睛裡，有著強烈的不甘及對她的信任。

「這公子求生慾望強。箭我拔了，他命也大，箭雖然扎得很深，但並沒有扎到心肺，只是失血過多，只要熬過今晚，如無意外，他就能好過來。這些藥趕緊拿去給他煎了，病我已經幫你治了，可以送我走了吧？」

李九搖頭。「抱歉，等公子好了，我自然會送你回去。」

那大夫有些生氣，但也無可奈何，只能坐在一旁，時刻關注端均祁。

「簡姑娘，麻煩妳了。」李九把藥交給了簡秋栩。

簡秋栩拿了藥，讓覃小芮找了個要幫自己調養身子吃藥的理由跟小東的奶奶借了藥爐煎了藥。

端一等人給端均祁餵了藥，一刻都不敢放鬆地關注著端均祁。

除了簡秋栩，所有人都不敢閉眼睛。

也許真的像大夫所說，端均祁求生慾望強烈，高燒慢慢退了。

「你醒了？」睡夢中的簡秋栩感覺有道視線看著自己，睜開眼，發現端均祁正看著她。

看到端均祁醒了，她徹底鬆了一口氣，不僅因為代表他能活過來了，更代表她終於可以去上廁所了。

一個晚上，可憋死她了。

「三公子！」端一等人看到端均祁醒了，才放下心來。

大夫乘機說道：「現在他醒了，肯定是熬過來了。現在可以讓我離開了嗎？」

「不行！再等一天。」端一拒絕。他可沒有忘記今天才是端均祁二十歲生辰，是三公子大劫所在的日子，他絕不能讓大夫離開，萬一……

那個大夫聽到他這麼一說，又生氣起來了。

「手可以鬆開了嗎？我們現在安全了。」端均祁雖然醒了，卻依舊沒有放開她的手，盯著她。

「妳是誰？」

簡秋栩疑惑，這人不認識她？

「簡秋栩！手！」她指了指被他握住的手。再握下去，她這隻手估計要殘了。

端均祁盯著她看了好久，簡秋栩只覺得自己的臉都要被他看破了，他卻突然笑了笑。可以看出他明顯鬆了一口氣，而後放開了她的手。

簡秋栩不知道他在笑什麼，也無法多想，急急忙忙地爬出地窖。

「三公子，簡姑娘昨天照顧了您一個晚上。多虧了簡姑娘，我們才能找到您。」李九說道。

「我知道。」端均祁輕輕地說了一句，雖然聲音依舊虛弱，端一等人卻發現，醒來後的三公子好像有些什麼不一樣了。

「三公子，如今您重傷在身不宜移動，需要在這裡養好傷才能離開。簡姑娘昨天把您的信件給了屬下，屬下已讓人急送回京。」

端均祁咳了幾聲。「端禮必然已經讓人清理了城北荒山，等信件送到皇上手上，早已無他密謀造反的證據。」

「那該怎麼辦？」

「你速去郢州城十里外的澧縣找端長平，讓他帶人直接把山圍起來。」

李九驚訝。「端將軍不是在京城？」

端均祁搖頭。「半個月前我讓他帶人在澧縣待命，若我明天未能與他聯絡，他便會帶人直接圍山。他已拿了皇上的密令潛入明州軍營，此刻定然已經在澧縣……」

李九大喜。「三公子英明，屬下這就去！」

此刻，盧陵王府。

端長平的人一從澧縣出發，盧陵王的人就知道了。

「不好了，王爺，端長平帶著人直衝郢州來了！」

「你速速讓人把那些還沒來得及搬走的東西扔到溪谷中。」端禮沒有想到，武德帝會這麼快派人來。

聽端禮這麼說，王長史一驚。「王爺，那裡可是還剩一大半的兵器，既然武德帝派人來了，代表他已經知道了，不如我們直接……」

「不行！我要的是百分百的成功，而不是只有一半的機會。快扔！把東西扔掉，還能保住一半實力。」端長平乃齊王部下，明州軍營有十萬精兵，明州戍邊將軍劉寧忠與端義乃好友且政見統一，劉寧忠必然也已經接到了武德帝密令，肯定會全力支援端長平。端長平這次必然帶上不少人，他的人還沒全部準備好，對上劉寧忠根本沒有勝算。

「可是王爺，如此一來，這座礦山我們也保不住了。」王長史不甘。

「難道我不知道！」端禮恨得直咬牙，武德帝竟然這麼快就派人過來，難道端均祁出現在這裡，只是用來迷惑他的？武德帝早已知道後山的情況？「留得青山在，不怕沒柴燒！周密楊的財產找到沒？」

城北的荒山是不可能保住了，雖然郢州是他的封地，但按照大晉律法，所有礦山不管是鐵礦還是銅礦都屬於朝廷，即使是自己的封地，他也無權開採。

沒有了城北的鐵礦和銅礦，他依舊還能找到別的地方，東山再起！只要找到周密楊的財產，他就能再造一個城北的荒山。

「已經找到周密楊的管家了，兩天後就能知道。」

第六十一章

「你家三公子怎麼樣了？」簡秋栩從地窖中出來後就沒有下去了。地窖中有大夫，還有端一他們，用不著她插手。

只是她心中對端均祁的傷勢還是很關心的，所以給他們送吃的時候，問了出來接東西的端一。

「大夫說三公子目前傷勢穩定。簡姑娘，妳這邊能否空出一間房間給三公子療傷？地窖太悶，並不適合休養。三公子暫時不能移動，只能先在這兒養好身子才能離開。」端一出來的主要目的就是這個。

「我這邊沒問題，只是你們不擔心盧陵王？」她跟覃小芮湊合一下還是能騰出一間空房的。地窖確實不能養病，昨天情況緊急，只能躲在裡面，接下來還待在裡面的話，說不定太過悶熱會影響病情。

「現在他已經騰不出手來對付我們了。」如果計算得沒錯的話，端九和端長平已經帶著人進入郢州城，端禮這時候肯定不敢再朝他們出手了。

「那就好。」看來他們在她出來的這段時間裡，已經把盧陵王的事解決了。這齊王三公子還是有些本事的。「你們現在就上來吧，我去跟房主說說。」

房子畢竟不是她的，她做不了主。

「多謝簡姑娘。」端一向她抱拳道謝，拎著籃子下了地窖。「三公子，地窖不宜養傷，屬下已請簡姑娘騰出空房，等房間備好，屬下們帶您上去。」

端均祁點了點頭，雖然失血過多，臉色蒼白，但精神並不頹靡。端一隱隱覺得他就像擠開了石頭枷鎖的小草，更加鮮活了。

三公子應該沒問題了！

端一等人心裡高興，卻又隱隱擔心警惕。今天才是三公子二十歲生辰，不能掉以輕心。

「好了，可以上來了！」簡秋栩打開地窖壓板，朝下面喊了聲。

小東探著腦袋往裡面看，嘖嘖驚訝不已。「秋栩姊姊，裡面真有這麼多人。」

簡秋栩剛剛跟小東和他奶奶說了這件事，小東奶奶雖然驚訝了一下，但沒有怪她，而是很熱情地讓她趕緊把人喊上來。小東倒是意外不已，嘟囔著說自己怎麼就沒有發現，聽說裡面有傷者，積極地想過來幫忙。

「哥，你把旁邊的筐子丟下去。」簡秋栩看了看地窖裡用來攀爬的梯子。地窖上面很狹窄，人想要爬上來，身子必須要弓著。端均祁胸前有傷，他看起來也很高，若是弓著身子，必定會擠壓傷口，說不定會再出血，最好的辦法是直接把人拉上來。地窖口有綁著繩子的竹筐，應該是小東他們平常用來放東西或者把東西拉上來的，現在用來拉人正好不過。

有些陳舊的竹筐被丟了下去，端一看著掉落在腳邊的竹筐，有些莫名。「簡姑娘，這是？」

簡秋栩探頭說道：「讓你們家公子站進去，我把他拉上來。」

她力氣很大，拉一個人上來還是綽綽有餘的。

「這？」端一看著眼前的竹筐，聽著簡秋栩的話，突然有些反應不過來，讓三公子進去竹筐裡？「三公子……」

端一看著一旁蒼白著臉的端均祁，讓他進去的話根本開不了口。

端均祁卻突然笑了笑，緩慢地踏進竹筐。他抬頭看著上面。「拉吧！」

「哦，簡姑娘，等等，我們上去幫妳。」端一他們看到端均祁站進了那個竹筐，心裡覺得怪怪的。從來沒想過清新俊逸、品貌非凡的三公子，竟然願意站到竹筐裡。

雖然沒想過，但事情就是這樣發生了。端一他們當然不可能讓簡秋栩一個人把端均祁拉上去，趕緊上去幫忙。

端均祁神色鎮定地被他們拉了上來，彷彿並不是站在竹筐裡，而是踏在一朵雲上。

簡秋栩想，若不是此人身受重傷，神色蒼白，頭髮有些凌亂，說不定會被當成竹筐精飛升成仙了。不過他願意站在竹筐裡讓人拉上來，看得出並不是一個事事在意形象的貴公子。

「謝謝。」從竹筐裡踏出來，端均祁走向簡秋栩，看著她。

「不客氣。」簡秋栩擺了擺手，看得出端均祁看向她的眼神還存在著打量，不過眼裡的打量很快就消失了，帶了些熟稔，同時也察覺到他身上少了之前的冷意。簡秋栩心中疑惑不少，但知道現在並不是解惑的時候，指了指右邊說道：「騰出的房子是最右側的那一間，你先回房休息吧。」

端均祁再看了她一眼，沒有再說什麼，被端一他們扶著進了房間。

簡秋栩看了他一眼，讓覃小芮把他的藥拿去煎了，同時讓小東去周邊打探一下情況。雖然端一說盧陵王現在騰不出手來對付他們，但她還是想知道一下情況，畢竟他們過兩天就要走了，不想再出什麼意外。

「是！」

「端九回來後，讓他立即來見我。」

端一垂頭。「屬下逾越了，請三公子責罰！」

端均祁轉頭，淡淡地看了端一一眼。

端一跟著看了眼窗外，問出了疑惑。「三公子之前認識簡姑娘？」

端均祁卻沒有走到床邊，而是站在窗邊看著外面的簡秋栩。

「三公子，屬下扶您躺下來。」端一扶著端均祁進了房間。

「秋栩姊姊，好多人說有一支軍隊往郢州城裡去了，郢州城北的的山都被圍起來了，聽說山上有寶藏。」機靈鬼小東很快就把周邊的情況打聽出來了，但同時有些遺憾。「早知道山上有寶藏，我們和仁里哥哥就應該到山上多找找，說不定還能找到寶藏。」

「別想了，找到了你們也挖不出來。」如果沒有猜錯，這座山上所謂的寶藏不是鐵礦就是銅礦，且已經被盧陵王開挖用來造兵器。如今朝廷派軍隊過來，盧陵王確實是自顧不暇，不可能也不敢再對端均祁他們下手，那他們也就安全了，過兩天回去沒問題了。「小東，你知道帶兵圍著後山的人是誰嗎？」

簡秋栩其實想趁著回去之前多撿一些二氧化錳礦石的，畢竟來一趟郢州不容易。現在這座山已經給朝廷掌管，應該沒有什麼危險了，若能讓她上山，再好不過。

「簡姑娘，這個問題你可以問我，帶兵的人是端長平端將軍。」李九突然出現在院子裡。

簡秋栩看到他，扯了下嘴角。「我想問你的何止是這個問題。我該叫你李九還是端九？」

端長平？那麼她上山的事就沒有什麼問題了。

李九聽了她的問話，道歉一揖。「簡姑娘，李九過後再跟妳解釋。」說完，閃身進了端均祁的房間。

「小妹，李九到底是什麼人？」簡方樺此時也知道李九身分並不簡單了。

什麼人？假裝柔弱書生的探子、暗衛、間諜、臥底……如果沒有猜錯，在她從廣安伯府後的河裡醒來的那一天，她就被盯上了。

「三公子，端將軍已經接手後山了，廬陵王沒有多餘動作。」

端均祁並不意外。端禮這人雖然野心勃勃，對皇位虎視眈眈，但缺少魄力，做事喜走捷徑，不敢對上明州劉寧忠的兵這一點他早就想到了。這也是為什麼當年端太祖雖然喜愛他，卻沒有把皇位傳給他的原因。

「那些人呢？」端均祁問道。

李九搖頭。「我們的人到那裡的時候，已經沒有了那些人的蹤跡。如果我沒猜錯，他們應是凶多吉少。」

端均祁的眼神冷了下來。為了皇位草菅人命，這種事，也就端禮做得出來。幸好當年端太祖沒有被喜愛沖昏了頭腦，讓端禮當皇帝。若端禮當了皇帝，估計大晉危矣。

為了皇位，端禮走捷徑做的事不少，上次突厥攻打金平城，必然少不了他出力。

「替我送封信到金平城。」機械弓弩才使用幾個月就被端禮學了去，軍中的奸細必然要盡快揪出來。

「是。三公子，端將軍知道您在此，晚點會派人過來接您回去，這裡畢竟不適合養傷。」端長平知道端均祁受傷了，擔憂不已，要不是公務在身，他今天就要過來了。沒辦法過來，他便命人改裝車輛，想要平穩地把端均祁接過去。

「不用了，這裡挺好。」

「三公子，還是去端將軍那裡比較好。」一旁的端一想到端均祁二十歲生辰還沒過，還是去端將軍那裡比較安全。

「我說了不用。」說這話時，端均祁語氣不重，但李九和端一等人都看出他不容拒絕，便沒有再說下去，出了他的房間。

「你們三公子的藥。」簡秋栩接過覃小芮手中的藥，正巧看到李九他們從端均祁的房間出來。

「謝謝——」端一伸手要接過。

李九打斷了他的動作。「簡姑娘，麻煩妳送進去了。」

簡秋栩盯著李九看了一眼。「行。」正巧有些事想要問端均祁。

端一看到簡秋栩進去了，轉身也要跟著進去。

李九拉住他。「你跟進去做什麼？」

端一不明。「裡面沒人，三公子喝藥不便。」

李九看了一眼推開門的簡秋栩。「三公子可不想見到你。」

他知道三公子對簡秋栩是不一樣的，上次在萬祝村看到三公子的時候，他就明白了。只是什麼原因，他也不知道。

「端公子，你的藥。」簡秋栩推開了門。端均祁正半躺在床上，見到進來的是她，意外了一下。

「多謝！」端均祁咳了兩聲，伸手接過她手中的藥，放到了一旁的桌子上。

「不喝？」難不成這人害怕喝藥？

「太燙。」端均祁明顯看出她眼神裡的意思，輕聲解釋道。

「哦。」簡秋栩就當是藥真的燙了。她仔細打量了端均祁一眼，見他精神不錯，說道：「我們談談。」

「談什麼？」顯然端均祁並不意外。

「你之前認識我？什麼時候認識我的？」之前的夢，以及昨天掉下水中時與夢中一樣的心情，這些都讓簡秋栩奇怪和疑惑。她有些覺得那個夢並不是前世那人留下的記憶，而是自己的記憶。

只是，她百分百確定自己沒有失憶，這些記憶又是從哪裡來的？

端均祁看著她，眼神一瞬間變得有些複雜。「這個妳不需要知道。」

「我想知道。」所以，這個人之前真的認識她？既然答案就在面前，她一定要搞清楚。

「我和端長平一同見過妳，所以認識妳。」端均祁說了一個簡秋栩意外的答案。

簡秋栩想起那時在萬祝村官路上見到端長平時，離她不遠、騎著黑馬的黑衣人。難道這人真的是在那時候認識她的？「還有呢？」

「沒有了。」端均祁看向窗外。

簡秋栩不信。她可是記得端均祁受傷昏迷之前說的「一直是妳」，以及他熟稔信任的眼神。如果他只是見過自己一次，怎麼會說那樣的話、有那樣的眼神？可是當她看向他的時候，卻又看不出什麼來。

這人心思深沈，想要從他這裡再多打聽一些，是不可能的了。

於是她想了想說道：「我不相信你的話，你肯定在其他地方還見過我。既然我救了你，作為報答，我希望你不要瞞著我。」

她是個比較直接的人，能當面解惑的事，她不希望拖著。

「我不會瞞妳。」端均祁轉過頭來看著她說道。

他眼神裡有簡秋栩看不懂的情感，她怔了下。算了，既然不能說，她也不能強人所難。

「那你好好休息，藥記得喝了。」

算了，順其自然吧，說不定是她想錯了，那些記憶不是自己的。

雖然這麼想，簡秋栩心中的疑惑依舊不減。

端均祁看著她離開。這樣的結果，他已經很滿意了。

第六十二章

「簡姑娘。」看到簡秋栩出來，李九立即跟了上來。

簡秋栩把心中的疑惑撇開，轉頭似笑非笑地打量著他。「柔弱書生？」

李九摸了摸鼻子，那張蒼白陰柔的臉這會兒沒了陰柔，多了些淩厲。「我……」

「其實你不用解釋，我也知道你是誰。」簡秋栩收起了臉上的笑意。「端九，朝廷的人，我從廣安伯府回來的那一天，你們就盯上我了吧？」

機械弓弩是被武德帝拿走，派人盯著她是再正常不過的。

李九承認。「簡姑娘聰慧，端九佩服。」

「除了你，還有其他人吧？」端九畢竟還有李九這個身分，而他李九這個身分在她從廣安伯府回來之前已經存在了，所以李九不可能時時刻刻盯著她，必然還有其他人。

「在這裡沒有。」李九承認還有其他人監視簡秋栩，但沒有告知是誰。

簡秋栩看著他，正色說道：「我希望以後都沒有人監視我。你們想要知道什麼，可以光明正大地問，我並不會隱瞞你們。」

對於武德帝找人監視自己這件事，她並不是很介意，畢竟當初自己做出的機械弓弩對大晉的安全有影響，武德帝找人監視自己很正常。他沒有直接把自己抓回去，說明他並不是霸道獨斷的皇帝。如果他對自己做的東西有興趣，簡秋栩並不介意把法子告訴他，畢竟她以後要在這個朝代生活，她的法子若武德帝感興趣，那便是多了一個支持自己的人，說不定還會幫著推廣她的法子，何樂而不為呢？

只是，如今事情已經擺到明面上，簡秋栩不想再被監視了。

端九誇道：「簡姑娘大義，此事我會跟聖上稟明。」

「那請盡快。」事情說定，她打算去看看梅仁里的窯子。

端九卻叫住了她。「簡姑娘早就知道我的身分了吧？」

簡秋栩挑了下眉。「沒有簡sir早。」

因為簡sir的異常表現，簡秋栩這幾天想了下，很快便想透。簡sir很聰明，不會無緣無故對著一個人凶，而且每次都凶，最有可能就是此人經常出現在簡sir周邊，只能聞到卻不能看到，等看到了，自然會發出叫聲提醒簡秋栩。

「被簡sir認出來是什麼感覺？」簡秋栩有些不懷好意地問道。

在院子裡玩耍的簡sir聽到自己名字，轉頭朝端九汪了一聲。

端九有些尷尬地摸摸鼻子。「簡sir可真厲害。請簡姑娘解惑，端九身上並無異味，為什麼簡sir會認出我來？」

被簡sir發現異常後，端九每次出現在簡秋栩身邊，都會提前把自己洗得乾乾淨淨的，可每次都被聞出來，這就很尷尬了。他當暗衛這麼多年，從來沒有遇到這種情況，不在人前暴露，卻在一隻狗面前暴露，丟臉丟到姥姥家了。

簡秋栩看他尷尬，覺得很是好笑。「狗嗅覺靈敏，人聞不到味道，不代表狗聞不到。」

「原來如此，端九受教了。」端九盯著簡sir看了一眼。沒想到狗鼻子這麼靈！

簡秋栩不理會他和簡sir深情對視，問出了疑惑。「你只是負責監視我？至於我發生什麼事，你是不是都不會現身？」

若還負責保護她，她被襲擊的時候，端九不應該不出現的。

「不，我們還會負責妳的安全。簡姑娘，昨天端九收到求援信號才離開的，沒想到妳會掉到溪谷裡。」比起簡秋栩的安全，三公子的安全才是重中之重。當然，端九並不會把這件事說出來。

不過他不說，簡秋栩也明白。

原來如此。她沒說什麼，帶著小東去看梅仁里的窯子。

簡秋栩一離開，端九就去找端一他們。今天是三公子二十歲生辰，不能放鬆警惕。

端九安排好事情後，去了端均祁的房間。

房裡，剛剛端進來的藥已經被端均祁喝完，此時他平靜地躺著床上，神色有些莫名。

端九不敢打擾他，把碗拿出去，就在門口守著。

只是他們緊張戒備了一整天，卻發現這一整天都風平浪靜，無事發生。

三公子的大劫就這樣過了嗎？端九和端一他們有些不敢置信，難道昨天的傷才是三公子的大劫？

幾人面面相覷，擔憂著明慧大師是不是算錯了。

端均祁神色卻很鎮定，彷彿早已經預料到一般。

這一次是不同的，他們終究是贏了，只是沒想到贏得如此輕易。

端均祁看向上空，眼神有些冷。

從端均祁口中問不出什麼，簡秋栩就沒有再去找過他。端九、端一和大夫他們都在，他的傷勢也不需要她操心。

趁著還有時間，簡秋栩特地去了一趟山上，想多找點二氧化錳。而端九彷彿為了請罪，很是積極地跟著她上山幫忙。

從山上回來的時候，簡秋栩發現端均祁從房間裡走出來，就站在院子裡，好像在等她。

這人不好好躺著養傷，走到院子裡來做什麼？

簡秋栩還在想著，簡sir已經跑到他身邊，圍著他嗅了起來。

簡sir身高體壯的，簡秋栩怕簡sir一個激動把人給撞倒了，趕緊走了上去。

「簡姑娘在生我的氣。」端均祁看著走過來的簡秋栩，說道。

一旁的端九很有眼色，一手一筐礦石閃人了。

「生氣？那倒沒有。」簡秋栩自認自己不是小氣的人，並不會因為端均祁不肯給她解惑就生氣，最多心裡不爽而已。

只是端均祁怎麼這麼認為？難道是因為自己不去看他？

「那就好。」端均祁看著她，好像鬆了一口氣。

看到他這樣，簡秋栩覺得可能自己不去看他真的讓他誤會了，於是問道：「你的傷怎麼樣了？」

「很好。」只是剛這麼說完，端均祁的身體就晃了晃。

這也叫好？簡秋栩趕緊伸手扶住了他。「你坐著吧，我讓大夫過來給你看看。」

簡秋栩把他扶到一旁的椅子坐下，鬆開手，想要去把端一叫過來，一轉身，手卻被拉住了。

他的動作極其自然，簡秋栩心裡更疑惑了。「有事？」

端均祁放開了她，帶著歉意說道：「抱歉，剛剛頭暈。」

簡秋栩無語。

就當他頭暈了。「我去幫你叫大夫。」

她更不相信他昨天說的話了，不過也知道問不出什麼，轉身去喊端一。

端均祁看著她，淺綠色的眼睛裡有著笑意。

把端一喊過來後，簡秋栩進屋讓覃小芮收拾東西，打算明天一早就離開。

她一直盯著梅仁里。他這一窯玻璃剛剛起了，不出意外還是失敗了。知道是窯的問題，他現在急著跟她回萬祝村，想要立馬就建窯實驗。

不過離開之前，簡秋栩去跟端均祁說了聲，原以為他會留下來把傷養好了再走，沒想到他卻要跟著他們一同走。

「簡姑娘，妳車擠，要不妳坐我們的車？」端九知道三公子要走，早早就去端長平那裡把那輛改裝好的馬車拉過來了。

「不用。」雖然她救了端均祁一命，但跟他畢竟不熟，不想坐在一起尷尬。

「簡姑娘不用客氣，馬車大，再坐兩人都綽綽有餘。」端九極力推銷著面前的馬車。

她擺手。「多謝，我喜歡坐小車。端九，時間不早了，我們先走了。」

簡秋栩真不想跟不熟的人坐一輛車，讓小芮與梅仁里他們上車，打算盡快趕到陳州，然後找車行再租一輛馬車。畢竟他們七個人，坐一輛車確實太擠了。回到萬祝村還得八、九天，她會報廢掉的。

「三公子，看來簡姑娘嫌棄這輛馬車。」端九有些無辜地說道。

端均祁看了一眼遠去的馬車。「跟上去。」

「是。」端均祁不說，他也要跟上去的。「端一，你們好好照顧三公子。」

端均祁的馬車不遠不近地跟在簡秋栩他們身後。

「小妹，我們這算是多了保鏢吧？」看著跟在他們身後的大馬車，簡方樺嘿嘿道。

「這保鏢我們可請不起。」

「咦，後面好像有官兵追過來了。小妹，不會是來追他們的吧？」不遠處，一隊人騎著馬往他們的方向飛奔而來，看衣服好像是官兵。

「不知道。」端長平就在郢州，盧陵王根本不敢對端均祁出手，這些人很有可能不是來找端均祁的。

簡秋栩猜得不錯，這些官兵直接經過端均祁他們的馬車，沒有停留。

簡秋栩看他們速度很快，讓簡方樺把馬車靠邊避開。

只是那些官兵並沒有再往前走，而是把他們的馬車攔了下來，眾人一副來勢洶洶的模樣，把車上的幾個小孩嚇住了。

「小妹，他們為什麼攔我們？」簡方樺拉住馬，也有些慌張。

簡秋栩掀開車簾走了出來，便見領頭的人冷笑了一聲。「妳就是簡秋栩？把東西交出來！」

「什麼東西？」這些人怎麼知道自己就是簡秋栩？簡秋栩察覺事情不對勁，心中警惕起來。

「廢話不多說，給我搜！」

來人有二十幾人，都身穿盔甲，氣勢洶洶，領頭的人更是陰狠冷戾的模樣。他們什麼話都不給簡秋栩說，直接往他們的車衝上來。

這些人看來不可能講理，也不是自己能應對的，為了安全著想，簡秋栩拉住了憤怒地想要擋在前面的簡方樺，帶著覃小芮和梅仁里幾人下了車。

看著被翻動的車廂，簡秋栩心中一直警惕著。

「小妹，怎麼辦？」看到車裡的東西被翻得亂七八糟，簡方樺心中憤怒，但面對這些人，他也不敢動。

「等。」端均祁他們的車離自己不遠，應該快到了。

「東西呢？」車都翻遍了，根本沒找到自己想要的東西，領頭的人一臉怒意地抽出長劍，飛快地抵在簡秋栩的脖子上。

「汪！汪！」旁邊的簡sir朝著他叫。

簡秋栩拉住簡sir。「什麼東西？」

看到劍抵著簡秋栩的脖子，簡方樺和覃小芮內心著急慌張，然而簡秋栩雖然驚了下，很快就鎮定了下來。

「郢州城北楊家宅子裡的東西！」

聽此，簡秋栩冷靜地說道：「抱歉，你可能找錯人了，我沒有去過郢州，根本不知道什麼楊家宅子。」

「哼，不承認？」領頭的人拿出兩張紙甩到了簡秋栩的面前，其中一張購房協議，上面簽署的名字正是簡秋栩，另一張則是她的畫像。

見此，簡秋栩眼神一冷。誰陷害她？

「既然不肯說，來人，把他們都帶回去——」

「四王叔，你這又是做什麼？」端均祁的馬車靠近，他掀開車簾，沒什麼表情地看著端禮。

「你沒死?!」看到端均祁還活著，廬陵王驚怒。

「多謝四王叔記掛，均祁好得很。」端均祁嘲諷地笑了聲。「不知四王叔攔著姪兒的朋友，所為何事？」

「郢州城裡有人狀告簡秋栩偷他的東西。郢州乃我管轄之地，遇到此事，本王自然要替他把東西追回來，姪兒就不要在這兒耽誤我辦事。」

「這種小事王叔都要親自處理，為了郢州百姓，王叔你可真盡心盡職。只是簡姑娘一直未去過郢州，王叔怕是找錯人了。」端均祁看到簡秋栩脖子上的劍，眼神有些冷地看著端禮。「四王叔，端長平將軍還在郢州等著你吧？我們就先走了。」

端禮咬牙，想到如今端長平正駐紮在城北的兩萬精兵，抽回劍。「走！」

沒走多久，端禮轉頭看著遠去的端均祁大怒。「端均祁又壞我大事！去查查，他們什麼關係？」

第六十三章

「小妹，沒事吧？」看到盧陵王他們離開，簡方樺緊張地看向簡秋栩。

「沒事。」簡秋栩摸了摸脖子，破了點皮。

端均祁盯著她看了眼，拿出一瓶藥膏。「搽搽。」

「謝謝。」簡秋栩接過。「端公子，你能否幫我查查這件事？」

她覺得這事不對勁，雖然盧陵王現在離開了，但他看起來並不是個輕易放棄的人，她得查清楚發生了什麼事，也好應對。不過以她的能力想查盧陵王，肯定不是那麼容易的，只能讓端均祁幫忙。

端均祁點頭，看著她。「放心，不會有事的，我會幫妳，不要怕。」

他的話讓簡秋栩覺得有些怪怪的。從小到大，幾乎遇到所有的事情都是自己獨立解決，除了爺爺，從來就沒有人跟她說過這樣的話。他說這樣的話，讓她覺得自己也是個需要人幫忙的女孩子，她有些適應不過來。

還有，端均祁對她說這話的態度太過熟稔了。

簡秋栩抬頭看向端均祁。這人，昨天百分之百在騙她。

端均祁對上她打量的眼神，很是鎮定。

但一旁的端九忍不住了。「簡姑娘，妳一直看著三公子做什麼？」

「哦，我看他好看。」

端九懵了一下。簡姑娘這是在調戲三公子嗎？他看了眼端均祁，發現三公子嘴角竟然帶著笑意。

三公子果然對簡姑娘是不同的。端九眼珠子轉了下。「簡姑娘，我看今天這件事妳得好好跟三公子說一下，不如妳還是坐這個車吧？」

「行！」簡秋栩改變主意了，說不定和端均祁坐在一起，還能從他嘴裡挖出點什麼來。

「太好了！」收到端均祁無事的消息，武德帝提著的心終於放了下來。「明慧大師，均祁他無事了！」

臨近端均祁生辰，武德帝心中不安，把明慧請到了宮中，時時刻刻關注著。

「阿彌陀佛，我佛慈悲。」明慧雙手合十，心中平靜。端施主終究抓住了最後的一次機會，善哉。

武德帝心情頗好，仔細看起了手中的信件，有些疑惑。「明慧大師，均祁二十歲生辰前一天受傷，當天卻無事發生，如此他的大劫確實已過了嗎？以後還會不會有問題？」

畢竟明慧當初所說的是二十歲生辰有大劫，如今均祁生辰那天無事，武德帝還是有些擔憂。

明慧點頭。「三公子大劫已過，聖上可安心。如果貧僧沒有算錯，當中必定是發生了什麼事，導致三公子劫數提前，機緣巧合下讓三公子抓住了那一絲生機。」

「是啊，恰巧有人救了均祁。」武德帝看著信件中提到的簡秋栩，很意外，沒想到救了均祁的人竟然是她。想到簡秋栩的種種事蹟，武德帝拿起筆寫下了一行八字。「明慧大師，請您看看此人。」

對於簡秋栩，武德帝查不出什麼，但又覺得她肯定不簡單。他不是靠神佛治國的人，但明慧大師是個得道高人，若他能看出什麼，也省得他再多花時間去調查。

明慧看了眼武德帝遞過來的八字，心裡意外。這八字就是前陣子羅志綺給他看的，只是此刻他意外的並不是武德帝給了他看過的八字，而是當他再算的時候，發現這八字的氣運發生了變化，不再是若有若無，而是凝實了，這代表這個人徹底存在於這個世界了。

如此奇異的事，聞所未聞。

「明慧大師，這八字有問題？」武德帝看出明慧眼神中的驚訝。

明慧搖頭。「並無。聖上，此人命格貴重，是個有福之人，且此人氣運與大晉息息相關，利於大晉。」

武德帝若有所思。

簡秋栩做出了機械弓弩，讓金平城的戰事在一個月之內平息；如今又救了均祁，保住了他最喜愛的姪子，同時也讓大晉保住了一個人才。還有她想出來的玉扣紙、投石機……這些都是對大晉有益的東西。看來，此人真的有利於朝廷。

「章明德，讓黎明闕進宮。」之前欠著的獎賞，該給出去了。

「三公子已無事，貧僧該走了。」

「煩勞大師了。」武德帝道謝。

明慧雙手合十道別，離開之前說道：「皇上，此人與三公子休戚與共。」

武德帝想起了暗衛告訴他，端均祁去見過簡秋栩的事。

休戚與共？如此甚好！

另一邊，自認為解決了簡秋栩，羅志綺一路都很高興，帶著幾十箱的金銀財寶馬不停蹄地回了大興城。

一回到大興城，就讓夏雨去打探端均祁生辰一事，想趕到金平城。她記得簡秋栩兩世都因為遇到端均祁後入了皇帝的眼，才那麼受皇帝看重的。

這樣的好機會，她當然不想錯過！

「什麼？過了！」羅志綺正想著遇到端均祁後，怎麼才能拿到他身上給自己帶來好處的東西，夏雨就回來把調查結果告訴她了。羅志綺心中惱怒了一番，但想到以後沒有簡秋栩跟她搶東西了，心裡才舒暢過來。「算了，過了就過了，反正簡秋栩也得不到這個好機會，沒有這個機會，我自然還有其他的法子能讓皇上看重我。回府！」

如今她有了兩世的記憶，想要得到皇上的看重，還是有法子的。

羅志綺回到廣安伯府。只是她並沒有把箱子都帶回府，而是專門買了處宅子把箱子都藏在那裡，只拿了一箱金銀珠寶換了錢。

僅僅一箱的珠寶，就換了十萬兩。

羅志綺帶著這些銀子，志得意滿地回了廣安伯府。

對於羅志綺私自離開廣安伯府一事，羅老夫人很是氣憤，知道她回來後，在燕堂等著要教訓她。

「誰教妳私自外出？妳眼裡還有沒有我？不慈不孝，來人啊，把她送去靜慈庵陪鄭氏去！」對於鄭氏挪用公中三萬兩還罵她一事，羅老夫人本就滿心怒意。羅志綺私自離府，更讓她怒火中燒，認為她們母女都不把自己放在眼裡，氣得她這些時日都睡不好。

聽到老夫人的話，羅志綺心中不喜，但並沒有表現出來，而是一臉知錯的表情。「志綺當時沒來得及跟祖母道別，是因為想著盡快幫我娘把公中的錢還上。讓祖母擔心是志綺的錯，志綺請祖母責罰。」

滿腔怒火的羅老夫人沒想到羅志綺竟然會說出這麼一番話來。「哼，責罰！責罰當然少不了！既然妳要幫鄭氏把錢補上，錢呢？」

責罰不是重點，錢才是重點。

「祖母，這是五萬兩。我娘做錯了事，作為女兒，我替她道歉。這其中的三萬兩便是我娘的歉意，請祖母不要再生我娘的氣，她只是一時衝動才做錯了事。娘的本意是好的，她那麼做只是想要替伯府多掙點家底，還請祖母讓娘回來。」

趕過來的崔氏翻了個白眼。好意，鬼才信！不過，羅志綺從哪裡拿來的錢？

崔萍疑惑，羅老夫人也疑惑。只是疑惑歸疑惑，錢她是不會不要的。「妳娘做錯事就要受懲罰，讓她再待一個月，好好長長記性。」

「祖母說得是。」羅志綺也只是隨口一說而已，至於鄭氏回不回來，她一點都不關心。

羅老夫人把錢交給李嬤嬤，看向羅志綺。「妳的錢是從哪裡來的？我們廣安伯府向來仁義，妳可別拿來歷不明的錢財禍害伯府。」

羅志綺就知道羅老夫人絕對會有打上這些錢的念頭，幸好她早已想好答案。「祖母，這都是因為志綺運氣好。志綺還在萬祝村時，在河邊撿了一塊石頭，沒想到那塊石頭是玉石。志綺託人拿去賣，賣了這五萬兩，不過幫忙賣玉石的人在郢州，暫時回不來，志綺才匆忙過去他那裡把錢拿回來的。」

「玉石？這事怎麼從來沒聽妳說過？」羅老夫人不信。

羅志綺解釋道：「因為不知道這玉石值不值錢，志綺便沒有說。對了祖母，昨晚志綺作了一個夢，夢中聽說雍州刺史想要以考試的方式提拔一名判司，考試的題目是〈中立而不倚強哉矯義〉。祖母，志綺不是考生，也沒讀過這句話，但是卻把題目夢得這麼清楚，二叔就在雍州，您說這會不會是老天給我們伯府的提示，這判司的職位應該二叔得到？」

羅老夫人的二兒子，崔萍的丈夫羅炳年就在雍州當縣令。判司乃從五品，如果他能當上判司，不就是直升三級？

「真的？」相比於錢財，羅老夫人更看重權勢，聽羅志綺這麼一說，立即轉移了注意，想著這夢到底可不可信？這個時候，她又想起了明慧大師說羅志綺身帶福運這件事。

「把妳的夢詳細說來！」羅老夫人是寧可信其有。雖然靠夢預知以後的事很靈異，但這種事也不是沒有。她年輕的時候就聽說有人在夢裡夢到哪裡有錢財，後來按著夢裡的提示，果真發了財。所以，她心中有些認定羅志綺不會無緣無故作這夢，定是老天在幫他們羅家。

「老夫人怎麼會相信這種無稽之談？」羅炳年在雍州當了三、四年的縣令，一直沒有得到升遷的機會，雖然崔萍心裡很急，但她根本不信羅志綺的這些話。若作夢能夢到以後發生的事，大家都睡覺去算了，不用花心思往上爬了。

崔萍認定羅志綺是在轉移話題。

「二嬸，雖說志綺也覺得夢不可信，但志綺從來沒有讀過夢中的那句話，怎麼會無緣無故夢到它？我覺得老天讓我夢到，肯定是有目的的，或許是真的想要幫我們廣安伯府、幫二叔，不然怎麼會讓我夢到雍州刺史，而不是夢到其他的地方？」

羅老夫人看了眼崔萍。「妳不想聽就別聽。志綺，把妳的夢詳細說來。」

「祖母，志綺只記得考試題目，其他具體的內容不記得了。」

詳細的夢她怎麼可能講得出來，知道雍州刺史以〈中立而不倚強哉矯義〉為題選拔判司，是她第二世的時候聽說的。那一世，羅炳年根本就不知道這件事情，等知道雍州刺史要選拔判司的時候，選拔已經結束了。羅炳年算是個有些才華的人，若真去選拔，說不定真能選上，他因此遺憾了好久。

她之所以要把這事告訴羅老夫人，並不是真的想著羅炳年能被選上，不過是想讓羅老夫人相信她真的身帶福運，能給伯府帶來好運，以後少妨礙她做事而已。

當然，羅炳年真的能選上更好，這樣她在府裡肯定更有地位了。如今自己有了兩世的記憶，還怕不如簡秋栩？

羅老夫人這會兒的心思全在判司的選拔上，也沒讓人責罰羅志綺了。羅志綺見此，找了個機會離開燕堂。

崔萍看羅志綺就這樣躲過了羅老夫人的責罰，心裡很不爽地離開了。

「娘，羅志綺怎麼回事，她哪裡來的這麼多錢？她真的好命撿到玉石？」羅志紛看到羅老夫人又不討厭羅志綺了，心裡有些不開心。

「玉石若有這麼好撿，她和鄭氏還眼巴巴地去搶簡秋栩的玉扣紙法子？」崔萍是不信羅志綺的解釋。「小芒，妳去查查，不僅查錢的來源，還要查查羅志綺，她離開伯府的這段時間，是不是遇到了什麼人？」

崔萍不僅懷疑羅志綺的錢，還懷疑她的人。今天的羅志綺跟之前很不一樣，她心中覺得怪。

羅老夫人這邊，雖然她的心思被羅志綺所說的夢占了一大部分，但和崔萍一樣，也有同樣的心思。「李嬤嬤，妳有沒有覺得志綺今天回來有些不一樣？」

「是有些不一樣。不過，老夫人，我覺得三小姐變得比以前好多了，或許是真的長大了，懂事了。」李嬤嬤想了想，說道。雖然她覺得羅志綺的變化有些快，但可能是因為鄭氏被送到了靜慈庵一事讓她迅速成熟，所以才變化得這麼大。

「去查查她的錢從哪兒來的。」羅老夫人當然也不會相信羅志綺那套說辭。「還有，趕緊讓人給炳年送信，這事可不能耽誤！」

「是！」

羅志綺一回到院子，立即讓秋月把院門關了起來，對著秋月說道：「去給我找兩個可靠的人。」

那些錢財放在外面她始終不放心，得想個辦法慢慢把它們轉移回院子才行。

她買楊家宅子的時候留的是簡秋栩的名字，而且還讓人留下了她的畫像，端禮肯定查不到自己頭上。還有，簡秋栩現已是死人一個，找不到她，端禮肯定會更加堅信是簡秋栩拿了錢財後躲起來了，她能放心地把錢財慢慢移到院子裡來。

第六十四章

端一他們幫著簡秋栩把剛剛被端禮一行人翻落的東西重新撿回車上。

簡秋栩拍了拍手，帶著覃小芮上了端均祁的車。

端長平準備的車很大，為了照顧端均祁，整個車廂裡都是軟的。

簡秋栩上去的時候，端均祁半倚在車上，若不是臉色白了點，還真看不出來他是前幾天受了重傷的人。

「謝謝。」簡秋栩把剛剛接過來的藥膏還給他。「我讓小芮一起，你不介意吧？」

說實話，讓她和端均祁單獨坐一輛車，心裡還是覺得挺不自在的，讓小芮一起，至少不會大眼瞪小眼。

端均祁看了覃小芮一眼。「不介意。」

雖然是這麼說，覃小芮卻覺得自己好像不是很受歡迎。她摸了摸軟軟的坐墊，縮到了簡秋栩身邊。雖然這個叫三公子的人長得挺好看的，但她總覺得這人不好相處，姑娘竟然不怕他，真厲害！

「端公子，剛剛的事要麻煩你了。」客套話說完，簡秋栩直入主題。

端均祁看了一眼她脖子上的傷痕。「我說了會幫妳，自然不會食言。」

「好。」簡秋栩點頭。「剛剛盧陵王要找的是郢州城北楊家宅子裡的東西。我從未去過郢州，也沒簽過什麼購房合同，自然不可能拿楊家宅子裡的東西。」

「我知道。」端均祁看著她。「妳懷疑誰？」

「羅志綺，唯一會對我做這樣的事的只有她。」想到羅志綺三番兩次要自己性命，簡秋栩眼神冷了下來。

端均祁感覺到她的情緒變化。「放心，我會盡快幫妳查清，若真的是羅志綺，妳要如何解決？」

「以其人之道還治其人之身。」羅志綺想用這種法子讓她陷入危險，那她就還回去。至於羅志綺想要自己性命，她不可能也去殺她，這個以後有機會再說。「端公子，盧陵王一來就讓我把郢州城北楊家宅子的東西交出來，這東西必然對他很重要，或許你也要查查楊家宅子裡的東西是什麼。」

簡秋栩想了想，提醒道。不過等她回過神來時，發現端均祁正看著自己，眼神中好像在想著什麼，有些熟悉的、暖暖的感覺。

簡秋栩乘機問道：「端公子之前是否去過萬祝村？」

之前去接簡小弟和小和淼時遇到的那個黑衣人，自己的心裡就有這種感覺，簡秋栩懷疑那個人就是端均祁。

端均祁回過神來，低頭沒說話。就在簡秋栩以為他不會回答的時候，端均祁回了兩個字。「沒有。」

好吧，這答案在預料之中。看來想要從端均祁嘴裡挖出點什麼，估計沒那麼容易。不過現在這個不是重點，先把楊家宅子查清楚再說。

羅志綺自認楊家宅子的事不會查到自己頭上，做著把錢財搬回自己院子的計劃。

夏雨和秋月被羅志綺盯得死死的，羅老夫人和崔萍根本就查不出她那些錢的來源，卻得到了羅炳年的回信。

羅炳年接到羅老夫人的信件後雖然半信半疑，但還是特地去刺史府問了判司一事，發現果真有此事。於是他立即報名，拿著羅老夫人寄過來的題目，努力鑽研起來，幾日後，成功被選拔成了雍州刺史判司。

羅老夫人接到他的信件，心中激動不已，馬上就去祠堂燒香了。

「老夫人，明慧大師的話是對的，三小姐果然身帶福運。看，她夢到的是真的，她的福運現在起作用了。」李嬤嬤也高興。

「對！對！」看到二兒子一下子升了三級，羅老夫人心裡終於相信了明慧大師的話，志綺的福運終於可以作用到廣安伯府來了。

「去，把那疋織錦緞送過去。」如今羅志綺真的給伯府帶來了好處，羅老夫人當然又看重她了。

那疋織錦緞是庫房裡最後一疋好布料了，李嬤嬤剛送到羅志綺那裡，崔萍就知道了。不過這次崔萍卻不敢有什麼意見，她沒想到羅志綺的夢竟然是真的。

有了羅老夫人的看重，羅志綺可謂是意氣風發，加上有了第二世的記憶，整個人氣質大變，府中的人都覺得三小姐越來越有廣安伯府嫡女的派頭了。

林錦平的母親李蓉青來與羅老夫人商量事情，見到羅志綺的變化，對她大為讚賞，眼裡都是滿意。

而羅志綺尋了不少機會，特地參加各種宴會，名聲大漲；同時經常拿一些東西去請教羅老夫人，製造跟她增加祖孫情感的機會，同時展示她的乖巧好學，讓廣安伯府的人看到她有多被羅老夫人看重。

她不相信這一世，名聲還比不上簡秋栩。

「再過兩個月就是秋考了，我跟林夫人商量過了，等秋考成績出來，就把你們的日子定下來。」最近羅志綺常常過來跟她聊天，還跟她說了一些管理鋪子的點子，她讓鋪子學著用她說的那些點子，果然賺了一大筆錢，因此羅老夫人對她也越來越看重。

秋考？羅志綺嘴角扯了起來。如果沒記錯，林錦平可是這次考試的狀元。

有了覃小芮當潤滑劑，簡秋栩覺得馬車坐得挺舒服的。端均祁雖然看起來有些冷，其實並不難相處，她時不時還能跟他說上幾句話。

不過坐別人的馬車終究沒有那麼方便，而且端均祁身上還有傷，簡秋栩不想打擾他休息，到了陳州後，便讓簡方樺多租了一輛馬車。

對此，端均祁只是看了她一眼，沒說什麼，吩咐了端九一番。

端九接到指令，當天就消失無蹤了。

「有好馬車不坐，妳可真傻。」梅仁里看了眼駛在前面的豪華馬車，用一副看傻子的模樣看著簡秋栩。

「你想坐，我可以跟他說。」

「別，那人冷冰冰的，我怕被凍死。」梅仁里抱著那些玻璃渣子嫌棄地說道。

「冷？還好吧。」沒受傷之前的端均祁確實挺冷漠的，不過自從受傷後，簡秋栩覺得他有了些變化。雖然外表看起來還是冷的，但眼神裡多了暖意。

至於為什麼會發生這種變化，她雖然心中有些好奇，但並不打算深究，畢竟每個人都有自己不想讓人知道的秘密。

慢悠悠地走了十天，終於看到了萬祝村。

「端公子，如果調查有了結果，麻煩第一時間告訴我。」簡秋栩讓馬車停下來等端均祁的馬車，在回家之前跟他再提一次楊家宅子的事。

「好。」端均祁點頭。

「那，再見。」她想，估計以後他們沒有機會見面了。

「再見。」端均祁看著簡秋栩遠去的馬車，驀地轉頭看向右側。「查清楚了？」

「查清楚了。」不知什麼時候回來的端九從車後面冒了出來。「三公子，需要現在就告訴簡姑娘嗎？」

端均祁看了眼萬祝村方向。「不用。結果。」

「確實如簡姑娘所想，陷害簡姑娘的人是羅志綺。經過屬下調查，羅志綺一路所行，用的都是簡姑娘的名義，且她去郢州，目的就是為了楊家宅子，一去到那裡就把宅子買下了。她離開前從楊家宅子帶走了二十幾箱東西，箱裡的東西必定是盧陵王想要的東西。」

「楊家宅子屬於誰？」端均祁的眼神若有所思。

「郢州首富周密楊。」

「周密楊？」端均祁想到了什麼，眼神冷了冷。「去查一下那些箱子的下落。」

「屬下已通知端七去查。三公子，經屬下調查，盧陵王這半年來一直在查周密楊錢財的去向，莫非那些箱子就是周密楊的錢財？盧陵王想要的就是那些錢？」

「那些錢端禮還看不上，其中必有他想要得到的其他東西。」周密楊雖然是郢州首富，但郢州算是富庶之地，端禮並不缺這點錢。端禮耗費了如此長的時間查周密楊的錢財去處，為的肯定是其他東西。

端九想想也是，盧陵王肯定不會只為了這點錢。「三公子，接下來怎麼做？」

「先把箱子的下落查清。」至於她陷害簡秋栩的事，不急。

他垂下眸子，眼裡有著寒光。

端九應下。「是。」

和端均祁分開後，簡秋栩他們的馬車跑得快起來。離開了將近一個月，簡秋栩挺想家的。簡方樺和覃小芮兩人也一樣，一進村子，人都精神起來了。

「這就是你們的村子？竹子挺多的。」梅仁里不再癱在車上，對即將生活的地方有了好奇心。小東、小布和小蘆三個小孩也一臉好奇，一個個擠在車外觀看著四周。

「妳說了要給我建好窯，可別騙我。」梅仁里看著那些鬱鬱蔥蔥的毛竹說道。

「你現在才懷疑我會不會騙你，是不是太晚了？」簡秋栩覺得有些好笑。「放心，肯定給你建，我還想要成片的玻璃，不建的話，我千里迢迢去找你做什麼？吃飽了撐著？」

回來的路上她已經想好要在哪裡建窯了，只要把地買下來，動工很快。

梅仁里聳肩。「我見過吃飽了撐著的，還把自己撐死了。」

簡秋栩覺得他的話真的比冷笑話還冷。

「咦，家裡人都不在啊？」馬車很快駛到了家門口。簡家大門緊閉，一個人都沒有。覃小芮興沖沖地從馬車下去，一個人都沒見著，心裡有些失落。

「可能去田裡了。」雖是這麼說，簡秋栩也覺得有些怪。去田裡的話，家裡的人不可能都跟著去。「哥，我們出去看看。」

簡秋栩給車伕結了帳，打算去周邊找找家裡人。

「咦，那裡有人要打架嗎？」好奇的小布他們一下車就四處觀察起來，正巧看到後院遠處的田裡圍了不少人，一看那架勢，打群架少不了了，於是匆匆跑回來跟簡秋栩說。

「哥，我們去看看。」簡秋栩一聽就知道肯定是他們又與方氏一族起衝突了。

「走！」簡方樺想都不想就從院子裡拿了一根竹竿跑了出來。梅仁里見此，也跟著拿了一根竹竿。

跟著簡方樺坐了十天的馬車，梅仁里自認有了兄弟情義，打架怎麼能少了他。

「賠錢！」

遠遠地，簡秋栩就聽到了方氏一族咄咄逼人的聲音。走近一看，喊著要賠錢的是方氏一族的方世海。

「賠什麼錢？你的水稻病死了干我們什麼事！」帶著怒意說話的是二叔公的兒子簡明仁。

「不是你們，我的水稻怎麼會死?!」方世海怒氣洶洶，身後圍著不少方氏一族的人，逼著簡氏的人賠錢。

雙方都帶來了不少人，簡秋栩一家子也都在。

「娘，發生什麼事了？」簡秋栩走了過去。

「秋栩？」看到簡秋栩他們回來了，鐘玲心中一喜，但此刻不是團聚說話的好時機，她想要把事情給簡秋栩說明一下，方世海又嚷起來了。

「賠錢！賠錢！就是你們那天灑東西，那些東西飄到我田裡，我的秧苗才會死的！不賠錢，我就把你們告到城裡去！」

「放屁！我們灑的是治秧苗的藥，楊大人通知每家每戶都要噴灑藥了，你不噴灑，秧苗病死了干我們什麼事！」

方世海怒瞪。「什麼治病的藥？楊大人是在你們噴了那東西之後才通知我們的，你們之前噴的東西就是毒！我的水稻就是被你們的毒毒死的，賠錢！」

「賠錢！」方氏其他人也跟著嚷道。

簡秋栩總算知道發生什麼事了。呵，原來是想訛他們。看來他們簡氏轉讓玉扣紙賺到的十萬兩讓他們方氏時刻惦記著呢！

「放屁，楊大人通知你們噴灑的藥正好就是我們噴灑的藥！什麼毒，那是給水稻治病的藥！你們自己不給水稻噴藥，水稻病死了與我們無干！」大堂哥忍住了想打人的衝動。

「你們才放屁！之前楊大人都還沒通知，你們灑的怎麼可能是楊大人說的那些藥？你們明明灑的就是毒。」方世海絕不承認。

「怎麼，就不能是我們法子治病好，楊大人知道了，跟我們學的？」簡秋栩冷聲說道。如果她沒猜錯，那天端九跟她要了法子，就是給了楊大人吧？

方世海嘲諷。「哼！簡直可笑，楊大人他們會學你們的法子？妳以為……」

「以為什麼？」另一道聲音從人群後傳了過來，聲音響若洪鐘，眾人被驚了一下，扭頭一看，發現來人正是楊璞。他身邊還跟著一個太監打扮的人，以及點頭哈腰的方安平。

簡秋栩看到那個太監打扮的人，眼神閃了下。

方世海見到來人，嘴裡原本要說的話噓了下去，立即改口。「楊大人，您怎麼來了？正好，請您替草民評評理，他們簡氏一族……」

「法子就是本官從簡秋栩那裡拿到的。」楊璞接話道：「你有什麼問題？」

方世海原本要訴苦，一聽楊璞的話，接下來的話就說不出口了。

「這、這……」他有些不知所措地看向方安平。方安平心裡暗道糟糕，趕緊讓方世海閉嘴。

「楊大人，您來萬祝村所為何事？」方安平趕緊轉移話題，今天想要利用秧苗坑簡氏一大筆錢是行不通了。他怎麼就不知道楊大人的法子是跟簡秋栩學的，這簡秋栩怎麼這麼邪，屢屢讓他們方氏一族吃虧！

楊璞沒理他，看向旁邊的太監點了點頭。

「簡秋栩領旨！」田公公直接把聖旨拿了出來。

聖、聖旨？什麼聖旨？

簡氏一族有些驚訝，見簡秋栩跪了下去，也跟著齊齊跪在一旁。而方氏那些人第一次這麼近距離看到聖旨，雖然聖旨不是給他們的，也不得不跟著跪下去。

「奉天承運皇帝，詔曰：萬祝村簡氏一族簡明忠之女簡秋栩，因獻治稻之法，與國有利，故賜白銀萬兩，田五千畝，欽此！簡姑娘，請接旨吧。」

簡秋栩有些意外，武德帝這麼大方？白銀萬兩，田五千畝？

簡氏眾人聽了，雖然這些東西不是賞賜給他們的，可一個個心裡都激動著，簡家人尤其激動。而方安平他們，嫉妒得眼珠子都要瞪出來了。看簡秋栩接過聖旨，恨不得這些東西都是給他們的，簡家人怎麼命這麼好！

「簡姑娘，這是賞銀和田契。聖旨已頒，本官就先告辭了。」楊璞把賞賜的東西交給簡秋栩。

「多謝楊大人和這位公公。對了楊大人，之前忘記說清楚，若秧苗全部變黃，那個藥對它就沒有作用了。所以，以後一旦稻苗生了病，一定要盡快灑藥。」

「原來如此，本官會告知黎大人。」

方世海一聽，剛剛還嫉妒的臉這會兒變得難看至極。藥沒用了，那他的水稻不是就救不活了？為了從簡氏手中訛一筆錢，他們可是商量好了不給自己田裡的水稻灑藥的。如今水稻都發黃了，錢訛不到，水稻又救不回，他該怎麼辦？

第六十五章

方世海焦急地看向方安平。「村長，現在該怎麼辦？」

他的水稻救不回來，今年的收成就沒了！沒了收成，日子怎麼過？當初這主意是方安平出的，這個時候他只能找方安平。

這種情況，方安平哪能回答他該怎麼辦？如今皇上都給簡秋栩賞賜了，他們的計劃是泡湯了，只能自認倒楣。

宣旨的公公和楊璞都在，方安平怕自己的計劃被他們發現，趕緊示意方世海不要再說了。

楊璞看到他的動作，問道：「方村長有話要說？」

方安平點頭哈腰。「沒、沒有。」

「你沒有，本官卻有。本官問你，你方氏族人帶這麼多人來這裡做什麼？」楊璞嚴厲地看著方世海等人。

「這……楊大人，我家稻苗生病了，我們只是過來看看。」方世海慌張地說道。

「哦，那我剛剛怎麼聽到你要簡氏一族給你賠錢？賠什麼錢？」

「大人，絕無此事！」方安平怕方世海一慌張就把事情抖出來，趕緊說道：「大人，您剛剛聽錯了，他們只是來看水稻的。」

「呸！楊大人，他們說謊！他們沒有按您的指示給水稻灑藥，等水稻發病了，就來找我們要錢，說是我們灑藥毒死了他的水稻！」簡方櫸一怒揭開了方安平的謊言。

「荒唐！方安平，你作為一村之長，不僅不按官府指令做事，竟縱容村民故意用秧苗生病之事誣陷他人，看來，你這村長也當到頭了。」楊璞怒道。

「這村長做得確實不地道，不盡職。聖上憂心民生，下令讓所有人給水稻灑藥，沒想到這裡竟然有人無視皇令。這事，我要回去跟聖上說道說道。」一旁的田公公瞥了方安平一眼，悠悠地說道。

方安平一聽，腿有些軟。「沒有、不是……」

簡秋栩有些意外田公公會搭腔，看了他一眼。

田公公見她看過來，笑道：「簡姑娘，聖旨已宣，咱家就不多留了。」

這簡姑娘能被聖上看重，必然有過人之處，他自然要打好關係。嚇嚇這個與她有矛盾的小村長，也只是舉手之勞。讓她記住自己，說不定以後還能得得好處。

「多謝公公，公公慢走，楊大人慢走。」簡秋栩笑著恭送他和楊璞離開。

「公公，楊大人，事情不是您看到的，我沒有……」方安平見楊璞兩人要走，趕緊上前攔著想解釋。

「是與不是，咱家不聾不盲，自然清楚。怎麼，你要攔著咱家？」田公公不悅地看著方安平。

方安平訕訕地退到一旁。

田公哼了一聲，帶著宮人和楊璞離開了。

「小妹，妳說無視皇令，還故意陷害訛詐我們是什麼罪？皇上會不會把人抓了砍頭？」見楊璞和田公公走遠，簡方樺故意大聲地說道。

原本就有些腿軟的方安平和方世海等人一聽，臉都白了。

「砍頭倒不至於，但重罰是少不了了。」簡秋栩知道，這田公公不過是說說而已，怎麼可能拿這麼小的事去叨擾皇上。而且即使要罰，最多只是撤了方安平村長的職務，這責罰也不需要皇上出手，楊大人就可以。

不過要撤一個村長的職務不是說撤就撤的，還得辦些手續。

「秋栩啊，剛剛都是誤會，妳看能不能……」方安平這下是真怕，立馬討好地走過來，笑著臉想要簡秋栩去跟楊璞說說好話。

「不能！」簡秋栩掃了他及方世海他們一眼。「自作自受。」

「妳！」方安平咬牙怒瞪。

「你什麼你，我勸你還是趕緊帶著他們離開，不然楊大人看到你們還在這裡，直接返回來把你抓到聖上面前去。」簡方樺哼著聲說道。

方安平看著遠處看向這邊的楊璞，灰溜溜地帶著人走了。

「哼，自作自受！希望楊大人趕緊把他村長的職位撤了。」

「秋栩，恭喜啊！」看到方安平他們走了，簡氏一族的人終於忍不住心裡的興奮，恭喜起簡秋栩來。

雖然錢和地都不是賞賜給他們的，雖然那些錢和地讓他們心裡有些嫉妒，但這些都是皇帝賞賜的，他們與有榮焉。

他們簡氏竟然有人能得到皇帝的賞賜，這可是全族的光榮。

眾人激動地幫簡秋栩把皇帝賞賜的銀兩抬回簡家，在簡家興奮地說了好久的話。

「小妹，田是哪裡的？」相對於銀子，簡家人更看重那五千畝田。族人一個個伸長了脖子，也想知道那五千畝田在哪裡。

簡秋栩把田契拿出來一看，忍不住挑眉毛。他們前幾天才遺憾沒能買到鄭宣財的田，這下子田就到了她手上。

鄭宣財若知道他那五千畝被她坑了的田轉頭到了她手上，可不是要氣到吐血嗎？

「北邊鄭氏的五千畝水田，天啊！」簡方樺和簡方櫸一看，兩人激動得跳了起來。他們家有好田了！雖然這些田是小妹的，但他們心裡激動，久久不能平靜。

圍觀的族人一個個心裡也羨慕得緊，那些田可是買都買不到的，簡樂親一家以後不一樣了，以後能當個小地主了。

看到族人離開了，簡家眾人平靜下來，便忙著做一桌好菜慶祝。

簡秋栩不用幫忙，她想了想，去找簡樂親。

「爺爺，你有沒有想過我們族人和方氏一族分村？」雖然現在方安平一族再也不能欺壓他們簡氏，但他時不時搞出點事來妨礙他們，真的挺煩的。兩族之間有大矛盾，他們想要做點什麼事都得提防著對方，長久下來並不利於族人的發展。

「分村？」簡樂親聽簡秋栩這麼一說，嚇了一跳。「怎麼分？可以分嗎？我們地不夠啊！」

雖然這些年來簡氏一直被方氏欺壓，他們也沒想過分出去自成一村。因為他們是逃難過來的，不敢提出分村。還有一點是他們的地太少了，地是當初他們分到萬祝村，朝廷才給他們的，若他們分村，這些地不一定還會給他們，到時候分出去了，情況可能比現在更差。

「去縣衙申請。爺爺，我們族現在有五十多戶、一千來人，完全可以自成一村了。去申請，縣衙那邊肯定會批准的。」簡氏一族的人數完全符合成立一個村子的要求。對於分村的事，簡秋栩早就想好，如今有了好機會，當然要把握。「地的事不用擔心，如果我們申請分出去，那些地肯定依舊會分給我們的。」

如今因為波多爾液，她得到了皇帝的賞賜，她和簡氏一族必定在楊璞那裡留下了深刻印象。他們提出分村，楊璞肯定受理。至於地的事，楊璞如果做不了主，不是還有端九嗎？有條件不利用，那就是傻子。

「這事我得跟妳族長爺爺好好商量。」聽簡秋栩這麼一說，簡樂親的念頭也強烈了起來，急急忙忙地就想去找族長。

「爺爺，還有一事需要你和族長商量。我打算拿出四千畝田賣給族裡人，麻煩你和族長商量商量，該如何賣？」

「這……秋栩，妳真要把田賣給族裡？」簡樂親驚訝。

簡秋栩點頭。「族人現在缺的就是田，我既然有這麼多田，何不賣給他們？」

一個村最重要的是團結，她喜歡族人團結，並不想因為自己手中有這麼多田，讓族裡人與自家人越走越遠。而且她不是一個喜歡種田的人，給自己和家裡人留一千畝田也足夠了。

現在族人手裡都有錢，肯定想著有多少田買多少，但田就這麼多，不可能讓一個人買很多，所以簡秋栩才打算把四千畝地交給爺爺和族長去做劃分。

「我替族人謝謝妳啊！」簡樂親聽了，心中很是激動。這孫女很大義，竟然會捨得把田賣出去。

她這樣做，是讓全族的人承了她的情，對家裡人好，對全族人都好。

「我現在就去找族長！」簡樂親興沖沖地走了。

「什麼時候建窯？」梅仁里不知道從哪裡鑽了出來。「妳現在有錢又有田，一定要給我建最好的窯。」

「放心，很快。」窯肯定不會建在田裡。簡秋栩想好了，把造紙廠右側二十公尺外、十幾畝貧瘠的旱地買下，就在那裡建。

「很快是多快？」梅仁里要一個確定時間。來的路上，他一直琢磨著如何把片狀的玻璃做出來，心裡已經有了無數方法，就缺窯了，所以急得不得了。

「找到建窯的人就可以開始建了。」想要建好窯肯定不能一蹴而就，必須要找手藝精湛的人。

「我有人！我現在就去找！」

「喂！」話還沒說完，梅仁里就跑了，簡秋栩喊都沒喊住他。

她一個要用玻璃的人都不急，他倒急上頭了。

「小妹，妳讓我打的鍋做好了。」梅仁里跑得太快，差點把揹著鍋回來的二堂哥簡方松給撞倒了。

簡秋栩趕緊上前去穩住他。「二堂哥，你怎麼不等我哥一起再把它拿回來？」

「師傅說讓我先拿回來試試，不行到時候再改，我就拿回來了。」簡方松憨憨地撓了下頭，簡秋栩趕緊幫他把鍋卸下來。

「小妹，放哪兒？」

「就放在左邊的牆角吧。」正好，這鍋做得挺及時的，明天就可以試試能不能成功把竹纖維素纖維提取出來。「二堂哥，你彎一下腰，我幫你把它抬下來。」

簡秋栩幫著簡方松把鍋放好，敲了敲鍋蓋，聲音挺脆的，質量看起來不錯，二堂哥手藝越來越不錯了。

家裡的幾個小孩看到大鍋，一個個好奇得不得了，圍著它左看右看。

簡秋栩打算明天一早就試試它的效果。

下午，她要把地賣給族人的事，家裡人都知道了，雖然有些捨不得那些好地，但也沒有人反對。大伯和她爹商量著也想買，簡秋栩原本想著把自己手頭上的地分一些出去，但家裡人都不要。

對此，簡秋栩也不強求，家裡人不貪她的東西，她總不能強塞給他們。

坐了十幾天的車也挺累的，吃了晚飯，家裡人就讓她回房休息了。

家裡已經沒有多餘的房間，簡秋栩便讓小布他們去跟簡小弟擠擠。至於梅仁里，這人跑出去後就沒影了，也不知道去哪兒找人。

簡秋栩讓她爹幫忙看著便回了房，要安安心心、舒舒服服地睡上一覺。坐了十幾天的馬車，真的挺累人的。

直到第二天太陽斜照床頭，簡秋栩才慵懶地從床上起來。

院子裡有說話聲，是族長帶了一些族裡的老人和爺爺在茅草棚裡談話。

顯然昨天簡秋栩跟她爺爺說分村的事，族裡的人聽了都有了這個念頭，現在正商量著怎麼辦。

簡秋栩探頭看了一眼，便轉身回去漱洗。

大嫂羅葵有些興奮地走了進來。「小妹，妳說我們真的能跟方氏一族分村嗎？」

羅葵今天早上聽到這個消息，心裡不知道有多激動。如果他們簡氏一族真能自成一村，以後就再也不用看到方安平那張討厭的臉了。而且以後他們簡氏要做什麼，都不用再經過方安平的同意。沒了方安平的打壓，他們齊心協力，肯定越來越好。族人越來越好，以後她兒子和淼他們也能越來越好。

想到這些，羅葵怎能不激動？不過她激動中又有些急和擔憂。「小妹，如果要分村，要多久才能有結果？」

「應該很快吧。」現在他們簡氏一族在楊大人那裡掛了名頭，分村這件事，楊璞應該不會為難的。

「那就太好了。」聽到簡秋栩這麼一說，羅葵才徹底安心下來。如今她和家裡的其他人一樣，特別信任簡秋栩說的話。

簡秋栩見她如此信任自己，笑了聲。「嫂子，要麻煩妳和堂嫂她們多削一些竹片。」

「早削好了，就等著妳回來，我現在搬過去給妳。」羅葵說著，就往茅草棚走。

簡秋栩擦了擦臉，也跟著她出去了。

茅草棚裡，爺爺和族長他們好像達成了共識，往郭赤縣去了。

簡秋栩猜他們應該是去縣衙打聽分村的事情了。

「這些夠不夠？」羅葵抱出了一沓三十公分長左右的竹片走出來，這些竹片都削得很薄，大小一致，就像機器削出來的一樣。
「夠了，大嫂，麻煩把它放到鍋裡。」
竹片整齊地攤放在鍋裡，簡秋栩往鍋裡加水，讓蘇麗娘幫忙燒火，蒸起竹片來。
想要得到竹纖維素纖維，蒸竹片這一步驟不可少，而且至少要蒸八個小時。簡秋栩讓覃小芮和蘇麗娘幫忙輪流看著火，吃了早飯後，她拿起核桃木做起新東西。
木工才是她的本職，等竹纖維成功做出來後，她得把精力放回玩具店上。
「汪！」簡秋栩剛拋光了塊木頭，簡sir就對著院外叫了起來，梅仁里帶著四、五個人急吼吼地往院子走來。
「人找到了，快建窯！」一見到簡秋栩，梅仁里就喊開了。
簡秋栩看了眼他帶回來的人，五個人長得都有些黝黑，穿著樸素，雙手有著長期做泥水匠留下的痕跡，也不知道梅仁里是從哪裡找回來的。
「你確定他們能建出你想要的窯？」想要做玻璃，對窯的要求是很高的。
梅仁里點頭。「那當然！他們可是大興城裡最好的建窯匠人，平時請都請不來的。」
簡秋栩疑惑。「那你怎麼把人請來了？」
梅仁里有些得意。「我跟他們說妳能給兩倍的價錢，所以他們就跟我來了。」
簡秋栩無語。這坑貨，把她當冤大頭，有什麼好得意的？
雖然被梅仁里坑了一把，她也不能把人請走，打算帶他們去造紙廠旁邊的地看看合不合適。

地是沒有問題，簡秋栩打算等族長回來就跟他說一下這塊地的事。不過梅仁里心急，還沒等她把地買下來，就讓那五個匠人規劃如何建窯。

簡秋栩看了看時間，讓他帶著那五個人自己看，自己回去看蒸鍋裡的竹片。

「差不多了，進行下一個步驟。」竹片蒸好後，需要壓碎分解再進行下一個重要的步驟。

大嫂她們幫忙用石磨把蒸煮好的竹片壓碎，簡秋栩重新把壓碎的竹片放回蒸鍋，加硫酸重新蒸煮。

蒸鍋的密封性好，這次並沒有多大的刺鼻味道傳出來。

「這次成功了嗎？」看著被簡秋栩撈起的白色東西，羅葵她們有些緊張。

簡秋栩用手捏了捏竹纖維。「差不多了。」

雖然這竹纖維素纖維沒有現代那些竹纖維軟，但已經算是成功的了。

「這跟造紙用的不太一樣啊。」余星光伸手摸了摸。「比造紙用的軟多了。」

「當然不一樣了，大嫂、大堂嫂，妳們會紡絲嗎？」

「紡絲？」余星光驚訝。「妳的意思是它可以織成布？」

「對。」這便是簡秋栩想要給族人尋找的另一條賺錢之路。萬祝村到處是毛竹，成功提取出纖維，便代表著他們可以製作竹纖維布料。竹纖維布料柔滑軟暖、抑菌抗菌、吸濕透氣，若能成功做出來，價格肯定不比現在的綢緞低，這可是比玉扣紙賺錢的好法子。

「小妹，我們試試！」羅葵和大堂嫂她們一聽，有些激動。沒想到小妹這麼快就又找出了一條賺錢的法子，果然是他們的財神爺。

第六十六章

雖然羅葵和余星光急著想把竹纖維織成布，但家裡並沒有織布機器。簡秋栩打算過兩天同她們去一趟城裡買織布機，順便去一趟城隍廟。

製作竹纖維素纖維需要用到硫酸，簡秋栩不太清楚古法如何製作硫酸，所以打算去買現成的，如果可以，也把法子買下來。

族長和爺爺他們去了縣衙後，果然得到了楊璞的回應，做了申請，就等著楊璞派人過來。

族長把分村和簡秋栩要賣田的事告訴了族人，族人一個個都興奮不已。那四千畝田一天就賣光了，大伯家和她爹也都買到了一百畝。

有了田，每個人都興高采烈。

簡秋栩乘機跟族長說了造紙廠旁邊十幾畝地的事，族長想都沒想就把地賣給了她。

有了地，梅仁里催著簡秋栩建窯。簡秋栩也不想耽誤，讓她爹找人幫忙整理那些地。族裡人知道後，都跑過來幫忙，山腳下瞬間又熱熱鬧鬧的。

山腳動靜不小，方氏的人背地裡又說酸話，卻不敢再做什麼。方安平現在還膽戰心驚的，連出門都不太敢，就怕一出門就被人抓走了。

同時，附近村子的人也議論紛紛。

「萬祝村簡氏又要做什麼？難道他們又找到了賺錢的法子？簡氏太幸運了吧？」

「誰知道呢？沒想到這治水稻的法子是簡氏一族一個小姑娘想出來的，聽說叫簡秋栩。」

「聽說鄭宣財的那五千畝田賞給了她？」

「還有一萬兩！那個鄭掌櫃怕不是要吐血了吧？」

「現在簡家可是有錢了，誰娶了那個姑娘，不就可以直接當地主了？」

附近村民對簡氏的財力有了新的認知，有些人開始去打聽他們還有多少未訂婚的兒子、女兒，最重要的是打聽簡秋栩。

而鄭宣財可不就吐血了嗎？知道自己抵給朝廷的地被武德帝賞賜給了簡秋栩，兩天都吃不下飯。

自從賠了十幾萬兩後，他日子就不好過了，不僅家底被掏空了，身上還揹著外債，他悔得腸子都青了。他不該眼饞簡氏一族的玉扣紙的，不該啊！

在家裡難過的抓耳撓腮兩天後，鄭宣財聽說羅志綺回來了，急急忙忙地跑去廣安伯府，想讓她把那幾萬兩賠給他。

「三小姐，鄭掌櫃在府外，想要見您。」小門房剛剛來報。夏雨想了想，還是告訴了羅志綺。

「不見。」羅志綺冷哼一聲，不用想都知道鄭宣財找她做什麼，那幾萬兩她是絕對不會給他的。鄭宣財愚蠢得連累自己被簡秋栩坑了，賠進去的三萬兩，她不讓他賠回來已經不錯了，現在還有臉來找她要錢？

她不給鄭宣財錢，諒他也不敢做出什麼來。

想到自己之前被簡秋栩坑了，羅志綺心裡就有怨，怨之前的自己愚蠢，怨老天沒有早早讓她記起第二世的記憶，不然她也不會吃這麼大的虧。

好在現在簡秋栩死了，她才出了口惡氣。

「讓門房把鄭宣財請走，我要出門了。」如今她在羅老夫人心中地位大漲，出入伯府也自由了。她有錢，自然要去把前前世買不起的東西都買回來。

大門外的鄭宣財好聲好氣地跟門房說著什麼，等了半天也沒等到羅志綺讓人請自己進去，而是被拒絕，心裡氣得要死。

羅志綺在他走後，派頭十足地帶著夏雨、秋月及新調教出來的兩個丫鬟和一個嬤嬤前往西市。

西市是大興城達官貴人所住的區域，店裡賣的都是奢侈品。如今的羅志綺是不缺錢的，看中的東西就買了，那些掌櫃見她買東西如此爽快，態度不由得恭敬起來。

享受著各掌櫃的阿諛奉承和恭敬，羅志綺心中很是滿意，眼神裡帶著高高在上以及絲絲的不屑離開。

只是她的愉悅與滿意在走到泰豐樓時消失得一乾二淨。
「怎麼了?三小姐。」夏雨看到她的臉色突然變得陰沈，嚇得趕緊問道。
「簡秋栩為什麼還沒死?」羅志綺狠狠地盯著正在和李誠講話的簡秋栩，神色有些猙獰。
「她、她……我、我不知道。」夏雨想起了當初簡秋栩被羅志綺砸石頭掉下溪谷的情景，心中很是害怕，話都結巴了。
「簡秋栩竟然沒死?為什麼她命這麼大?!」此刻，羅志綺心中又是滿滿怨念。老天為什麼就不能讓她順心一次，偏要讓簡秋栩活著，難道還要讓她繼續搶自己的東西嗎?不!絕不可以!羅志綺咬著牙。「之前妳不死，等端禮查過來了，定讓妳生不如死!走!」
簡秋栩沒死，她要盡快把箱子都搬回去。
離開之前，羅志綺冷冷地盯著簡秋栩看了一眼。
「小妹，妳看!」站在一旁聽簡秋栩和李誠講話的羅葵轉頭，不經意間看到了站在泰豐樓外面的羅志綺。
簡秋栩轉頭看過去，正好對上羅志綺陰冷的眼神。她眼神冷了冷，看了羅志綺一眼便轉回頭。
「簡姑娘，妳可還有什麼好法子?」自從沒了玉扣紙和香皂後，泰豐樓又沒了優勢。雖說之前利用樹脂金魚和玉扣紙吸引了達官貴人的目光，泰豐樓的名聲也直逼太平樓和中和樓，但如今沒有了優勢，想要打破那三家酒樓的局面，讓泰豐樓擠進去與它們並駕其驅，還是有些難。

「李掌櫃，現在泰豐樓的名氣不低，貴客也不少，其實並不一定要靠這些附庸風雅、稀奇的東西才能留住客人。你為何不用菜品把客人留住？」簡秋栩一直以來心裡頭就有疑惑，泰豐樓是酒樓，酒樓不應該是靠菜品吸引住客人嗎？偏偏要劍走偏鋒，用副業吸引客人，有些本末倒置。

「我何嘗不想。」說到這個，李誠就有話說了。「我們酒樓成立得晚，好菜品的秘方差不多都被太平樓那三家給買走了，哪怕後面有了新的菜品，也輪不到我們泰豐樓。我們泰豐樓也研究了不少菜品，但總比他們差點，所以啊，靠菜品的話，我們泰豐樓更不可能把客人搶過來了。」

「他們三家都有什麼菜？」簡秋栩沒去過太平樓幾家，不了解。

李誠順口就給簡秋栩背了出來。簡秋栩聽了，覺得三家酒樓的菜品和泰豐樓的大同小異。「其實要好菜品也不難。」

「難道簡姑娘有好方子？」李誠一聽，眼睛一亮。

「方子我沒有，但我知道一些他們三家酒樓都沒有的菜。雖然具體的做法不知道，但配料我是清楚的。」簡秋栩可是個會享受的人，前世賺了錢，大多都花在吃，幾乎有名的餐廳、飯館都被她吃了個遍。每次吃到好吃的，她都會研究一遍，想著閒下來的時候可以自己嘗試，所以調味她幾乎都是知道的，就是具體做法不知道而已。

「那簡姑娘能否把菜品賣給我們泰豐樓？」李誠眼睛更亮了。

「可以是可以，但具體做法我不知道。這樣吧李掌櫃，我先讓我大堂嫂嘗試著做，如果成功了，法子再賣給你。」既然法子能賣錢，那何必要留著，沒人會跟錢過不去。

「行行行！」李誠搓著手，心裡隱隱興奮起來。簡家姑娘這麼說，那肯定能成功把菜品做出來，說不定以後他們泰豐樓只靠菜品就能打敗太平樓三家酒樓，再也不用去找什麼書畫，辦什麼鑑賞活動吸引人了。這簡姑娘，真是他們泰豐樓的福星。

一旁的余星光見此，悄悄問道：「小妹，萬一我做不出妳說的菜怎麼辦？」

「大堂嫂，妳做菜那麼好吃，肯定做得出。」至於能不能做出和前世一模一樣的味道並不重要，好吃就行。

「對啊，妳肯定能的。」羅葵心裡興奮著，沒想到小妹又找到了一條賺錢法子。按小妹的性格，賣菜方子賺的錢肯定也是給家裡人的。

余星光見簡秋栩和羅葵都這麼說，瞬間充滿自信，她一定能做出小妹說的菜的。

「李掌櫃，沒事我就先走了，還要去買東西。」今天出門主要是過來買織布機的，正好經過泰豐樓被李誠看見了，所以進來打打招呼。

「好，慢走！欸，等等！裡面正好燒了幾隻雞，請妳品嚐品嚐。」李誠把在外面抹桌子的張全喊過來，讓他進後廚打包一隻燒雞出來。

簡秋栩也不跟他客氣，道了聲謝，就拎著雞和羅葵她們離開了泰豐樓。

「大嫂，大堂嫂，妳們先進去挑，我在外面等等。」到了賣織布機的店門口，簡秋栩讓她們先進去，自己在外面等了等。見旁邊沒人了，才對著有樹的地方說道：「喂，還有人跟著我嗎？端九回來了沒？」

對於羅志綺陷害她的事，簡秋栩一直等著端均祁的調查結果。羅志綺眼中的寒光告訴她，這件事不簡單，儘早查清楚才好。

樹沒有響動。簡秋栩挑眉，難不成現在真沒有人跟著自己了？端九到底查到了沒有？

羅志綺見到簡秋栩後，立即讓其他丫鬟和嬤嬤先離開，帶著夏雨和秋月去了她租的宅子。

這間宅子就在西市最繁華的地段，宅子周邊就有巡城，因此羅志綺才放心把東西都放在這裡。

進了宅子，羅志綺讓夏雨、秋月在外面等著，自己一個人進了其中的暗房，翻開各個箱子看了看，又數了數，見東西都沒少才安心。

她打算明天就讓人偷偷把箱子搬到她院子裡去，這些錢財要時時刻刻都在她的視線下，她才安心。

欣賞夠了那些金銀珠寶，羅志綺給門鎖上兩道鎖，才帶著夏雨和秋月離開。

只是她不知道，自己一離開，鎖得牢固的門就被人輕易地打開了。

一身黑的端九在暗房裡摸索了很久，終於找到了他想要的東西。

「三公子，或許盧陵王要的是這個。」端九拿出一個巴掌大的檀木盒子，盒子打開，裡面是一張保存得很好的紙張，攤開後是一張地圖，地圖上用紅筆圈了兩個地方。

半躺在榻上的端均祁伸手拿過地圖。「郢州平順縣和澤州縣？」

他臉色已經沒有了之前的蒼白，看到這張地圖後，神色有些沈思。

「對。屬下查過了，這兩個紅點對應的地方就是平順縣和澤州縣某一處的山。」端九肯定地說道：「三公子，這兩處的山必然有盧陵王想要的東西，盧陵王肯定不會輕易放棄。羅志綺故意留下簡姑娘的姓名和畫像，是想陷簡姑娘於危險之中。」

端禮是怎麼樣的人，端九一清二楚。若從簡秋栩那裡拿不到這張地圖，他必然會使陰狠手段。如果簡姑娘不知道這件事，也沒有他們護著，必然有生命之憂。

端均祁垂下眼眸，眼神一冷。

「三公子，那現在該怎麼做？」

「什麼怎麼做？」門被推開，端均熠走了進來。「三弟你什麼都不用做，養傷最重要，這事我來處理！」

端均祁輕飄飄地看了他一眼，摺疊起手中的地圖，用不容拒絕的口吻說道：「不用。」

「什麼不用？就讓我來處理！」端均熠伸手要去拿他手裡的紙，端均祁一個反手，躲過他伸過來的手，抬頭輕飄飄地看了他一眼。

端均熠擺了擺手。「算了，你就是個倔骨頭。這個還給你，之前你可真是嚇死我了。」

端均熠把一封信放到桌子上。「我可沒偷看。其實我挺好奇裡面的內容，要不你現在給我看看？」

端均祁掃了他一眼，伸手拿過信件。

端均熠知道沒戲，聳了聳肩。「行，你休息吧，我就不在這兒礙你眼了。」說著，轉身就要走，不過沒走兩步又扭回頭。「對了，那個簡姑娘是誰？三弟，你什麼時候認識一個姓簡的姑娘了？簡姑娘長得漂不漂亮，她對你印象如何，要不要大哥幫你……」

「你出不出去？」端均祁冷聲說道。

「我這是幫你……好吧。」端均熠對上端均祁冷冷的眼神，聳聳肩，邊走邊嘀咕著。「整天冷冰冰的，難怪只有那匹黑醜的馬願意靠近你，跟馬過吧……」

一旁的端九嘴角抽了抽。齊王世子性子實在活潑又無正行，不知道的還以為三公子才是大哥。

端均祁對端均熠的話沒任何反應，他站起來，從書櫃上拿出一份大晉地圖志仔細看了看，最後停留在一張地圖的頁面。「端九，你找人把這張地圖臨摹下來，標上紅圈，放回原處。還有，把買了楊家宅子的人是羅志綺一事透露給端禮。」

以其人之道還治其人之身，那便如此吧。

「是。」端九立即明白了端均祁的意思，只是心中還是有些疑惑。「三公子，據屬下調查，羅志綺之前從未離開過大興城，也從未聽過周密楊的名字，她是如何知道周密楊的東西會藏在楊家宅子裡？此事很是詭異，要不要屬下繼續調查下去？」

端均祁抬了抬頭。「繼續。」

沒有任何消息，卻能精準找到周密楊的錢財，這事不簡單。

「好。」端九打算安排人繼續盯著羅志綺，想了想說道：「三公子，屬下要不要去把調查結果告訴簡姑娘？」

「不用。」看著手中的信，端均祁冷冷淡淡的眼神有了些變化。

端九疑惑。三公子不是答應過簡姑娘嗎？怎麼現在不讓自己告訴她？

端九想不明白。

第六十七章

簡秋栩在周邊喊了喊，見沒人應答便不再浪費力氣了。估計是端九跟上面反應了，現在真的沒人監視自己了。

沒了監視，心裡輕鬆多了。

簡秋栩進店和嫂子們挑好織布機，便坐著牛車前往城隍廟。

「施主，我師父閉關了。不過師父說了，這些東西如果有人要買的話，都可以買走。」城隍廟裡的小道長奶聲奶氣地說道。

沒有見到製作出硫酸的福名道長，簡秋栩有些遺憾，看來只能下次再來了。「謝謝小道長，這些東西我都買走了，以後還有的話，麻煩都留給我。請問東西怎麼賣？」

一段時間沒來，大殿後面竟然擺了整整五大缸的硫酸，看來福名道長製作硫酸已經很熟練了。

「這我不知道啊！」小道長有些懵地撓了撓自己的小腦袋。「師父沒說。」

「那這樣吧，我讓家裡人過兩天來把東西拉走，麻煩你問一下福名道長價錢，到時候再把錢給你。」再怎麼閉關，福名道長也只是一個普通道士，吃飯還是需要的，小道長應該能見到他。

「好的，那我再問問師父。」小道長撓著頭，臉色有著懊惱。

簡秋栩見他皺著小包子臉可可愛愛的，拍了一下他的腦袋，才離開了城隍廟。

五大缸的硫酸夠他們用上一段時間了，只是如果福名道長經常閉關的話，存量可能不夠用。看來還是要把他的法子買下來，也不知道福名道長願不願意賣。

牛車一路快速地往回走。買了織布機後，大嫂和大堂嫂兩人心裡就有些急，急著回去看那些竹纖維是不是真的能織成布。

「家門口怎麼這麼多人？」三人一路有說有笑，看到家門口吵吵嚷嚷地聚集了一群陌生人，她們立即警惕疑惑起來。

簡秋栩皺了皺眉，第一時間跳下牛車。「你們這是做什麼？」

院門口吵吵鬧鬧的，說什麼的都有。聽到簡秋栩的聲音，立即都轉頭圍了過來。

「妳就是簡秋栩吧？姑娘，鄭宣財的田現在是妳的了，聽說妳把田賣了，我們想過來問問，以後這些田，能不能繼續佃給我們？」一個四、五十歲的老大爺眼神帶著些期望地問道。

剛剛還被圍著的簡方櫸立即走了過來，跟簡秋栩解釋。「小妹，他們都是那些田的佃戶，知道妳把田賣了，都過來問田能不能繼續佃給他們。」

「這件事我先跟族裡人商量商量，很快會給你們答覆。你們先回去，明天我給你們答案。」關於田裡佃戶的事，簡秋栩心中其實早就有想法。

「這？」那老大爺沒有得到簡秋栩肯定的回答，心裡還是有些不放心。

「大爺，你們先回去，我說了明天給你們答覆，那就肯定有答覆。你們現在在我家堵著也沒用，先回去吧！」那些田都賣出去了，她肯定不能替族人做決定。

那老大爺見她這麼說，知道今天肯定是得不到答案了，只能讓那些佃戶先回去，明天再過來。

「小妹，該怎麼辦？田還要佃給他們？」簡方櫸現在手頭也有幾十畝地，他心裡其實不想再佃給那些佃戶。「妳說當初聖上把地賞賜給妳的時候，怎麼不先把這些佃戶解決了？」

「他也不知道我會把地賣了啊。」五千畝田，如果她不賣，這些佃戶自然要留下來，她坐著收租就好了。

「那現在怎麼辦？我看他們並不想把地還回來給我們。」今天那些佃戶之所以會找過來，是因為族裡買了地的人去看田，讓他們知道了。

「辦法總會有的。大嫂，大堂嫂，麻煩妳們先試試織布機，我去找一下族長。」現在那些田畢竟是族裡人的了，要做什麼決定，當然要找族長商量。

簡秋栩剛出門口，就看到族長帶著幾個族人往她家來了。

「族長爺爺。」簡秋栩停下腳步。

「秋栩，聽說剛剛那些佃戶來找妳了？」

簡秋栩點頭。

「妳有什麼想法？那些地還要佃給他們？」簡樂為剛剛聽說那些佃戶蜂擁過來，是有些擔心的。畢竟這些田那些佃戶佃了多年，要賴不肯把田還回來的佃戶肯定有的。

「族長爺爺，我的田我會繼續佃給他們，族人的田，其實也可以繼續佃給他們。」簡秋栩說出了心裡的想法。

「這可不行。」簡樂為一聽，搖頭。田都買到自己手裡了，肯定留給自己種，怎麼可能還佃出去？

簡秋栩知道他心中的想法，繼續說道：「族人現在每戶差不多有十畝田，其實他們不一定耕種得過來。」

「自己耕種不過來，可以找人幫忙，花點錢總能把田耕種完的。」簡樂為心裡就是不想把田繼續佃給那些佃戶，把田佃出去了，總有一種田不是自己的感覺。作為一名農民，只有自己耕作田地，才有踏實感。

「族長爺爺，我讓族人把田佃出去並不只是這個原因，主要的原因是，我們族人以後有其他的賺錢法子，肯定不會把精力放在田裡。精力不放在田裡，田就不會有好收成，把田佃給那些佃戶坐收租金，其實更好。」

「妳又有好法子了？」簡樂為聽她這麼一說，立即明白了過來。「這次是什麼？」

「族長爺爺，我帶你去看看。」

牆角邊，大嫂和大堂嫂早已把織布機放置好，用織布的法子把竹纖維一根根地編織著。

起初並不順利，織了好久才慢慢順手起來。不過編織出來的東西還是不整齊，看起來疙瘩瘩的。

但是簡樂為還是一眼就看出來它是什麼了，眼中很是驚訝。「這是布？」

簡秋栩點頭。「是，竹子做的布。」

「竹子做的布？」簡樂為蹲下，摸了摸織布機上那一小塊疙瘩的布。「竟然這麼軟？竹子竟然能織布？」

他眼裡滿是不可置信，但眼前的一切確確實實告訴他，真的是用竹子織的布。

「族長爺爺，你覺得以後讓族人做竹布如何？我看這布的價格必定不比綢緞差。我們村一年四季都有毛竹，都可以做出竹布。如果大規模做，族人肯定是沒有精力照料田地了，所以我才想讓族人繼續把田佃出去，畢竟，布賺的錢肯定比田多。」

「我回去跟族人商量商量。」想到這些布能賺到的錢，簡樂為沒有再堅持不把地佃出去。他拿著剛剛編織出來的半截布匆匆離開了，心裡卻在感嘆著，沒想到這些竹子竟然都是寶！他們簡氏肯定是祖墳冒青煙了，得了簡秋栩這麼個聰明的姑娘。自從秋栩回來，族裡是越過越好，他們一定要好好感謝祖宗！

如簡秋栩預的一樣，有了竹布這個能跟玉扣紙一樣賺錢的法子，族人的心思立馬從田放到了竹布上面，都在想著竹布賺的錢肯定比下田賺得多。秋栩說了，竹布一年四季都能製作，那他們肯定一年四季都要製作竹布，田確實繼續佃給那些佃戶更划算。

雖然還沒有看到成形的竹布，族人卻是很相信簡秋栩，紛紛同意繼續把地佃給那些佃戶。

得到可以繼續佃田的答覆，那些佃戶對簡氏族人滿懷感激。

族長讓人跟簡秋栩學習製作竹纖維素纖維的法子，同時讓二堂哥繼續打造蒸鍋。簡秋栩把打好的那口蒸鍋放到造紙廠，讓族人先熟練掌握技術，等其他蒸鍋都打好了，便可以開始動工了。

閒置了一陣子的造紙廠又熱鬧了起來，大堂嫂她們也都加入了砍竹子的行列。

把法子教給族人後，簡秋栩便不再插手後續的事情，幫著爺爺和她爹打椿子。

因為要在原有房子的地基上建新房子，舊房子要拆掉，所以他們打算在院子另一側先簡單搭幾間簡陋的房子應付。

要簡單又要快，爺爺他們商量後，打算把一側的圍牆加高，直接搭幾間半邊的茅草棚子。

簡陋是簡陋，但住起來沒問題，到時候家裡人擠擠，一、兩個月就能住到新房子裡去了。

除了大堂嫂和大嫂幫著族人砍竹子，家裡人都在忙活房子的事。院子裡熱熱鬧鬧的，為了新房子，每個人幹勁十足。

「汪！」蹲在一旁看著的簡sir朝院門口叫了聲，迅速跑了過去。簡秋栩轉頭一看，發現是她大舅媽和大表哥鐘揚名，於是喝止了簡sir的動作。

大舅媽有些惱怒地瞪了一眼簡sir，領著鐘揚名走了進來。「喲，家裡真熱鬧，這是在做啥？」

「大舅媽，表哥，你們怎麼過來了？」一旁蹲著整理茅草的簡方榆立即站了起來，迎了上去，朝院子左側喊了聲。「奶奶，娘，大舅媽和表哥過來了。」

簡秋栩也走了過去。「大舅媽，表哥。」

大舅媽打量了簡秋栩一眼，眼珠子轉了轉。「你們這是在做啥？建房子？」

簡秋栩點了點頭，大舅媽眼神閃了一下。「有了錢，建房子是應該的。一萬兩能建幾十、上百間好房子了，不過秋栩，錢還是要省著花，房子能住就好，也沒必要建那麼好的。」

簡秋栩笑笑不說話。

「大嫂，妳怎麼來了？」鐘玲聽到了簡方榆的話，迎了出來。

「這不是好久沒來了，過來看看。揚名，你幫幫秋栩她們幹幹活，我跟你姑姑幹活，順便說說話。」大舅媽把鐘揚名推到簡秋栩她們一旁，便走到牆角幫著鐘玲插椿子。

簡秋栩看出來了，她大舅媽這會兒過來，肯定有什麼事。

「秋栩，方榆，我幫妳們。」鐘揚名被他娘推過來，心裡有些不自然。雖然他是簡秋栩的表哥，但他跟簡秋栩只見過兩、三面，並不是很熟。說了這句話後，他就低著頭在一旁幫著捆茅草不說話，幹起活來，比簡秋栩和簡方榆還索利。

簡秋栩看了他一眼。雖然她跟鐘揚名不熟，但見過兩、三面，她大概也看出他的性格，挺憨且吃苦耐勞的一個人。

「表哥，活不多，你慢慢做就行。」簡秋栩看他兩三下就把面前的茅草扒拉好了，出聲道。

「沒事。」鐘揚名抬頭看了她一眼，又垂下頭去。「我幹得來，不累的。」

見此，簡秋栩不再多說，讓覃小芮去倒些水給他喝，還讓蘇麗娘去縣裡買些菜回來。

「表哥，大舅媽今天過來有什麼事嗎？」一旁的簡方榆想了想問道。

簡方榆對大舅媽還是了解的，她很少來他們家，幾乎都是與外婆一起來的。自己來，那肯定是無事不登門了。

「這個，我不知道。」鐘揚名說著，偷偷看了簡秋栩一眼。

正巧，對上了簡秋栩的視線，他立即又垂下了頭。

簡秋栩挑眉。看來，大舅媽今天過來是與她有關了，只是不知是關於她什麼事。

牆角邊，大舅媽幫鐘玲遞著木頭椿子，說著說著話，就把話題拐到簡秋栩身上了。「玲啊，秋栩也差不多十五歲了，親事有著落了嗎？」

「這個，還沒有。」鐘玲話頓了頓。「秋栩不急，先幫方榆看親。大嫂，妳那邊有沒有合適的人選？」

最近鐘玲有意無意地跟人打聽適齡人選，如今他們家也算小有資產了，要給簡方榆看親的消息一出，前來說親的人不少，但挑來挑去，鐘玲並沒有挑上合適的人選。

「合適的人選確實有，我回去幫忙問問。玲啊，秋栩也只是比方榆小一歲，她的婚事我看也要定下來了，妳看不如把秋栩給我當媳婦怎麼樣？秋栩是我外甥女，我肯定會對她好，讓她給我當媳婦，妳也不用擔心她以後和婆婆相處的事。咱們兩家也算親上加親，妳覺得如何？」大舅媽乘機說出了她此行的目的。

得知簡秋栩被聖上賞賜了一萬兩銀子和五千畝田後，她心裡就有這個心思了。簡秋栩有這麼多資產，嫁給兒子後，即使沒有把資產都帶過來，肯定也不會少。

想到這些，她就有些迫不及待地讓兒子把簡秋栩娶進門，只是這想法她不敢跟她婆婆提，因為她婆婆肯定不會答應的。所以她帶著兒子直接上門來跟鐘玲提，只要鐘玲答應了，她婆婆也沒有什麼話說。

鐘玲聽了她的話，心中驚了一下，沒想到嫂子有這個念頭。雖然她跟娘家關係好，但從來沒有把自己的女兒嫁到娘家的念頭，況且是秋栩的婚事。「嫂子，這事我不能做主。」

「妳怎麼不能做主了？難道妳婆婆把持著秋栩的婚事，那我去跟她說說。」大舅媽想著無論如何今天都要把事情定下來。

「我婆婆也做不了主。」一旁偷聽的大伯母張金花白眼一翻。她就知道鐘玲這嫂子自個兒上門肯定沒啥好事。「秋栩的婚事，秋栩自個兒決定。這事，我們家裡人都不能替她做決定。」

「妳們怎麼就做不了主？兒女的婚事怎麼能任由她自己做主？」大舅媽有些不滿意。

「秋栩聰明，她的婚事讓她自己做主有什麼不好？」張金花大聲說道：「弟妹，妳說是不是？」

鐘玲點了點頭。

「那我自己去問她。」大舅媽見兩人都這麼說，知道鐘玲確實是做不了主，把手裡的椿子一放，匆匆地就去找簡秋栩。

鐘玲要跟上去，張金花伸手拉住她。「不用過去，秋栩什麼人妳還不知道？放心吧，不會有什麼事的。」

「秋栩，妳覺得妳表哥如何？」大舅媽匆匆走來，也沒有把簡秋栩叫到一邊，直接當著簡方榆和鐘揚名的面開口問話。

簡秋栩把手中的茅草放到一旁，站了起來。「挺好的，大舅媽為什麼問這話？」

不用多想，她知道大舅媽今天的目的了。

「妳也覺得妳表哥好吧。秋栩，妳表哥這麼好，不如妳和妳表哥定下婚事，給他當媳婦？妳表哥人好，一定會對妳好的。」大舅媽笑咪咪地說道。

一旁的鐘揚名聽到他娘的話，有些不好意思地垂下頭。這件事在來的時候，他娘就跟他說了，他心裡其實是願意的。表妹長得好看又聰明，以後真娶了她，他一定會對她好的。

對於大舅媽這種不顧場合當面問親的做法，簡秋栩覺得有些好笑。「表哥人好，肯定能找到更好的姑娘。大舅媽，沒其他事的話，我先把茅草拿過去了。」

簡秋栩向來直來直往，不想兜圈子，直接拒絕。

不過大舅媽好像沒把她拒絕的話當回事，拉住了她的手。「秋栩啊，妳就是最好的姑娘了。咱們就這麼說定了，咱們就定個日子，讓妳和妳表哥把婚事定下了。」

「大舅媽。」一旁的簡方榆驚訝了一下後，趕緊說道：「小妹沒答應妳啊！」

「娘！」鐘揚名有些尷尬。「表妹不是這個意思。」

「你懂什麼！」大舅媽拉開了他的手，繼續對著簡秋栩笑道：「我現在去跟妳娘說，咱們定一個——」

「大舅媽，話我已經說明了，這件事現在就打住。大舅媽，沒事的話，我就先忙了。」簡秋栩不想再跟她多說。

「秋栩！」大舅媽不放棄地再次拉住她。「嫁給妳表哥，不僅妳表哥對你好，舅媽也會對妳好的……」

簡秋栩看了她一眼。要不是大舅媽是自己的親戚，她會直接讓簡sir把她趕出去。「大舅媽……」

「簡姑娘。」院門外響起了熟悉的聲音。

簡秋栩轉頭一看，第一眼看到的不是端九，而是走在他前面的端均祁。

她意外了一下。「大舅媽，我有朋友來了，妳自便。」

第六十八章

「什麼朋友？秋栩，今天這事先……」大舅媽還是不放棄，揪著簡秋栩的衣袖想要繼續說，只是抬頭一看到對面的兩人，嘴裡的話就噤了下去。

走在前頭的人面容俊美到讓人震驚，她驚訝地張了張嘴，在他冷冷的眼神中閉上了嘴，下意識不敢再開口了。

「大舅媽，妳自便吧。」簡秋栩拉開了她的手，朝端均祁走了過去。

大舅媽心裡有些忌憚地看了端均祁一眼，拉著鐘揚名就往一邊走。

「娘，這件事就算了吧。」鐘揚名勸說道。雖然秋栩表妹沒有答應自己，他心裡有些遺憾，但這種事情不能強求，不然到時候把兩家關係搞僵就不好了。

「哼，你真沒用！」大舅媽心裡還是有些不甘。自從簡秋栩回小姑家後，她小姑家是越過越好了，她看著，心裡羨慕得不得了。若她兒子真能把簡秋栩娶回家，自家不是也能越過越好？現在娶不到簡秋栩，以後想要找到家境比簡秋栩家好的，以他們的家境，根本就不可能。「讓你好好跟秋栩說話，你怎麼就不會？你要是哄好了她，今天這事不就成了？你怎麼這麼沒用！」

鐘揚名垂著頭，覺得自己有些無辜。雖然他跟秋栩表妹見面次數不多，但也知道，秋栩表妹根本就不是那麼容易被人哄騙的。再說了，他也不知道怎麼跟秋栩表妹說話，面對她，他心裡是有些忐忑的。

大舅媽看他一副憨憨、不知所措的模樣，有些惱怒自己怎麼就生了一個榆木疙瘩，話都不會說。

「去，幫你姑父打樁子去。」看了一眼自己兒子，再看一眼院門口跟簡秋栩講話的人，一對比，大舅媽心裡更不是滋味了，於是把鐘揚名趕到牆角去。

不過她沒有過去，而是坐在不遠處，一直注視著簡秋栩那邊。

「端公子，怎麼親自過來了？」看到端均祁和端九過來，簡秋栩便知道上次盧陵王之事有著落了，只是沒想到端均祁也會過來。簡秋栩忍不住打量了一下端均祁，發現他的動作看起來雖然不像受傷，但臉色還是有些白。「端公子，傷還好嗎？」

簡秋栩覺得既然再次見面了，自己還是要關心一下他的傷勢。

「已無大礙，多謝關心。」端均祁垂頭看著她，眼裡染上了些暖意，跟剛剛冷冷淡淡的模樣比起來，瞬間多了些生氣。

簡秋栩覺得這人的態度真的挺難琢磨的。「那就好，你們先進來吧，事情進裡面說沒問題吧？」

畢竟是大事，她不想家裡人知道了擔心。

「好。」端均祁沒有拒絕，跟著她往院子裡走。

因為在建房子，院子裡很凌亂，不過端均祁兩人好像沒看見院子裡的凌亂，面色不變地跟著簡秋栩進了正廳。

一旁的簡方榆放下手中的活，也跟了上去。

「李九公子？」簡方榆剛剛看到李九過來，心裡很歡喜。不過她人比較敏感，一下子就看出今天的李九有些不一樣，而且他今天帶來的這個人找小妹肯定有什麼事，心裡有些不放心。

端九攔住了她。「方榆姑娘，今天三公子找秋栩姑娘有重要的事，妳還是不要進去了。」

「你……」簡方榆皺著眉看他。

端九帶著歉意道：「抱歉，有機會再跟妳解釋，我先進去了。」

看他那矯健的身形，簡方榆眉頭更皺了。他的話讓她不信，於是就站在門口不走。而原本在一旁盯著的大舅媽，看到簡秋栩帶著端均祁兩人進了正廳，也挪了過來。

簡方榆皺了皺眉，把她擋在了門外。大舅媽怎麼這麼不懂事？

「端公子，調查結果如何？」簡秋栩請他們坐到椅子上，讓覃小芮去準備茶水，便問起結果來。

「如妳所料。」端均祁把調查結果遞給她。「偽造訊息的人確實是羅志綺。」

之前已經猜測是羅志綺了，現在不過是證實猜測而已，所以簡秋栩並沒有驚訝，只是心裡對羅志綺更加厭煩而已。羅志綺就是個不停蹦躂的螞蚱，怎樣才能讓她徹底蹦躂不起來？

「不用擔心，我會幫妳處理。」端均祁彷彿知道她心中所想，安慰般說道。

簡秋栩被他的語氣震了一下，心裡那股怪異的熟悉感又出來了。她看著端均祁，想要從他的眼神中看出什麼，但他就像上次一樣，任由她看著，眼神裡什麼訊息都沒有透露出來。

簡秋栩無奈。「多謝。」

「不必客氣，幫妳是應該的。」

又來了！

詭異的熟悉感，但又不知道為什麼熟悉。這種答案就在眼前，眼前的人卻不給你看的場景，真的讓人心裡抓狂。簡秋栩想著順其自然，但每次見到端均祁，總是忍不住想掰開他的腦袋看裡面藏著什麼。

但想想都不可能，她只能把心裡的不爽撇一邊去。

事情說完，簡秋栩覺得端均祁該離開了，不過他並沒有走，而是喝起茶來，眼神在思量著什麼。

一杯普通的竹葉茶被他喝出了高級感，讓她差點以為自己家的竹葉茶可媲美西湖龍井、江蘇碧螺春了。

雖然跟端均祁也不算陌生，但簡秋栩覺得他們之間除了剛剛的事，沒什麼可聊的。端均祁沒離開，她也不好離開，但乾坐著也不是一回事。她轉頭看了眼杵在門口的端九，想讓他過來說說話。

端均祁把茶放下了。

「妳覺得我怎麼樣？」他悠悠地問道。

簡秋栩不明所以地轉回頭。「挺好。」

端均祁問這話什麼意思？他們之間，還達不到當面評論一個人的程度吧？

「妳家裡人在給妳說親。」端均祁接著說道。

簡秋栩的心加速跳了一下。還沒等她回答，端均祁站起來走到她面前。「妳未嫁、我未娶，妳覺得我挺好的，若我想娶妳，妳願意嫁給我嗎？」

簡秋栩驚住了。她沒想到端均祁會說出這番話來，所以他剛剛在喝茶，思考的就是這件事？

「抱歉。」雖然心裡驚訝於端均祁竟會說出這樣的話來，但簡秋栩臉沒那麼大，認為端均祁是喜歡上自己了，於是拒絕道：「端公子，雖然我救了你，但你不必以身相許。你幫我解決羅志綺的事便算是你還了我的救命之恩了。」

「我挺想以身相許的。」端均祁看著她，認真說道。

在一旁杵著的端九下巴要掉了。他沒想到平時生人勿近的三公子竟然會對著簡秋栩說出這樣的話。雖然知道三公子對簡秋栩的感情不一般，但這也太讓人震驚了。他總算知道三公子想要親自來找簡姑娘的原因了，原來是看上了簡姑娘。他托著下巴，已經想到了齊王世子他們知道這件事後的震驚模樣。

「我要以身相許，妳願意嗎？」端均祁見簡秋栩沒有回答，又問了一聲。

看著站在自己面前，認真地看著自己的端均祁，遇事向來鎮定的簡秋栩心裡忽然覺得有些窘迫。

這就是兩世沒談過戀愛的壞處，面對眼前求婚的人，她一時應付不過來。

「秋栩姊姊，仁里哥哥找妳呢！」在簡秋栩索盡枯腸想著拒絕的話的時候，小布解救了她。

「端公子，救命之恩已經還我了，真的不必如此。我有事，先去處理了，我就不送你們了。」臨陣脫逃並不是她的風格，但現在有個拒絕又不尷尬的機會，簡秋栩當然不想放過。她話說得不絕，但聰明人都知道，這是拒絕。端均祁是個聰明人，應該懂她的意思。

只是她轉身離開的時候，端均祁朗聲說道：「我等妳答案。」

簡秋栩有些頭大。既然端均祁假裝聽不懂，她也就假裝沒聽到他的話，轉頭問還是一臉震驚的端九。「你上次答應幫我找的人找好了嗎？」

過幾天，他們家的房子就要拆了，希望端九已經幫忙找好了泥水匠，這樣他們拆完房子就可以動工建新房子。

「找好了。簡姑娘，明天我就讓他們過來。」端九上次拿著治水稻的方子離開後，就讓人找泥水匠了，找的這些人都是大興城的，保證簡姑娘滿意。

「那就麻煩你了！」說完，簡秋栩就跟著小布跑了。
小布一臉疑惑。「秋栩姊姊，那人要什麼答案？」
「小孩家家的，問這麼多做什麼？梅仁里找我做什麼？」
「仁里哥哥想讓妳看看窯呢。」
「那趕緊去吧！」
簡秋栩跟著小布快步往造紙廠那邊走，不過邊走，她心裡邊想著端均祁的話。怎麼都想不明白端均祁為什麼會說出這番話來，難道端均祁上次不僅傷了左胸，還傷了腦子？
「三公子，您好像嚇到簡姑娘了，萬一把簡姑娘嚇跑了，這就不好辦了。」
「她要你幫她找什麼人？」端均祁不搭理他。
端九摸了摸鼻子。「簡姑娘要建房子，讓我幫忙找建房子的人。人我已經找好了，保證簡姑娘滿意。」
端均祁站起來拍了拍衣袖。「換一批人，找世子要人。」
端九扯了扯嘴角。世子手中的那些人都是用來建宮殿的，讓他們過來建個小房子，太大材小用了吧？
「三公子，我們現在走嗎？」端九摸了摸鼻子。簡姑娘都跑了，他們還待著不是很合適。這小小的房子，跟三公子總有點格格不入。
「走吧。」端均祁看了一眼外面，心想，有些東西急不得。

端九趕緊跟了上去。

「端公子，我送送你。」簡秋栩去看窯之前交代了簡方櫸，讓他幫忙送送人。簡方櫸早在外面盯著了，看到人出來，立即走了過來。不過看到端均祁後，平時話多的他有些不太敢開口說話。

走出門的端均祁又有些冷冷的了。

簡方櫸心裡納悶，小堂妹這朋友長了一副好模樣，但看起來不好說話。也不知道小堂妹是怎麼認識他的，今天過來找小堂妹什麼事？

「不用了，你忙吧。」端均祁看了他一眼。

「不忙不忙，來者是客，小妹有急事先走開了，我們不能怠慢了你們。」簡方櫸偷偷瞟了端均祁一眼，呵呵地說道。

端九心想，簡姑娘有急事離開分明是藉口，肯定是被三公子嚇跑的！

簡方櫸打定主意要送他，端均祁也沒有再拒絕，一行三人往外走。一路上，端均祁都沒有說話，簡方櫸心裡慶幸旁邊還有李九跟他叨叨，不然特尷尬。小堂妹這朋友看起來真的不好相處啊！

兩人的馬車就停在不遠處，在簡方櫸覺得自己完成了簡秋栩交代的時候，端均祁突然轉過身來。「麻煩你告訴簡姑娘，如果她有了答案，隨時可以來找我。」

「啊，哦！一定，一定！」簡方櫸疑惑，這位端公子的話是什麼意思？什麼答案？

「多謝。」說完，端均祁轉身上了馬車。

簡方櫟一頭霧水地回了院子。

「大堂哥，你有沒有發覺李九公子有些不對勁？」端均祁在，簡方榆不敢上前去問端九，只能看著他跟端均祁一道離開了，只是心裡的疑惑越來越深。

「確實有些不太一樣。」以前李九公子很斯文，人也彬彬有禮，今天的李九公子話特別多，就像個話癆。「大妹，李九公子的事小妹肯定知道，妳等小妹回來問問不就知道了。」

簡方櫟雖然有些大剌剌，但也看出李九好像換了個人。他心想，既然他看得出李九不對勁，小妹肯定早就看出來了，而且肯定已經知道了李九的事情。

「方櫟，方榆，剛剛那兩人是什麼人？」大舅媽一直盯著端均祁兩人，見人走了，立即打聽起來。那兩人身上的穿著看起來非富即貴，她不明白，簡秋栩從哪裡認識這樣身分的人？想著既然簡秋栩認識這樣的人，能不能也介紹給她認識認識，畢竟她們是親戚。

「我不知道啊。」簡方櫟搖頭。

大舅媽以為簡方櫟在騙她，不滿地哼了聲。「你們不說，我自己問秋栩去！」

她還是不死心，想著找簡秋栩再說說結親的事。

簡方榆和簡方櫟哪裡不知道她的心思，拉住她。「大舅媽，之前說的事就算了，小妹不答應就是不答應，這事妳不要再提了。」

簡秋栩的性子她是了解的，若大舅媽把她惹煩了，她可是會直接把大舅媽當陌生人的。

大家都是親戚，簡方榆當然不想兩家的關係搞僵。

「哼，我知道，肯定是秋栩認識了有錢人，看不起我們家了。」大舅媽不滿地說著。

「我看，她就是個勢利眼。」

聽此，簡方榆有些不悅。

「什麼勢利眼，誰勢利眼？」一旁的簡方櫸聽了，心裡瞬間有了怒氣。小堂妹聰明伶俐，是家裡的小財神，他可聽不得別人說她壞話，哪怕小堂妹的大舅媽都不行。

看到簡方櫸有些生氣了，大舅媽嘟了嘟嘴，沒有再說下去，轉身拉住了簡方榆的手。

「方榆，要不妳給我做媳婦？」

讓簡秋栩給她做兒媳婦估計是不可能了，大舅媽退而求其次地黏上了簡方榆。她心裡想著，簡家有錢了，簡方榆以後嫁妝肯定也少不了。

簡方榆臉色更加不好了，一旁的簡方櫸差點氣笑了。正巧大伯母張金花經過，聽到了她的話，走過來拉開簡方榆。「大嫂子，我家姑娘又不是貨物，妳想要哪個就哪個！妳主意打得好，想娶我們家姑娘是為了嫁妝吧？妳別惦記著了，這些嫁妝沒妳的分，惦記著兒媳的嫁妝，要不要臉啊！」

張金花向來直來直往，也不怕得罪大舅媽，於是直接揭露了她的心思。

大舅媽被她懟得啞口無言，不過她沒有甩袖就走，而是厚著臉皮跑到一旁幫著鐘玲幹起活來，好像剛剛的事都沒發生。

張金花翻了個白眼。她弟妹這嫂子，果然是個勢利眼兼厚臉皮的。

看到張金花離開，大舅媽也朝著她翻了個白眼。現在她小姑家有錢，這門親戚，她說什麼都不會把關係搞僵的。等待會兒有機會，一定讓簡秋栩介紹那兩人給自己認識認識，說不定以後他們家有機會住城裡去。

第六十九章

進入大興城後，端九忍不住了。「三公子，我覺得簡姑娘肯定不會來找您。」簡姑娘明明已經拒絕三公子了，三公子竟然裝傻充愣沒聽到。這樣的三公子他從未見過，心裡的震驚無異於發現母豬上樹了。

「話多。」端均祁冷冷地看了他一眼。

端九撇嘴。他話多？他明明是說實話好嗎？三公子這是自欺欺人，不相信自己竟然被拒絕了。對，肯定是這樣的！

端九那張蒼白的臉上表情很是豐富，端均祁冷哼一聲。「從明天開始，你不用再跟著我了，回去扮好你的角色。」

「扮不好了，已經被簡姑娘發現了，她家裡人也發現了。」說到這個，端九就覺得有些丟臉，他竟然敗在一隻狗的身上。

「自己想辦法。」端均祁冷眼看了過來。

端九摸了摸鼻子，而後很是正經地說：「是。咦，怎麼回事？」

馬車突然停住，端九立即戒備地探頭往外面看過去。

不知道從哪裡衝出來一輛馬車，差點撞上了他們的車。

「怎麼回事？」那輛馬車上傳出一聲不悅的聲音，車簾拉開，夏雨探出頭來。「小姐，有車撞上我們的車了。」

「趕緊讓他們閃開，別耽誤了我們的事。」今天二房崔萍不在家，她正好有機會把寶箱搬回自己的院子，可不想讓任何事情耽誤了大事。

羅志綺一開口，端九就認出她來了。他扯著嘴角。「三公子，是羅志綺。」

車裡的端均祁眼神冷了下來。

夏雨跳了下來，指著端九說道：「你們車讓讓！」

端九哼了一聲。「我們讓？撞上我們車的人是你們吧？要讓也是妳讓。」嘖嘖，比囂張是吧，他就沒輸過。

「你知道車上的人是誰嗎？」夏雨怒道。

「我不知道，我也不想知道。趕緊讓開，別耽誤了爺的大事。」端九不屑地說道。

「你！」夏雨被端九囂張的模樣氣到了。

「妳什麼妳！快閃開！」端九要多囂張有多囂張。

「什麼人都敢稱爺，我看是誰這麼囂張？」車上的羅志綺也被端九的態度氣到了，自她恢復了第二世的記憶，還沒受過這麼大的氣，於是一臉怒意地下了車，走到端九車前，一把扯開了車簾。

「你沒死？」看到車上的端均祁，羅志綺驚呼出聲，眼珠子瞪大了。「怎麼可能？你怎麼可能沒死？」
端均祁眼神犀利地看向她。
羅志綺意識到自己說錯話了，趕緊收起了表情，帶上歉意。「抱歉，下人不懂事，志綺替他們道歉。端三公子，您先請。」
端均祁收回了看向羅志綺的眼神，只是臉上帶著誰都不懂的冷意。
端九心裡嗤了一聲，讓車伕繼續行駛。
「三小姐……」夏雨看到端九的馬車離開，怕羅志綺責怪她，趕緊想要認錯。
「還不快走！」爬上了車，羅志綺心裡久久不能平靜。端均祁怎麼還沒死？不可能啊！
「啊！」羅志綺疑惑著，馬車突然從前往後仰，車裡兩個大箱子急速地撞向後車廂，把車廂撞破，兩大箱子滾落在地。其中一個箱子的鎖正好磕爛，地上灑落了一地的金銀珠寶。路過的行人看到那些金銀珠寶，一個個驚訝得議論紛紛。
「還不快撿！」羅志綺從馬車裡爬了起來，催著夏雨去撿東西。一邊催著，一想心裡怨著，為什麼她才順風順水了幾天，又不順了起來！
「三公子，消息已經給廬陵王透露過去了，經過今天這一齣，廬陵王必定深信不疑。」羅志綺的馬車倒了就是端九使的壞。羅志綺的馬車在眾目睽睽之下掉落了這麼一大箱金銀財寶，端禮估計之後查都不用查了。
哼，想要陷害簡姑娘，就等著自作自受吧。

「派人給我盯著她。」羅志綺的話讓端均祁心裡起疑。她為什麼會知道他會死？除非，羅志綺和他一樣……

想到這兒，端均祁的眼神徹底冷了下來。

「不，我就要建那麼大的！」梅仁里一副絕不退讓的模樣。

「你不是說這些師傅是最厲害的建窯師傅嗎？既然他們很厲害，你就應該聽他們的意見。」簡秋栩對窯了解不多，也幫不上忙，但聽專業人員的肯定不會錯。

「他們厲害也得聽我的！」梅仁里很是倔強。

梅仁里喊她來看窯，並不是因為窯建好了，而是因為他跟幾個建窯的師傅吵起來了。他想要建大窯，那幾個師傅說根本就不需要用那麼大的窯，窯太大耗材又耗柴，不好用；到時候建出來不好用，會損害他們的名聲。這幾個師傅十分看重自己的名聲，因此不肯按梅仁里的要求建大窯。

簡秋栩來的時候，雙方吵得面紅耳赤，梅仁里的倔強要求讓那幾個師傅想要撂挑子不幹了。

「我要的窯又不是用來燒瓷的，當然要大！」梅仁里繼續說道。

簡秋栩想想也是。她看了如今窯的大小，算了算，若是按照這些師傅如今的建法，以後想要燒出大面積的玻璃是很難的。她把梅仁里找過來，就是為了讓他製作出大片玻璃，這樣大小的窯確實不合適。只是那幾個師傅的想法，簡秋栩也了解，他們雖然只是建窯師傅，但因為技術精湛，有自己的傲氣，更看重名聲。他們給人建窯，為了名聲，自然要建最拿手的窯，不敢輕易嘗試新窯的建法也是正常的。

「師傅，現在的窯對我們來說，確實小了。我們要的窯的大小，至少是現在的兩倍大。」如果以後玻璃真的能燒製成功，需求量肯定上漲，建大窯是勢必的。「師傅，你們能否試試按照他的要求建？」

「試是能試，但我們不能肯定建出來的窯能夠達到我們之前建的那樣好。」那幾個師傅還是有些躊躇。

「不試試怎麼知道呢？你們幾位是大晉最好的建窯師傅，我相信你們肯定能建出來的。你們可以先試，若是建出來的不好，我也不會怪你們。但是萬一你們成功了，不就成為大晉獨有能建大窯的人？」簡秋栩試著說服他們。有時候，創新也是需要勇氣的。這幾個建窯師傅太過謹慎，因此不敢創新。

那幾個師傅相互望了望，領頭的人點頭。「行，那我們就按照他的想法建。不過先跟妳說好，若是建得不成功，這事你們可不能宣揚出去。」

「放心，我們絕對不會說出去。不過若是成功了，我們會替你們大力宣揚。」

那幾個師傅聽她這麼一說，放下心來，拿起量尺重新丈量地面。

梅仁里看他們走開，神色不滿。「為什麼他們不願意聽我的？妳一說他們就願意？」

簡秋栩看了他一眼。「就你那一上來就想與人打架的模樣，那幾個師傅不用磚頭砸你就不錯了。以後有什麼要求，要心平氣和地說，萬一你把他們氣走了，就沒人給你造窯了。」

「我心平氣和了呀，是他們不願意聽我的！」梅仁里不滿地說道。

「秋栩姊姊，仁里哥哥跟那些師傅說了一句話就吵起來了。」

小布在一旁打梅仁里的臉，梅仁里瞪了他一眼後，就跑過去看著那幾個師傅。

簡秋栩笑著搖了搖頭，讓小布幫忙盯著這邊的情況，轉身去了造紙廠。

造紙廠現在已經不叫造紙廠，叫布廠了。大伯正帶著族人對裡面進行改造，加設了好多織布機。

布廠一側，另一批族人在練習提取竹纖維素纖維的技術，簡秋栩過去看了看，發現他們基本都已經掌握了方法。布廠的右側，整整齊齊地擺放著五缸從城隍廟拉回來的硫酸，現在材料齊全，等新打的蒸鍋一到，就可以開始了。

看了一番沒發現什麼大問題，簡秋栩便帶著簡sir回家。如今布廠搞定了，她終於可以專注在自己的玩具店了。之前說過三個月後再開店，現在時間都快到了，得抽個時間把上次做好的軌道城帶到城裡去。

在這裡，沒有電動工具，做玩具確實費時，簡秋栩覺得如果她只做玩具，那家小店估計一年只能開張三、四次，還得做做別的省時間的東西才行。

那些從郢州撿回來的二氧化錳礦石，可以試試。

「大堂哥，他們回去了？」簡秋栩回到院門口時，停下腳步。她心裡多多少少有些不想面對端均祁，覺得有些彆扭。

以身相許，什麼鬼！如果他不是真的傷了腦袋，那就是話本看多了。

「回去了。」簡方櫸從牆上跳了下來。「小妹，跟李九公子一起過來的人是誰？冷冰冰的，害我話都不敢說。」

「齊王三子。」簡秋栩其實沒覺得端均祁冷，反而覺得他是面冷心熱的人。

「齊王三子？活抓突厥皇子的齊王三子？小妹，妳竟然認識他？怎麼認識他的！小妹，下次妳一定要把我介紹給他！」簡方櫸剛剛眼裡還有些嫌棄，現在立馬變成了崇拜。

「你不是說他冷冰冰的，怕他嗎？」簡秋栩笑道。

簡方櫸立馬否認。「什麼冷冰冰，那是威嚴有氣勢！果然虎父無犬子，齊王三公子真的氣勢非凡……」

簡秋栩還真不知道她大堂哥竟然也有偶像，頓時讓她哭笑不得。

簡方櫸感慨完了，才想起正事。「小妹，三公子說妳有了答案隨時可以去找他，他給妳出了什麼題嗎？」

「嗯……」簡秋栩無語了一下。端均祁這人難道只想聽肯定的答案？「答案已經給他了。大堂哥，明天那邊正式開工建窯，要麻煩你去幫幫忙。我有事找大嫂和堂嫂她們，就不跟你說了。」

建窯和建房子這些事趕在一起了，家裡有些缺人手，不過有族人幫忙，問題不大。族人幫忙不要錢，簡秋栩便讓家裡準備飯菜，承包他們的午餐和晚餐。

第二天一大早，覃小芮和她娘就跑到縣裡把菜買回來了，整整兩竹筐的肉菜，保證過來幫忙的每個人都能吃飽。

「小妹，就燉大骨蘿蔔湯。」羅葵揮刀砍著豬大骨，索利地把骨頭丟到鍋裡。雖然羅葵廚藝一般般，但喝多了大骨湯，大骨蘿蔔湯已成了她的拿手菜了。

「行！大嫂，我去後面拔些蘿蔔。」做菜有大嫂和堂嫂她們幫忙，簡秋栩並不用插手，她帶著幾個在一旁流口水的小不點拔蘿蔔去。

「族長，爺爺，這是有什麼喜事？」簡秋栩剛帶著幾個小不點拔蘿蔔回來，大堂嫂就高聲喊開了。

院門口，族長和她爺爺一臉興奮地走了進來。

簡秋栩把蘿蔔一放，走了過去。「族長爺爺，爺爺，楊大人同意了？」

這幾天，族長和她爺爺一直忙著分村的事，現在看他們這麼高興，簡秋栩就知道分村的事定好了。

「同意了！同意了！楊大人下午就讓里正等人過來劃分地界，我們簡氏一族終於要和方氏一族分開了！」爺爺興奮得聲音都高了幾個度。

「太好了！」家裡人歡呼，終於不用擔心方安平他們了。

「加菜、加菜！」簡秋栩她爹把手裡的椿子一丟，從牆上跳了下來。「我現在就給族人報喜去！」

話沒說完，她爹就往山腳跑了過去，速度快得都看不出他是雙腳曾經斷過的人。

「對，加菜！金吉啊，妳去縣裡跟張屠戶訂隻豬，等楊大人劃分好地界，我們族人要大大慶祝一番！」族長也滿臉喜悅激動之情。

簡秋栩的奶奶聽了，手裡的菜籃子當即就丟下，往縣裡去了。

「真是太好了！」

切著菜的大堂嫂她們，這會兒興奮得心思都不在飯菜上面了，一個個激動地說著話，說著以前和方氏一族的矛盾，期待著以後的生活，還時不時看向外面，就希望看到楊大人帶人過來。

族裡得到消息的每個人都和她們一樣，興奮地做著事，但都有些心不在焉了。

左盼右盼，終於在午飯過後，盼到楊大人帶著人過來了。

簡小弟和幾個小孩一直在村口盯著，看到楊大人帶人來了，一溜煙就跑回去報信。

不過方氏一族的人住在前面，知道楊大人帶著里正出現在萬祝村還比簡秋栩他們快。看到楊大人和里正，方氏的人趕緊跑去找方安平。「村長，楊大人帶著里正和幾個人往村裡來了。他們這是要做什麼？難道是因為上次的事？」

方安平一聽，臉色有些發白。難不成楊大人是過來免他村長職位的？「還不快去看看！」
方海跑了進來。「村長，他們不是朝我們這邊來的。」
方安平一聽，臉色瞬間好了。
方海繼續說道：「他們是去簡氏一族那邊的，簡氏一族要和我們分村了！」
臉色才剛變好的方安平，這會兒咬牙切齒起來了。「走，我們去看看！」

第七十章

方安平帶著方海等人匆匆往簡氏一族方向走，沒走多遠，就看到被簡氏族人圍著的楊璞和里正等人。他頓了一下，掛上笑容走了上去，明知故問。「楊大人，里正，今天你們過來這裡，是為了什麼事？」

楊璞看了他一眼。「你來得正好，簡氏一族要從萬祝村分出來，申請已經批准了，你就和王里正等人一起把地界劃了吧，也不用再去跟你們確認。」

「簡氏一族要分村？好好的，為什麼要分村？」方安平佯裝驚訝。

楊璞意有所指地問道：「你說呢？」

方安平臉上的笑僵了下，弓著身子，見楊璞沒有深究，眼珠子轉了轉。「楊大人，既然簡氏一族要自立村落，那他們之前分走的我們的地，是不是要劃回來給我們？」

「你們的地？那些地什麼時候是你們的了？方安平，朝廷之前發的文書你是看不懂還是不當一回事？無視律法，你膽子夠大啊！」楊璞一臉嚴肅地看著他。

方安平被楊璞這麼一說，不敢再提地的事了。「沒有、沒有，楊大人誤會了！小人這就和里正劃地界。」

方安平跑到王里正那兒，擦了擦剛剛嚇出來的汗，心裡非常不爽。「里正，為什麼簡氏一族要分村的事，你沒有提前通知我？」

王里正瞪了他一眼。「這事我也是今天早上才知道的。方安平，我告訴你，現在事情已經定下來了，你可別胡來。那些地你們方氏就別肖想了。如今簡氏一族有楊大人撐腰，他們又賺了那麼多錢，早已經不是當初忍氣吞聲的簡氏一族了。」

方安平憤然。「簡氏怎麼這麼好運！為什麼賺錢的不是我們方氏一族？」

王里正哼了一聲。「誰讓你們方氏不出一個簡秋栩！我看了，他們簡氏又在山邊折騰著做什麼，估計又是賺錢的法子。以後，你們方氏一族更趕不上他們了。」

方安平聽了，心裡更是不甘，同時又嫉妒，被他們壓了多年的簡氏，現在竟然越過他們翻身了。簡氏一族立了村子，以後他們做什麼，方氏也沒權壓他們。

越想，方安平越不甘。

只是楊璞在，他們根本不敢做什麼，只能帶著笑臉幫著楊璞帶來的那些人丈量土地，劃分地界，心想著絕不能讓簡氏多劃出他們一毫去！

在文書上簽了字，方安平不想看到簡氏那些人高興的臉，沈著臉帶著人離開了。

楊璞把文書遞給簡樂為。「簡族長，地界已經劃好了，以後你們村子要叫什麼村？我要上報上去。」

簡樂為有些激動地接過文書。「楊大人，我們都商量好了，就叫簡家村。」

知道消息後，族人興奮地討論了好久，新村子的名字提了無數個，最終選定他們的姓氏命名。這不僅是一個村，也是他們族人的聚集地，以後他們要在這裡建宗立祠。

「好，那我就這樣報上去。」

簡樂為握住楊璞的手。「謝謝楊大人！謝謝！楊大人，今晚我們慶祝，不然您留下來一起，讓我們好好感謝您。」

楊璞擺手。「不用了，本官還有事。你們放開了慶祝，這確實是件開心的事。」

楊璞帶著人離開後，族人歡呼起來，熱熱鬧鬧地跑到簡樂為家。看著人都齊了，簡樂為又當著他們的面把文書的內容宣讀一遍。

整個院子都沸騰起來，眾人都跑回家，把家裡的好酒、好菜搬了過來，準備今晚就在族長家慶祝。

簡秋栩奶奶多花了錢讓屠戶殺了豬，簡秋栩和簡方櫸幫著她把豬運了回來。一頭肥肥胖胖的豬，將近兩百多斤。

「小妹，我真開心，沒想到我們村真的跟方氏一族分開了。小妹，真該謝謝妳！沒有妳，我們都不知道什麼時候才能和方氏分開，哈哈哈……」簡方櫸高興地手舞足蹈。

簡秋栩笑了聲。她大堂哥還沒喝酒呢，就已經嗨了。不過分了村，確確實實是讓人非常高興的事。看著族人一個個興奮得臉色發紅，簡秋栩覺得自己也徜徉在愉悅的海洋中。能讓族人這麼開心團結，她覺得當初幫族人造玉扣紙真的是好事。

族長院子裡熱熱鬧鬧的，全族人都來了，不僅人來了，能搬來的灶臺、桌子、椅子、凳子都搬來了。一千多人加上桌子、椅子，族長家的院子早就塞不下了，長長的灶臺和桌子都排到了院外，延伸了好長的距離。男的幫著燒火架灶，女的殺雞洗菜切菜，忙得熱火朝天。因為是臨時慶祝，準備不足，眾人有些手忙腳亂，一聲聲大嗓門的叫聲此起彼伏，聲音雖大，但其中都是含著喜意的。

簡秋栩幫大嫂洗著菜，她爹和大伯幾人拿著斧子砍豬肉，而大堂嫂她們快速地把豬肉下鍋。肉香很快就飄滿了整個院子，在院子裡忙活的眾人更有活力了。

人多力量大，在天黑之前，族人竟然趕出了五、六十桌的菜，在族長的示意下，眾人歡呼地上桌吃飯。

大堂哥他們不知道從哪裡拿來的爆竹，噼哩啪啦地點了起來，氣氛比過年還熱鬧，每一桌都喝上了酒。

族人熱熱鬧鬧了一個晚上，差不多子時才結束。

「汪！汪！」一大早，簡秋栩就被簡sir叫醒。家裡人昨晚幾乎都喝了酒，都還沒醒來。

簡秋栩出門一看，就看到端九帶著十幾個人，有些尷尬地站在院外。「簡姑娘，為什麼簡sir還凶我？」

簡秋栩呵了一聲。「因為你長得比較像壞人？他們是……」

端九摸了摸鼻子。「他們就是妳要我找的人，房子他們可以幫你們拆。」

「他們有地方住嗎？」這麼多人，她可沒地方給他們住。

「這妳放心，住的地方我都安排好了。對了簡姑娘，聽說你們分村了，恭喜啊！」端九笑得很是燦爛。

簡秋栩一下就看出來他還有其他目的。「謝謝。還有事？」

「簡姑娘，我的身分妳能否幫我守住？」

簡秋栩看了他一眼。現在才想到這事，不會太晚了嗎？「放心，我哥和小芮沒有跟其他人講過你的事，你如果能讓其他人繼續相信你，我不會揭穿你的。」

在確定端九就是李九的時候，簡秋栩就交代過覃小芮和簡方樺不要對其他人說這件事，畢竟端九是朝廷放在外面的探子，他的角色還是很重要的。

「多謝簡姑娘，端九放心了。」以他多日以來的觀察，簡秋栩說過不向外透露他的身分，那就真的沒有透露過，她大哥和覃小芮也是可信的。其實李九這個身分，端九挺喜歡的，比端一他們天天趴在屋頂上好太多了。

簡秋栩沒有跟他再多說，把那十幾個人帶進了院子，跟他們說自己建房子的想法。陸陸續續的，昨天喝醉的家裡人也慢慢醒來了。等簡秋栩把自己的想法跟那些人說完後，就看到端九又一副羸弱書生的模樣跟她姊說著話。

這人演戲還演得挺好的。

「小妹，原來李公子還有孿生的兄弟，昨天那人是他的弟弟李十，難怪我覺得怪怪的。」

簡秋栩朝端九看了一眼。這就是他想出來的好法子？她要讓端九離她姊遠點，她姊可是個單純的小姑娘，可別被他給騙了。

端九重新扮回了李九，看到他帶來的那些人跟簡秋栩熟悉了，便找了個藉口離開了。他許久沒回學院了，得趕緊回去跟那些書生培養培養感情，不過離開之前忍不住八卦。「簡姑娘，妳什麼時候要去找三公子？」

簡秋栩不搭理他，跟家裡人說了要拆房子的事，商量著把東西先搬出來。

爺爺、大伯和她爹商量過了，先建他們這邊的房屋，等快建好了，再拆他們那邊的。吃完早飯，爺爺去族長爺爺那裡商討村子的事，大伯和大堂哥他們幫著搬東西。

「小弟，明天我們進城吧，你把你的小印刷器也帶過去。」家裡零零碎碎的東西很多，簡秋栩打算把做好的軌道城拿到自己店鋪裡去。上次約定好的日子到了，她得言而有信。

第二天一大早，簡秋栩就帶著覃小芮和簡小弟一道進了城。

「貴客！貴客！」李誠看見她，笑得眼睛都瞇起來了。

簡秋栩笑道：「李掌櫃，我可不是什麼貴客。」

「對對，不是貴客，是貴人！簡姑娘，多虧了妳的幾道方子，這幾日，咱們泰豐樓客人又多了起來。」說著，李誠呵呵地笑著。田繼元前陣子才損傷了一大筆錢財，現在他們泰豐樓又得了好菜方子，對太平樓打擊不小。田繼元最近有些焦頭爛額，忙著借錢周轉呢！李誠一想到這兒，心裡就歡暢。

「看來李掌櫃都成功做出了那些菜，客人也都喜歡。」前幾日，簡秋栩讓她大嫂按著她的菜譜做了幾道菜，還挺成功的，便讓她哥把方子拿過來給李掌櫃了。看他今天這麼開心的樣子，那些菜譜對他幫助不小。

「是啊，多虧簡姑娘，那些菜確實受歡迎，尤其是清湯燕菜，臘味合蒸，飛龍湯這三道菜，最近幾天都供不應求。李太師尤其喜歡清湯燕菜，今天約好了帶朋友過來嚐鮮。」說到這個李掌櫃就高興，李太師的朋友都是什麼人？只要他的朋友也喜歡上他們家的菜，泰豐樓還愁沒好客源？

李誠搓搓手，期待簡秋栩能夠多賣給他幾道好方子。

「那恭喜李掌櫃了。」

「簡姑娘今天是來開店的？」

簡秋栩點頭。

李誠趕緊攔下她。「快，給李某看看妳這次帶來的是什麼玩具。簡姑娘，先到者得，今天這玩具就賣給李某吧！」

「李掌櫃，人家都是價高者得，你卻說先到者得，這樣不厚道啊。」剛進來的客人聽到是旁邊那家玩具店的東西，腳步一頓，立馬走了過來。

這家店現在在大興城有名得很，聽說王大家從這裡買了隻會飛的木鳥，精妙絕倫，一直不得見，他心裡很是遺憾。現在這家店又有了新玩意兒，怎麼能錯過。

「小姑娘，這次妳又做了什麼新鮮玩意兒？」那人擠開李誠，跟著簡秋栩進了她的小店。

「軌道城。」簡秋栩讓覃小芮把東西放到櫃檯上，打算在櫃檯上拼裝。軌道城不算傳統玩具，它是利用玻璃珠子的動能、勢能轉換，形成連鎖反應，不斷循環，看著珠子循環移動，很是解壓。

「快快，讓我看看。」雖然他早已知道簡秋栩這次要賣的是軌道城，但從未見過，現在迫不及待地讓她把玩具給他看。

簡秋栩把木塊一一拿了出來，認真地拼接起來。那人好奇地左右上下地看著。

在簡秋栩拼接玩具的時候，看到玩具店開門了，進店的人越來越多，把簡秋栩都圍住了。

不過看著在她手中逐漸成形的軌道城，他們並沒有覺得很驚訝。雖然這些木塊可以看出簡秋栩的木工精湛，但並沒有讓他們驚喜的地方。

他們期待了那麼久的軌道城，就是這樣一個簡單的軌道城牆嗎？不是說上次的機械蜂鳥精妙絕倫嗎？這次就這樣？眾人心裡有些失望。

但是他們的失望沒有持續很久，隨著簡秋栩接下來的動作，他們眼珠子驚訝地瞪了起來。

「好了！」簡秋栩把玻璃珠子一一安放好，把最高的玻璃珠子放下的時候，在眾人的視線下，玻璃珠發生了一連串的連鎖反應。

碰撞，繞圈，攀爬……玻璃珠子一次又一次重複著一樣的動作，十幾個玻璃珠子看起來就像數不清一樣。

「這是怎麼做到的？」那些人盯著不斷循環的玻璃珠子疑惑著。雖然他們見過類似滑動的東西，但從來沒見過玻璃珠子還能自己爬坡的。「我看著它還看上癮了。」

「對對！看著它，心裡舒服多了。」旁邊有幾個人一直盯著玻璃珠子，感覺心裡輕鬆了好多。

「別管怎麼做到的！小姑娘，這怎麼賣？」有人開始急著讓簡秋栩開價。

一人開口了，跟著更多的人也開口了。

「一百兩。」其實軌道城技術比機械蜂鳥簡單多了，所以簡秋栩也沒有亂開價。

「我出一百二！」

「一百五！」

跟著喊價的聲音此起彼伏，李誠本來也想競爭一下的，但看到喊價的都是泰豐樓的貴客，只好遺憾退出了。

最後，軌道城以五百兩的高價賣出去了。雖然賣出的價格比機械蜂鳥低了一半，但簡秋栩覺得它的價格已經算很高了。

「小姑娘，妳只做一個，不夠分啊！」搶不到軌道城，有客人遺憾。他聽到玩具店開門的消息第一時間就趕來了，卻依舊要空手而歸了。

「哎呀，又來晚了！小姑娘，妳還有其他玩具嗎？」又有人匆匆趕來，同樣是一臉遺憾。

「對啊對啊，還有其他的玩具嗎？小姑娘，妳怎麼沒做多一點？」

沒買到的人一臉遺憾，也不願離開，就想著簡秋栩能多拿出一個玩具來。他們等了三個月，就看了一眼軌道城，不甘心。

「二姊！」一旁的簡小弟看到那些人追著問，眼珠子一轉，拉了拉簡秋栩的衣袖。

簡秋栩看他這模樣，就知道他心裡的想法，把他推了出來。「我手頭上沒有玩具了，不過我弟弟有。」

「妳弟弟？什麼玩具？」那些人看簡小弟七、八歲的模樣，哪能做出什麼好玩具。但他們也沒有拒絕，讓簡小弟把玩具拿出來。

簡小弟有些緊張地把自己身上沈甸甸的小背簍放了下來，把小印刷器拿了出來。

「這是玩具嗎？不像啊？怎麼玩？」四四方方的框架裡塞著一塊塊泥巴，這是小孩玩泥巴吧？

簡小弟聽了他們的質疑，反而不緊張了，從身上拿出一張紙，當著他們的面印了起來，紙上出現了「關山三五月」的詩句。

「這、這不是玩具吧？這是印章吧？」

「也不算印章，印章哪能一下子印這麼多字？」

簡小弟聽了他們的話，把印刷器的框架一鬆，把框架裡的字翻動了一下，又在紙上印了起來。

一幅清晰的畫印在了紙上。這幅畫，顯然是那首詩的寫照。

簡秋栩看了驚訝了下。小弟琢磨了半個月，天天去找簡方雲，原來是想要一字兩用，還真是個聰明的小孩。

那些人其中一些看了後，心中也是震驚。這東西印出來的畫竟然比書店印出來的還清晰。他們看著簡小弟手中的印刷器，心中有了別的想法。

「這真的不算是玩具吧？小孩玩的。」有些人看出了簡小弟手中東西的其他作用，有些人卻依舊想著玩具。

簡小弟一聽這些人的話，心裡有些不開心了。

「這確實不是玩具。」不知道什麼時候出現在店裡的李元景說道：「小孩，把你手裡的東西給我看看。」

簡小弟把印刷器遞給了他。

李元景拿著小印刷器仔細看了起來，也跟著翻動了那些泥字。「這可以放其他的字嗎？」

「可以，什麼字都可以放。爺爺，您要放什麼字，我給您換。」簡小弟看到終於有人看中了印刷器，有些開心又緊張地說道。

李元景想了想，把印刷器遞回給他。「幫我把《論語》的〈學而篇〉放進來。」

「好的。」簡小弟迅速把印刷器裡面的泥字摳出來，從竹簍裡把一排排疊得整整齊齊的泥字拿了出來，動作很快地把〈學而篇〉的所有字挑了出來，再調大印刷器的間距，把一整篇的字都塞了進去。

第七十一章

李元景看他毫無停頓地找到想要的字，且挑出來的字一字不差，心中很是驚訝。「〈學而篇〉你都背下了？」

「背下了。」

「不錯。」李元景誇了一句。

「李太師，我弟弟聰明，看書過目不忘，一目十行。這印刷器是我弟弟自己做的。」簡秋栩想到了李元景桃李滿天下的事，眼神一閃，誇起簡小弟來。

簡小弟見簡秋栩這樣誇自己，有些不好意思，身子往她那邊靠了靠。

「哦？真這麼厲害？那我試試你。」李元景聽簡秋栩這麼一說，對簡小弟來了興趣，讓身後的隨從拿出一本書。「我前陣子做了一篇文，文不長，兩千多字。我給你一刻鐘的時間閱讀，若你閱讀後能把我文裡的字一字不差地挑出來，你這東西我便高價買了。」

「好。」簡小弟還沒開口，簡秋栩就替他答應了。

「二姊。」簡小弟有些緊張，拉了拉她的衣袖，小聲喊道。

簡秋栩問：「你怕？」

「才不怕！」簡小弟搖頭。

「不怕那就試，不成功也不會少塊肉。成功了，你可是能賺一大筆錢哦！還有，李太師很厲害，他可是比你們院長還厲害！」這麼好的機會，她當然不想她弟弟放過。李太師在大晉是出了名的大儒，弟子眾多，如果簡小弟能給他留下好印象，說不定以後能找個好老師。雖然她沒想過讓簡小弟當官，但有機會得到好的教育資源，那肯定要爭取。

「爺爺，現在開始嗎？」簡小弟一聽，眼睛瞬間亮了起來。

「李掌櫃，麻煩你點一炷香過來。」李元景見簡小弟一點害怕的模樣都沒有，心裡滿意。

李誠趕緊跑回泰豐樓拿來一炷香。簡小弟接過李元景遞過來的書，跑到人少的地方看了起來。

原本急著買玩具的人也不急了，安靜等著，還小聲地議論著簡小弟能不能在一刻鐘這麼短的時間內把李元景的文一字不漏的背出來。

當然，簡秋栩是不擔心的，她弟弟的記憶力她可是見識過的，兩千多字一刻鐘，長了。

果然，三分鐘不到，她弟已經放下了手中的書，跑過來挑字了。

「這麼快？」

「真記住了？」

店裡的人有些不相信，圍過去看了起來。

李元景驚訝了，走近看簡小弟挑字，越看越驚訝。這小孩，才花了這麼短時間，竟然真能一字不差地把字都挑了出來。

那些不信的人看著印出來的字，拿起李元景的書對比，都驚呆了。

「真真厲害！」

「這是神童吧？這麼短的時間是怎麼記住這些字？」

「太不可思議了！」

眾人震驚地誇著簡小弟，簡小弟被誇得臉色發紅，不好意思地站在那裡。簡秋栩拍了一下他的小腦袋。「害羞啥，厲害就要禁得起誇。」

李元景也很是驚訝。他的文裡一堆生僻字，沒想到這小孩竟然都能記下來。他看起來也才七、八歲吧。「小孩師從何人？我的文可都看明白了？」

簡小弟搖頭。「我在郭赤縣的郭赤書院讀書，爺爺您的文章，我只看懂了一點。」

「哦，你說說。」

簡小弟想了想。「爺爺，您的文章寫了您和朋友登亭遊山的樂趣，還讚揚了您朋友憂國憂民，以普天下之樂為樂，而不願一己獨樂的寬闊胸懷。還有，您喜歡自然恬靜的生活。」

李元景問道：「還有呢？」

簡小弟搖頭。「就這麼多了，其他的我就不懂了」

雖然簡小弟說得不多，李元景卻更是驚訝了，眼前的小孩竟然一下子就總結出了他文章的主旨，這小孩不簡單，有天賦。「你讀書多久了？」

簡小弟誠實地說道：「今年開春才入學的，但我去年就跟方雲哥學字了。」

李元景繼續問道：「學了多久？」

「半年了。爺爺，我通過了嗎？」

李元景點頭。「你考驗通過了。這東西我買了，不過，價錢由你出。」

簡小弟驚訝了下，眼睛一亮。「那我不要錢。爺爺，二姊說您比我們院長還厲害，那我以後可不可以去問您問題，錢就當束脩？」

行啊，這小子腦袋瓜果然靈。簡秋栩還想著怎樣才能幫他，沒想到她小弟早就打上了李太師的主意。

李元景突然笑了起來。「可以。長福，你給他一個牌子，以後他來了就帶到我這裡來。」

沒想到李元景這麼輕易就答應了，簡小弟高興得小臉都紅了。

簡秋栩拍拍他，讓他趕緊跟李元景道謝。

「謝謝爺爺！」簡小弟眼睛亮晶晶的，接過李元景隨從長福的牌子，很是珍重地放到了自己的身上。

旁觀的眾人沒有想到李太師竟然就這樣答應了這個小孩的要求。李太師乃大晉有名的大儒，已經好久沒有再收弟子了。很多世家曾想過好多法子推薦自己兒孫，都被他拒絕了，沒想到這小孩輕而易舉就獲得那些人得不到的機會，真是羨煞旁人。雖然李太師沒有明著說要收他為弟子，但讓這孩子隨時都可以去請教他問題，這跟弟子沒差別了。以這個小孩的聰慧，有李太師的教導，肯定前途無限。

圍觀的眾人看著簡小弟，眼神立即就變了。

李元景點了點頭，沒有再多說，拿著印刷器離開了。

「恭喜啊！」李誠看李元景走遠，立即向簡秋栩道喜。這姊弟倆都是聰明人，如今攀上了李太師，她弟弟以後前途無量啊！

李誠有些羨慕，他兒子怎麼就沒這麼聰明？不然說不定也有機會去請教李太師，以後他也能當個官老爺的父親。哎呀，這都是命呀！

圍觀的眾人也跟簡秋栩和簡小弟說著恭喜的話，簡秋栩應付著這些人，沒有看到不遠處的羅志綺。

羅志綺之前也聽說過大晉第一玩藝店，今天聽說這家店開門了，特意過來，想當著眾人的面把玩具買到手，以滿足她的虛榮心。沒想到來了才發現，這家店竟然是簡秋栩開的。

她氣得甩袖就想走，卻無意中看到了進店的李元景，並且看到李元景與簡方樟在說什麼。看到李元景，她突然想起了一件事，一件很重要的事。

第二世時，在她回廣安伯府後不久，簡方樟機緣巧合下被李元景收為弟子。幾年間，因為他的聰慧與天賦，名氣大漲。在端禮謀反失敗的時候，她聽說他已經考上了狀元。

羅志綺看著店裡的簡秋栩和簡小弟，又看了前面不遠的李元景，咬了咬牙。「走！走小道，追上去。」

李元景此人不喜歡坐馬車，他把手裡的印刷器遞給長福拿著，不疾不徐地走在大道上。此時，他心裡思量著事情。這些年來沒有收弟子，今天這事一傳開，估計上門的人不會少。他原本是不想再收弟子的，只是今天遇到的這個小孩，確確實實是有天賦，重要的是，他合自己的眼緣。那些即將上門的人，他得找個法子打發了。

此時，從右邊的小道上走出兩個姑娘，看到他們，急走兩步，走到他們的前面，腳步便慢了下來。

看著走在自己前面的兩個姑娘，李元景皺了下眉。這兩人走得慢吞吞的，很影響他的視線。他想要停下腳步，等她們兩人走遠了再繼續前行，卻聽到她們兩人的話，頓住的腳步又跟上了。

秋月眼珠子轉了轉，把剛剛羅志綺交代自己的話說了出來。「三小姐，聽說您弟弟簡方樟今天來大興城了，就在太晉第一玩藝店裡，跟簡姑娘一起來的。剛剛聽人說，李太師要收他為弟子呢！三小姐，您弟弟真的很聰明。」

羅志綺聽了聽後面的腳步聲，大聲說道：「我弟弟確實聰明，只是，聰明是聰明，但只是小聰明。他啊喜歡偷奸耍滑，小時候常常利用自己的小聰明到處惹是生非。我經常教育他，但他都不聽我的話，我心裡擔憂。回了伯府，我也沒什麼機會見到他，就怕他走了壞路子。現在好了，李太師收他為弟子，有人能替我教育他，我也放心了。」

李元景聽了，皺了皺眉。

秋月繼續說道：「那印刷器真的是您弟弟做的？剛剛聽人說他過目不忘，認字特別快呢！」

羅志綺搖頭。「什麼他做的，那是偷別人的。唉，我跟他說過多少次了，不要去偷別人的東西，他就是不聽，希望李太師沒有發現這件事。小弟雖然聰明，但還沒到過目不忘的地步，他其實認字也不快的，能認識這麼多字，那是因為他三歲就開始跟人學字了，學了這麼多年，也把字都認得了，並不算快。」

羅志綺從來就沒有見過簡方樟習字，她不明白，第一世時，簡方樟連書都沒能讀，第二世怎麼就成為李元景的弟子？他的聰明怎麼就沒有在第一世展現出來，若第一世他能成為李元景的弟子，她就不用過得那麼苦了。憑什麼好處都讓簡秋栩得了，她心裡很是不甘。

「原來是這樣，那剛剛簡姑娘是在騙李太師了？」秋月繼續說道。

羅志綺有些無奈地說道：「是啊，不過簡姑娘這麼做應該是為了小弟好。秋月，這件事妳可別傳出去了。聽說李太師是個光明磊落、胸懷坦蕩的人，萬一知道了，不肯讓小弟去問他學識，那就不好了。小弟好不容易有這麼好的機會，以後有了李太師的教導，肯定能改邪歸正的。」

李太師是什麼樣的人，羅志綺是有些了解的。他收弟子很挑剔，有道德瑕疵的人，他肯定不會收為弟子。羅志綺不想這一世的簡小弟成為李太師的弟子，所以故意把簡小弟和簡秋栩往死裡貶低。她相信，李太師聽了自己的話，肯定會改變主意的。

李太師聽了羅志綺的話，再次搖了搖頭。

跟著他的長福看了眼前面的兩人，有些擔憂地問道：「太師，您覺得她們的話可不可信？莫不是簡方樟兩姊弟真的騙了您？」

羅志綺聽到了長福的聲音，走路的步子更慢了。

李元景再次搖了搖頭。「前面兩人此番行為是故意為之。我的文章，簡方樟如何提前背誦？長福，你這腦子還是不靈光。」

李元景又不是傻子，她們的話漏洞百出，無非是想要讓他對簡方樟和簡秋栩兩姊弟留下壞印象，不再收簡方樟為弟子。雖然他對簡秋栩和簡方樟兩姊弟認識不深，但如果他們品性有問題，李誠這個精明的人怎麼會如此看重他們？

長福點頭。「是是，長福還得跟太師好好學。只是長福沒想到，怎麼會有人對自己的弟弟如此貶低。太師，聽說廣安伯府的三小姐曾經在簡家長大，莫不是前面那姑娘就是廣安伯府的三小姐？看來，廣安伯府這三姑娘確實和簡家已經斷絕關係了，且是個心胸狹隘之人，不然也不會說出這樣的話來。」

能跟在李元景身邊多年，長福自然是個精明的人。他剛剛那麼一問，不過是想揭穿羅志綺的目的而已。真當他家太師是偏聽偏信的人，這姑娘，手段還嫩了些。之前他就聽說過廣安伯府羅炳元親生女兒的行為，覺得她心胸狹隘，自私自利，沒想到是真的。

「若她真是廣安伯府羅炳元之女，說出這麼一番話，確實心胸狹隘。長福，上前確認一下，萬一以後簡方樟有什麼不好的傳言，也方便查。」李元景不在意小打小鬧，但肆意破壞一個人的名聲，他是不會縱容的。讀書人最看重的就是自己的名聲，簡方樟這小孩有天賦，名聲若是被毀了，再想立起來，可就難了。

「是。」

前面的羅志綺聽到了，銀牙都要咬碎了。她怎麼可能讓長福看到自己的面容，拉著秋月快速轉進了另一條小巷。

「太師？」長福看到羅志綺和秋月離開了，沒有真的追上去。

李元景擺了擺手。「八九不離十就是她了。話她已經聽到了，我諒她不敢再亂說，走吧。」

看到長福沒有追過來，羅志綺才放下心來，只是此刻心裡很是後悔。貶低簡方樟和簡秋栩不成，還在李太師心裡留下了心胸狹隘的印象。李太師的話影響甚廣，尤其是在書生之中。若他以後把這件事說出去，那她前陣子努力營造出來的好名聲不就白費了嗎？

想到這裡，羅志綺開始有些心急。林錦平以後是要當官的人，而她以後也是受到敬重的人，如果李元景把今天的事情說出去，那不就影響到她？

「三小姐放心，李太師沒有看到我們，他不確定是我們的。」秋月見她面色難看，擔心自己受到責罰，勸解道：「李太師不是多言的人，只要以後我們不提簡方樟的事，他肯定不會把今天的事說出去的。」

羅志綺想了下，李元景確實不會輕易評價一個人，更何況他根本就不確定剛剛的人是她，他應該不會亂說。

這樣一來她才放下心，只是想到今天所為適得其反，又氣憤了起來。

秋月看她這樣，不敢再說什麼，跟著她往前走。不巧，這條巷子繞了一圈，又繞回了泰豐樓那條大道。

此時，玩藝店裡的客人都散了，店門也關了，那裡已經沒有簡秋栩和簡小弟的身影。

羅志綺哼了一聲，心裡依舊氣憤。讓她現在就回府，心裡是不忿的，於是帶著秋月從左邊的路繞過去，要去那些名貴的店裡買東西。此刻只有那些掌櫃的阿諛奉承，才能讓她心裡舒爽。

只是她還沒走兩步，臉上原本就難看的神色越加難看起來。

第七十二章

藥店門口，簡秋栩帶著簡小弟幾人剛從藥店出來，停下來和一個站在藥店外的人講話，而和他們講話的人，是端均祁。

簡秋栩為什麼還能認識端均祁？他們不是沒見過面嗎？

想到前兩世簡秋栩從端均祁那裡得到的好處，羅志綺咬牙；再看看他們好像很熟悉的模樣，心裡更是不甘，抓著秋月的手就掐了起來。

秋月痛得臉色都發白了，也不敢喊叫，只能咬牙低著頭。

「走！」羅志綺心裡更是氣，冷冷地看著簡秋栩，從她對面走過。只是她還沒走多遠，正巧經過太平樓的時候，從二樓掉下了一盆花，就砸在她跟前。

「三小姐？」秋月驚呼了一聲，趕緊上前察看她是否受傷。

羅志綺眼中帶著怒火看向樓上，而後嚇得一縮。端均北！

端均北，端禮的大兒子，他怎麼會在這兒？看到他，羅志綺銀牙咬得更緊了。前世她嫁給端禮，端均北沒少找她麻煩。因為她是繼妃，端均北逼著她每天要去給他母親上香磕頭，讓她在廬陵王府總是低人一頭。她前世想了無數的法子想要解決他，但端禮一直護著他，她總是找不到機會。羅志綺對他的厭惡程度堪比簡秋栩。

「看什麼看，幫小爺把東西撿上來。」端均北眼帶戾氣，衝著羅志綺叫嚷。

真是讓人生惡的臉，讓你囂張，看你也囂張不了幾年，羅志綺冷笑。

「妳聾了！把東西給我撿上來。」端均北看她沒按著自己的話做，隨手抓了一只茶杯就想往下面砸下去。

「均北！」一道有些威嚴、不贊同的聲音喝止了他。

但端均北並沒有因為喝斥而停止，而是繼續把杯子狠狠地砸向羅志綺。

秋月一直盯著端均北，看到杯子砸下，趕緊拉了羅志綺一下，杯子擦過羅志綺的髮髻，砸落在地。

羅志綺的臉色當即變了。不是因為差點砸在她身上的杯子，而是那道聲音——端禮！嫁給端禮五年，他的聲音羅志綺不可能認錯。端禮竟然已經偷偷摸來了大興，好啊，很好！

「走！」羅志綺不搭理狠戾地盯著自己看的端均北。她現在又沒有嫁給端禮，不必討好他。

此時，她心裡冷笑得意起來，轉頭看了不遠處和端均祁說著話的簡秋栩。哼！現在端禮已經進京，看簡秋栩還能得意到什麼時候，她就坐等看戲！

「二姊，羅志綺又盯著妳看了。」簡秋栩幾人在羅志綺出現的時候就發現了，因為她的眼神太過刺眼，哪怕簡秋栩認真地跟端均祁說話，也無法忽視她的視線。

「知道了，不用搭理她。」

簡秋栩沒想到來藥店買爐甘石竟然會遇到端均祁。端均祁雖然身上有傷，但也不必親自過來買藥，他剛剛沒有進藥店，明顯就是在等她。

她心裡有些納悶，難不成自己不去找他，他特地再來找自己要答案？這人這麼執著？簡秋栩以為他那天看到自己大舅媽說親，只是心血來潮說了那番話，沒想到他說的是真的？今天既然遇到了，簡秋栩打算跟他把話說清楚一些。

「端公子特地來找我？」簡秋栩直說。

端均祁看了她一眼，點頭。「對。」

「那……」簡秋栩要說話，端均祁接著說道：「端禮現在就在京城，妳想不想知道他接下來要做什麼？」

原來不是問她答案，而是因為端禮的事，看來是自己自作多情了。

「想。端公子，端禮現在在哪兒？」既然不是問答案的事，簡秋栩覺得話題輕鬆多了，人也放鬆下來。

說實話，自從端均祁上次問她那個問題後，她看到他總有些緊張。

端均祁看了她一眼，彷彿感覺到她心裡的變化，眼神好似帶上了笑意。

簡秋栩仔細一看，卻發現他眼裡並沒有笑意，難不成自己看錯了？

「在那裡。」端均祁收回了眼神，抬頭示意了不遠處。

「太平樓？所以，太平樓是端禮的產業？」不遠處只有太平樓這一家有名氣的酒樓。端禮在大興城有王府，他此次進京並沒有得到武德帝召喚，必定是偷偷摸摸的，所以不能回王府。而他選在太平樓藏身，肯定是堅信太平樓的人不會把他暴露出去，能這麼肯定，太平樓跟他必然有關係。

端均祁點頭。「猜得沒錯。」

簡秋栩哼了一聲。「難怪田繼元那麼有底氣想要搶我族人的法子，原來端禮就是他的靠山。」

端均祁看著她，認真地說道：「在大興城，除了聖上，我是很好的靠山。」

簡秋栩扯了扯嘴角。這人還是不死心啊！她看向端均祁，正想說些什麼，卻看到端禮從太平樓走了出來。

端均祁把她拉到一旁，躲過了端禮的視線。

簡秋栩的手被端均祁拉著。她皺了皺眉，這人的手怎麼冷冰冰的？

端均祁看了一眼走遠的端禮，轉過來垂頭看她。「想不想知道他要幹什麼？」

「想。不過，你可以先把我的手放開嗎？」簡秋栩不是什麼害羞的小姑娘，再不說，她覺得自己的手快要被端均祁捏碎了。

簡秋栩的手骨架很小，雖然經常做木工，但手並不粗糙，還挺柔軟的。端均祁的手很大，一下子就把她的手給包住了。拉住了手她沒覺得什麼，畢竟剛剛情況緊急，無奈他力氣大啊。簡秋栩想到上次他受傷時死抓著自己的手不放，心裡納悶，這人每次抓人都這麼用力嗎？

一旁的覃小芮盯著端均祁的手，有些生氣。這人乘機吃她家姑娘的豆腐！

「抱歉。」端均祁也感覺到自己好像用力過度了，趕緊放開了簡秋栩的手。看了眼她被捏出紅痕的手，臉色帶著歉意。

「沒事。」簡秋栩擺擺手。「小弟，你和小芮回泰豐樓等我，我晚點回去找你們。走嗎？」

端均祁沒回她，簡秋栩抬頭，發現端均祁還在看著她的手。「不用抱歉，剛剛也是事出有因。」

他們不躲快點，說不定端禮就看到他們了。

簡秋栩以為端均祁還看著自己的手是心裡有歉意，卻不知道他其實心裡在遺憾，早知道力氣輕一點，就不用這麼快放開她的手了。

端均祁回過神來。「走，跟我來。」

端禮出了太平樓後，坐上馬車直往前走。羅志綺剛買了東西從店裡出來，就認出了他的馬車。她心裡興奮，端禮看來是忍不住了，要動手了！

秋月看著馬車，見馬車一拐，疑惑地說了句。「三小姐，這輛馬車好像往我們廣安伯府去了。」

羅志綺心裡一驚。端禮去廣安伯府做什麼？「快，快回去！」

端禮以後是要謀反的，絕不能讓他們廣安伯府的人和他搭上關係！這一世端禮都不認識她，他怎麼還會去他們廣安伯府？

羅志綺帶著秋月急急忙忙地往府裡趕。

「所以，端禮打算明著來？他現在過去，不怕暴露了他偷偷回京的事情？」端禮剛坐上馬車，端一就不知道從哪裡駕了輛車出現。簡秋栩和端均祁坐上車，繞近路前往廣安伯府。

對於端禮的行為，簡秋栩有些疑惑。按理來說，他知道拿了楊家宅子裡的東西的人是羅志綺，不是應該不動聲色地對付她嗎？羅志綺那些東西得來得名不正、言不順，若被端禮取走了，她也不敢聲張。

「那是因為他上策行不通，只能行下策。他現在亮明身分，必定已經找到了對聖上解說的藉口。」端均祁冷聲說道。

下策？簡秋栩恍然大悟。「他之前已經暗中去過廣安伯府了？」

端均祁點頭。他的人一直盯著羅志綺，自然知道端禮派人過來偷那張地圖。只是那張假地圖他讓人故意藏起來了，端禮的人自然找不到。來了幾次都無功而返，端禮當然得想別的法子了。

「既然他已經去了廣安伯府，廣安伯府管理鬆散，他如果想要把那些東西偷走，也不是那麼難……他要的不是那些珠寶？」說著，簡秋栩忽然明白過來。端禮封地富饒，根本就不是缺那十幾二十箱財寶的人，那些珠寶裡必定藏著更值錢的東西。
端均祁突然笑了聲。不管何時，她總是那麼聰明。
簡秋栩不知道他為什麼突然笑了起來，淺綠色的眼睛看著她都是暖意。
她頓了頓，繼續說道：「但他也不必直接亮明身分，找不到他想要的東西，暗中逼問羅志綺不就行了？」
以端禮的為人，暗中逼問羅志綺，不怕問不出來。但如今他直接選擇暴露身分，看來暗中逼問羅志綺這法子也行不通。
簡秋栩看向端均祁。「除非羅志綺並不知道端禮想要的東西，或者端禮找不到機會下手？」
「兩者都有。」端均祁從端一手中接過一個盒子。
簡秋栩眨了眨眼。所以，端均祁在羅志綺身邊也安排了人，專門阻擋端禮的人對羅志綺下手。「你為什麼這麼做？」
她想要以其人之道還治其人之身，讓羅志綺想要她遭遇的事還回她身上。端均祁這樣做，不是幫了羅志綺？
簡秋栩不是很明白。
「端禮這人不達目的誓不罷休，讓他直接逼問羅志綺拿到想要的東西，妳不覺得太便宜她了嗎？在郢州時，她襲擊妳的仇不想報？」

簡秋栩意外。他那時候不是身受重傷意識模糊，怎麼知道是羅志綺襲擊她？她想報這個仇，不只這個仇，還有前幾個月羅志綺給她下藥的仇，在廣安伯府時差點讓羅明害死她的仇。這幾件都是涉及到她性命的事，她可沒忘記，只不過找不到好機會。

「所以，你逼端禮現身是想讓羅志綺付出更重的代價？」這下簡秋栩不是很明白了。端禮現身，就代表每個人都知道他來了大興城，廣安伯府雖然只是個小小的伯府，但在天子腳下，端禮再怎麼囂張也不敢胡來。

「待會兒妳就知道了。」說著，端均祁把手中的盒子打開。

簡秋栩疑惑地朝盒子看了一眼，裡面花花綠綠的，就像女孩的化妝盒，應有盡有。「這是什麼？」

一個大男人身上帶著化妝品，這有些不可思議吧？

簡秋栩打量了端均祁一眼，想看看他臉上是不是真有脂粉。端均祁很是鎮定地任由她打量。

簡秋栩仔細看他，沒發覺他臉上搽什麼，倒覺得他長得還真不錯。聽說齊王妃是胡人，如今的胡人大部分指粟特人，長相跟東伊朗人很是相似。端均祁算是個混血兒，只是他漢人的血統占主導地位，沒看眼睛的話，只會覺得他五官比常人深邃而已。

混血兒通常都很好看，端均祁也不例外，如果是在現代，他一定能成為十分受歡迎的模特兒。端均祁雖然漢人血統明顯，但膚色應該是遺傳齊王妃的，白皙但偏冷，加上他的五官偏冷，所以整個人形象是冷冷的，有點疏離感。

不過，簡秋栩發現他有一處與形象有些不符的地方，那就是他的頭髮竟然有點鬈。一張冷冷的臉配上一頭有些鬈的頭髮，如果把他梳起來的劉海放下來，嗯……簡秋栩想起了曾經看電視時看過的泡麵頭。

不好意思，她有點想笑。

「閉上眼。」

正當簡秋栩想得出神的時候，端均祁出聲了。

「什麼？」她回過神來，就見端均祁用手捏了捏盒子裡面一坨像肉粉色麵粉一樣的東西，往她臉上搽了過來。

簡秋栩下意識閃躲。「這是什麼？」

「喬裝工具。」

「喬裝工具？」她疑惑。「為什麼用這個？」

「妳不是想親自去看看端禮要做什麼？這個可以幫妳，妳不喜歡這種方式？」端均祁有些疑惑。難道他想錯了？

「所以，我們是直接進廣安伯府？」說實話，能直接知道端禮做什麼當然比別人傳話好，她只是沒想到這個朝代竟然有易容手段而已。

端均祁點頭。

「那你抹吧。」簡秋栩很是好奇易容的效果，於是閉上了眼睛。

端均祁盯著她的臉看了好一會兒，直到簡秋栩覺得自己的臉要被他的視線灼穿了，他才輕輕地把易容的東西抹到了她臉上。

冷冰冰的，難怪之前她覺得端均祁的手冷，肯定是之前接觸過這個盒子。

端均祁的手就像刷子一樣在她臉上刷著，之前簡秋栩還覺得無所謂，慢慢地卻感覺到不自在了。因為他沒有沾到易容品的手指時不時碰到她的臉，輕輕地，就像撫摸她的臉一樣。

作為萬年單身狗，簡秋栩從來沒讓男人碰過臉。現在她呼吸都要屏住了，心裡特別不自在，於是趕緊找話題。「端禮什麼時候進京的？」

第七十三章

「三天前，別說話。」端均祁好像沒意識到她的不自在，一手按住了她的額頭，在她的下巴處塗塗抹抹。

他的大掌包住了她上半部的臉，簡秋栩更加不自在了。「那他是在進京前就知道真正買了楊家宅子的人是羅志綺，還是進京後才知道？」

「端九在他進京前兩天便把消息透露給他。別說話，說話東西黏不住。」端均祁拿開了放在她額頭上的手，又一次說道。

好吧，人家這麼認真地給她化妝，她不自在個啥！簡秋栩在心裡給自己翻了個白眼，靜下心，把端均祁想像成專門給人化妝的彩妝老師。

「好了，可以張開眼了。」端均祁在她臉頰兩邊搽了搽，動作停了一會兒後說道。

簡秋栩睜開眼，除了感覺到眼皮有些重，倒沒什麼異常。

端均祁遞給她一面鏡子。

她拿過鏡子一照，鏡子裡的她赫然變成了另一個人，而這個人她還認識，是專門負責羅老夫人燕堂的一個小丫鬟。「端公子，沒想到你還有這技能。」

簡秋栩實在是驚訝，沒想到真的有人能透過易容術把一個人變成另一個人，而且還如此活靈活現，看不出異樣。

她動動嘴，做做表情，那些貼在臉上的東西就跟她的皮膚一樣。

「還好。」端均祁聽了，淡淡說了一句，彷彿會這項技術很稀鬆平常不值得誇讚一樣。

趕車的端一聽了，嘴角扯了扯。難怪三公子這幾天一直跟他學易容的方法，原來是炫耀來了。

「把衣服換上。」到了廣安伯府院子後面，端均祁拿出一套衣服遞給她，是負責燕堂的小丫鬟的常服。

「你不用？」簡秋栩指了指他的臉。這是讓她一個人進去？

「沒有適合我的，我會帶妳進去。放心，我會在妳旁邊。」端均祁轉頭看著她認真地說道。廣安伯府沒有眼睛是淺綠色的人，若他喬裝進去，很容易暴露。

雖然知道端均祁說的是事實，但他這話和語氣真是容易讓人誤會。簡秋栩扯了下嘴角。幸好自己不是小姑娘，這人說話好聽，長得又好看，小姑娘容易著迷上頭。

一旁的端一偷瞄了端均祁一眼。果然，從郢州回來後，三公子有些變了。以前話都不喜歡說，現在竟然對著簡姑娘說好聽的話了。

「好，那我們走吧！」

簡秋栩迅速換好衣服，端一駕著馬車離開，端均祁迅速把她帶進廣安伯府裡。

「進去吧，放心，不會有人懷疑。記住，這張臉的名字是小意。」端均祁說道。

簡秋栩點了點頭。她覺得自己現在這張臉，想要被人看出不同，除非是小意她爹娘。看了看四下沒人，她疾步往燕堂去。

而端均祁在她離開後，迅速消失。

「快，準備好茶！」剛到燕堂，就聽到了羅老夫人興奮且有些慌亂的喊聲。「這些東西都撤下，換新的。」

簡秋栩按照小意的職責安排，鎮定地站到燕堂右側的固定位置，專門給羅老夫人顯示排場用。

「盧陵王怎麼上門來了？」崔萍有些納悶。

「我怎麼知道，伯爺呢？去門口迎接了沒？」廣安伯府從來沒有三品以上的貴人來過，如今聽到盧陵王過來，羅老夫人覺得伯府蓬蓽生輝，興奮得不得了，指示著上上下下，就怕哪裡做不好，怠慢了盧陵王。

「去了，伯爺帶著志輝他們去門口迎接了。」說著，崔萍嘀咕。這盧陵王怎麼就不提前一天說，臨時過來，搞得大家都手忙腳亂的，也不知道他過來做什麼？

雖然盧陵王位高權重，但崔萍並沒有像羅老夫人一樣興奮。她丈夫在雍州任職，前陣子來信的時候還跟她提了下武德帝派人接管郢州北山的事。郢州是盧陵王的封地，武德帝有此舉，必定是盧陵王又搞了什麼么蛾子。

一直以來，盧陵王與當今聖上就不對付，現在他還覬覦著皇位，他們伯府最好不要和盧陵王有什麼關係，不然以後端禮有什麼事，可是會牽連伯府的，也不知道老夫人高興個什麼勁兒。

老夫人只看重權勢、地位，年紀越大，越看不清重點了。

「王爺，這邊請！」遠遠就聽到了羅炳元討好的聲音。

簡秋栩精神一抖擻，做好偷聽的準備。

「王爺，請，請！」不用抬頭，她都能想得到羅炳元的興奮。

羅老夫人見端禮被引進燕堂，趕緊從座位上站了起來，迎著他坐到正座。

端禮擺手。「老夫人不必如此，小王坐一旁即可。」

說著，很是隨意地坐到了羅老夫人左邊的座位上。羅老夫人見他如此，也不強求，趕緊讓一旁的丫鬟給他上茶。

簡秋栩就站在端禮後面，正好被他遮擋住了身影，也不用怕自己被其他人看出什麼異常來了。

端禮今天的行為舉止跟她那天在路上碰到的完全不一樣，不像是來找碴的。

「不知王爺前來，所為何事？」說了一番客套話後，羅老夫人試探起來。

端禮把茶杯放下，拱了拱手。「蒹葭蒼蒼，白露為霜。所謂伊人，在水一方。小王今日是為求親而來。」

羅老夫人一聽，心裡一驚又一喜。「王爺這是？請問王爺求娶老身哪位孫女？」

一旁的崔萍聽了，心裡卻暗道不好。

端禮話裡帶著些誠意。「小王有緣在郢州見過三小姐，對三小姐心之所向，輾轉反側，故前來求娶，望老夫人成全。」

崔萍聽了，這才放下心來，不是她女兒就好。

原本羅老夫人聽了端禮要求娶府中之女很高興，可一聽是羅志綺，神色就有些為難和失望了。「不瞞王爺，志綺已有婚約。」

端禮語氣有些驚訝。「不知是哪位公子如此幸運？」

站在他後面的簡秋栩扯了下嘴角。她不信端禮來的時候沒查清。

羅老夫人接道：「潁川郡林家林錦平。」

端禮放下茶杯，略思索一番。「潁川郡林家林錦平？羅老夫人，林家乃小官之家，三小姐若嫁過去，著實太過委屈，小王願以正妃之位迎娶三小姐。」

正妃？看來端禮要找的東西非常非常重要，連可以讓他用來加強勢力的正妃之位都捨得讓出來了。

羅老夫人原本以為端禮看上羅志綺，只會給側妃之位，沒想到是正妃。雖然只是繼妃，但卻不是側妃能比的。志綺何德何能？羅老夫人心動了。

端禮看了她一眼，見她神色中忍不住激動，便知道她心動了，心裡有些嘲諷。為了讓羅老夫人下定決心，他不露聲色，站起來，很是誠意地拿出一塊玉珮。「老夫人，這是小王的隨身玉珮，小王承諾以正妃之位迎娶三小姐絕不作假，望老夫人成全。」

羅老夫人驚訝。「這……老身現在還不能給您答案，不如等幾天？」

這麼重要的信物都拿出來了，看來盧陵王真的是誠心誠意求娶志綺，羅老夫人內心激動。

端禮一聽便知事成了。「小王期待老夫人的答案。如此，小王便回去等老夫人的回覆。小王急於進京，未告知聖上，還要去跟聖上告罪，所以此番拜訪匆忙，望老夫人海涵。」

「沒有，沒有！」

「王爺慢走！下官送您！」羅炳元臉上忍不住興奮，弓著身子送端禮離開。而羅老夫人和崔萍也一起送端禮。

簡秋栩悄悄轉頭看了眼往外走的端禮。對於端禮的做法，意外過後便知道他的意圖了。只要與羅志綺有婚姻，以羅志綺的為人，那些東西肯定會被她帶到盧陵王府，端禮就能輕而易舉得到他想要的東西。端禮這人陰險狡詐，說不定不用等到羅志綺嫁入盧陵王府，他便可以利用兩人的關係，把想要的東西逼問出來。

雖然羅志綺只是一個小伯府的嫡女，但娶了羅志綺也不虧。因為那幾十箱的金銀珠寶，確確實實是一大筆財富，世家閨女也不一定拿得出這麼多的嫁妝。端禮時時刻刻準備著謀反，雖然他的封地富饒，但沒有人會嫌棄錢多。

只是……

簡秋栩趁著羅老夫人等人離開送端禮，悄悄挪到一旁，問道：「讓羅志綺嫁給端禮，這是讓她付出的代價？」

這哪是代價？這明明是得了大好處！端禮雖然有謀反的意圖，但只要沒有被聖上抓住把柄處置了，羅志綺嫁給端禮便是高嫁。以羅志綺的為人，她得意還來不及，怎麼會覺得這是付出代價？

簡秋栩不明白，事情走向如此，她有些看不懂了。

可是端均祁應該不會騙她的，難道皇上已經有了端禮的把柄，等著羅志綺嫁過去就把他處置了？這樣羅志綺便跟著遭殃？

可是不對啊，她疑惑地看向屋簷某一處。

雖然看不到端均祁，但她感覺他就藏身在那裡。

「放心，羅志綺不會答應。」端均祁的聲音從某一處傳了過來。

「咦，你怎麼知道？」簡秋栩正疑惑，羅老夫人帶著崔萍回來了。

「沒想到盧陵王竟然要和我們廣安伯府締結姻親，我們伯府這是要蒸蒸日上了！」羅老夫人激動著，指示崔萍。「去靜慈庵把鄭氏帶回來。思過這麼久了，我想她也想明白自己的過錯了，正好讓她回來商量商量志綺的事。」

簡秋栩沒看錯羅老夫人，這人眼裡只有權勢，端禮一出現，她立即覺得羅志綺與林錦平的婚約不值得一提了，說毀約就毀。

「娘，這不好吧？志綺和林家還有婚約，日子都快選定了……」崔萍心裡不贊同。她真的不想伯府和端禮搭上關係，老夫人真的老糊塗了！

「什麼不好？王妃之位，這是多少人幾輩子都求不來的榮華富貴。林家膽子再大，能跟盧陵王爭嗎？」羅老夫人並不覺得取消羅志綺與林家的婚約有多難，如今林家沒了林老太爺，已經逐漸沒落，就靠著林錦平以後出人頭地能把林家拉上來了，必定不敢輕易得罪盧陵王。雖說明慧大師說過林錦平以後能位列三公，但位列三公能比得上親王給她和廣安伯府帶來的利益？

「可是……娘，您忘了之前盧陵王與聖上之間的事了？」崔萍趕緊提醒羅老夫人，想要她斷了與盧陵王結親的念頭。

羅老夫人聽了，很是不高興。「這些都只是謠傳，如今他們不是相安無事？趕緊的，去把鄭氏帶回來，與盧陵王的親事，我想她肯定願意，找李蓉青商談取消婚約的事，就讓她去。」

好事她收著，不好的事當然不用她出面。羅老夫人已經想好了對李蓉青的說辭了。

第七十四章

「祖母，我不願意！」羅志綺趕回來時，端禮已經被請到燕堂了。她不好來燕堂，心裡焦急不安，讓秋月和夏雨打探。得知端禮來廣安伯府是為了娶她，她心急惱火地跑過來了。

無緣無故，端禮怎麼要娶她？她都重生了，老天還要她照著前世走？不，當然不行，她絕對不會嫁給端禮。

垂著頭偷聽的簡秋栩眉頭一挑。羅志綺竟然真的不願意嫁給端禮。以她的為人，她不可能拒絕的啊？簡秋栩好想轉頭問端均祁，他為什麼會料得這麼準，不過先忍住了，繼續豎著耳朵偷聽。

「這是別人求之不得的好事，嫁給廬陵王，妳以後就是王妃了，多少人都要仰視妳，我們伯府也能跟著沾光。」最近羅老夫人對羅志綺態度緩和了不少，所以羅志綺不經她的同意就跑到燕堂來還插話，雖然有些不滿，但沒有像以前一樣惱火。

「祖母忘了明慧大師的話了？以後林錦平能位列三公，嫁給林錦平，我們伯府照樣能跟著榮光。」羅志綺心裡對這一世的羅老夫人十分不滿，這樣勢利的羅老夫人，跟第一世、第二世的羅老夫人真的差太多了，一點遠見都沒有。她不由得懷疑，這一世廣安伯府的人芯子是不是都被換了？

「這怎麼比得上？」羅老夫人揮了揮手。「林錦平再怎麼位列三公，地位都比不上廬陵王。」

死老太婆！羅志綺看她是決意要把自己嫁給端禮，心中惱怒，不過她忍下來了，繼續說道：「祖母，端禮賊心不死，皇上一直忌憚著他。前陣子我去郢州的時候，聽說他要造反被聖上發現了，聖上現在派人接管了郢州北山。端禮一直想謀反，若是我嫁過去，皇上肯定對伯府有意見，以後伯府就別想好了，大哥和二哥肯定也不會得到皇上重用的。」

「對，老夫人，這是真的，炳年也來信跟我說了，可要想清楚。」這回崔萍跟羅志綺站在同一條線了。

羅老夫人皺了皺眉。「京城沒什麼風聲，這些都是聽說的，或許不是真的，他應該不會謀反吧？」

羅老夫人不想錯過這門親事，對羅志綺的說辭不是很相信。

「不，他造反了，幾年後他就造反了，還造反失敗了。祖母，前兩天我夢到他造反失敗被聖上處決了。還有，我還夢到林錦平不僅位列三公，還受皇帝敬重，我們伯府以後靠著林錦平被封了一等公爵位。」

為了讓羅老夫人斷然拒絕端禮，羅志綺故技重施，又把前世的記憶以夢的方式說了出來。

羅老夫人聽了，內心一慌，眼睛一瞪。「真有此事？」

自從上次羅炳年靠著羅志綺的夢被雍州刺史提拔後，她就很重視羅志綺的夢。

「是，絕無作假。祖母，二叔的事是真的，這應該也是真的。肯定是上天知道今天會發生什麼事，所以提前給我示警。祖母，我們伯府可千萬不要和盧陵王搭在一起！」

作夢？簡秋栩眼神一閃。她夢過羅志綺的一生，記得羅志綺死的時候，端禮還活得好好的，為什麼她現在說端禮會造反被處決？

這夢是真是假？如果是假，以羅志綺的為人肯定不會拒絕嫁給端禮。所以，她是堅信端禮會因為謀反而被武德帝處置了？

為什麼她這麼肯定？為什麼她會這麼相信一個夢？

還有一件事，那就是她為何會知道周密楊財產的下落？簡秋栩夢中的羅志綺根本就不可能知道周密楊，難道這也是她作夢夢到的？

簡秋栩心中的疑惑越來越重，而後瞇了瞇眼，想到了一個可能，於是把視線放到了繼續和羅老夫人說話的羅志綺身上。

「示警？難道真的是示警嗎？」羅老夫人臉色有些難看起來。

崔萍見她好像還沒放棄，急道：「娘，志綺的話不可不信啊！炳年的事都成真了，志綺作的這個夢肯定也會成真。志綺可是受老天眷顧，這肯定是老天的示警，讓志綺和我們伯府躲過一劫啊！」

為了說服羅老夫人，對羅志綺身帶福運之說不屑的崔萍也拿起這件事來說服羅老夫人。

羅老夫人瞪向她。「我什麼時候不信了！不信她的夢的只有妳！現在怎麼辦？盧陵王的信物我們已經收了，怎麼開口拒絕？盧陵王這人性格強勢，脾氣不好，而且心胸不是很寬廣，不好應付啊！」

崔萍垂頭翻了個白眼。這回妳知道盧陵王不好對付了，剛剛怎麼接信物接得那麼索利？

羅志綺聽了，果真看到她手中的玉珮，很是惱怒，但也只能忍下來，分析道：「祖母，為今之計是要盡快把信物還回去。端禮雖然囂張陰狠，但這裡是京城，我們廣安伯府可是聖上親封的伯府，他即使心裡不爽也不會拿我們怎麼樣。今天他來我們伯府的事，皇上肯定知道了，還信物的時候，我們必然要讓別人知道伯府拒絕了盧陵王，這樣才能讓聖上知道我們伯府對聖上忠心耿耿，不會影響到伯府在聖上心中的地位，也讓端禮不敢暗中對我們下手。還有，以後莫要跟端禮有任何來往，不然爹就別想升官了。」

端禮一心想著謀反，肯定不想在武德帝的眼皮底下留下什麼把柄，所以羅志綺堅信，她拒絕了端禮，端禮再不爽也不會對他們伯府下手。

「對對！」羅炳元之前對端禮要娶羅志綺一事感到興奮，幻想著自己以後在人前威風的模樣，可聽到羅志綺的夢後，心裡又擔心得不得了。現在聽到解決辦法，趕緊附和。

「信物確實要盡快歸還。」羅老夫人想了想，也覺得沒那麼怕了。志綺說得對，只要他們把事情抬到明面上，端禮即使心中不悅，也不會拿他們伯府怎麼樣。如果他們伯府有什麼不好，外人很容易就聯想到端禮身上，覺得他心胸狹隘。按志綺說的，端禮要謀反，必然要收攏人心，對外更應該展示他的寬容大量，所以肯定不會對他們伯府怎麼樣。

想通了，羅老夫人決定趕緊把信物歸還了，不過要還信物，肯定不是她出面。她轉身對崔萍說道：「去靜慈庵把鄭氏接回來，讓她把信物還回去。就當將功補過，辦好了，就不用再待在靜慈庵了。」

崔萍一聽，立即又想翻白眼，不過忍住了，但心裡忍不住吐槽。將功補過？將誰的功、補誰的過？剛剛還說鄭氏待了那麼久肯定已經思過了，這會兒就變成回來補過的了，真是好笑！

吐槽是吐槽，崔萍還是畢恭畢敬地回了一聲是，帶著婢女小芒等人出了門。

羅炳元空歡喜一場，心裡覺得不歡暢，晃晃身子，出門招朋引伴喝酒解千愁去了。而羅老夫人，心裡有些失落地帶著李嬤嬤離開了燕堂。

羅志綺見所有的人都離開了，臉色立即沈了下來，全身上下都顯露出不滿。今天真是諸事不順，在李元景那裡討不著好，現在又多了一個端禮！她不明白，端禮不去找簡秋栩麻煩，為什麼無緣無故跑來向她提親？

「三小姐。」秋月見羅志綺沈著臉，怯怯地叫了她一聲。「三小姐，我們回去嗎？」

「不回去待在這裡做什麼？」羅志綺冷眼看了她一眼，走了兩步，停了下來，轉頭對夏雨說道：「妳去一趟林府找林夫人，把端禮上門的事告訴她。我娘去還信物，這事她到時候必然得到消息，可不能讓她誤會了我。告訴她，接信物的是我祖母，與我無干。」

李蓉青是個挑剔且不易相處的人，若是讓她誤會想要同意端禮婚事的人是她，那肯定會影響她對自己的印象，說不定心裡會有疙瘩。她嫁給林錦平可是要過幸福美滿生活的，可不想有人破壞了以後的好日子。

「是。」夏雨應答。

「還有。」羅志綺喊住了抬腳要走的夏雨。「替我找人盯著端禮，看他接下來要做什麼。」

端禮不找簡秋栩麻煩，總覺得不對勁。

「是，三小姐。」夏雨點了點頭，快步走遠。

羅志綺甩了甩袖子，不緊不慢地往自己院子走。

簡秋栩看她遠去，挑了下眉。這樣冷靜且有想法的羅志綺，跟之前的羅志綺相差太多。不僅如此，她整個人的氣質和之前大相徑庭，竟然多了些威嚴，氣質這種東西，不是短時間能夠改變的。

「果然。」簡秋栩心中有了想法。根據羅志綺的話，此羅志綺應該非她夢中的羅志綺了。可真玄幻，羅志綺這樣的人竟然能得到這麼大的機緣，又多了一世的記憶。不過既然兩世記憶都不一樣，羅志綺為什麼覺得這一世還會照著她上一世走？畢竟蝴蝶效應影響的可不只她那一點地方。

「果然什麼？」簡秋栩趁著燕堂裡的人不注意，偷偷溜到後院。端均祁帶著她出了後院，問起了她剛剛的話。
「沒什麼。」簡秋栩當然不會跟他說自己剛剛想通的事，她並不認為端均祁會相信她的話。
端均祁看了她一眼，見她真的不想說，便不再問了。
「今天事情我看不懂，這樣做，羅志綺並沒有什麼損傷。」她認同羅志綺剛剛說的話，端禮並不會因為廣安伯府拒絕了婚事而報復廣安伯府。她想要靠端禮報復廣安伯府而讓羅志綺付出代價的想法行不通。
「端禮下策行不通，必然會想另一計，他等不及了。」端均祁解釋道。
「什麼計策？」原來端均祁是逼端禮走另一步，不過她想不出端禮下一步要做什麼。
端均祁垂首看著她。「周密楊還有一個女兒。」
簡秋栩疑惑了一下，突然明白過來。「現在我們要做什麼？」
「不急，等。」
簡秋栩眨了眨眼。「那就等著。對了，你怎麼知道羅志綺會拒絕？」按理來說，端均祁肯定不了解羅志綺。
「猜測而已。」這個猜測，也讓他更加確定了一件事，羅志綺果然像他一樣。端均祁眼神冷了下來。
簡秋栩挑眉。「那你猜得滿準的，若是羅志綺答應了，端禮豈不是不用走下一步？」

「不會。」端均祁肯定地說道。

為什麼這麼肯定？簡秋栩有些疑惑，想起端均祁之前的一些行為，抬頭看向端均祁，問道：「對了，你相信羅志綺的夢嗎？」

「端禮必定沒有好下場。」端均祁說道。

「咦？」這人究竟是信羅志綺的夢，還是堅信端禮必亡？

「三公子。」端一駕著馬車，很是準時地出現在之前的地方，出聲打斷了簡秋栩想要問的話。簡秋栩沒有再問下去，上了馬車。

端一很是細心，在馬車上準備了水。簡秋栩上了馬車後，第一時間就要卸妝。

當然，少不了端均祁的幫忙。不過卸妝簡單多了，她也沒覺得不自在了。

端均祁從一旁拿過毛巾，簡秋栩趕緊說道：「謝謝，我自己來。」

她有手有腳，可不想讓人幫忙擰毛巾。端均祁見她如此，把毛巾遞給了她。

雖然易容的東西很精緻，不會傷害皮膚，但糊在臉上久了，還是有些不舒服。把它卸掉後，擦了擦臉，整個人都輕爽起來。「呼……」

端均祁笑了聲。

簡秋栩突然覺得有些尷尬。一時忘了車上還有人，不過她這人很多時候尷尬也會面不改色地轉移話題，看馬車停在了泰豐樓門口，跳下馬車說道：「謝謝你讓我今天玩了個新遊戲，再見。」

說實話，易容去偷聽是一項很棒的體驗，稀奇又刺激。
「妳的答案呢？」
「啊？」簡秋栩疑惑了兩秒，突然明白他問的是什麼。她以為端均祁已經讓之前的事過去了，沒想到根本沒有，還執著於答案。
算了，今天正好有機會，那就跟他好好說清楚吧。
「跟之前一樣，我的……」簡秋栩說著，突然發現端均祁又用很熟悉的眼神看著她。這種暖暖的、信任的眼神讓她心裡又湧出了不明情緒，想要堅決拒絕他的話突然說不出口了。
端均祁看著她。「妳並不是真的想拒絕我，是嗎？不急，我會繼續等妳肯定的答案。端一，走吧。」
端一一聽，馬車飛快地跑遠了。
簡秋栩喊了聲。「喂！」
等她肯定的答案，否定的就不是答案了？
簡秋栩揉了揉胸口，不知道這情愫怎麼總是神出鬼沒的，耽誤事。

第七十五章

「二姊。」在泰豐樓等待的簡小弟見到她，立即跑了出來。「事情辦好了？」

「辦好了。哥，我跟藥店訂了一批爐甘石，跟他們說好了，到時候你會帶他們把東西送回家，可能這兩天他們就能準備好了。」簡方樺從郢州回來後，就回泰豐樓工作了，這會兒正在大堂裡搬椅子。

「知道了。不過妳買爐甘石做什麼？爐甘石是用來止血消腫的，家裡沒人需要啊？」簡方樺聽了有些疑惑，轉了轉眼珠子。「小妹，妳不是又想出了什麼新點子吧？」

「是有些想法，不過不知道可不可行。哥，我先帶小弟他們走了。」她從郢州那邊撿回了那麼多二氧化錳礦石，總不能浪費了。

「二姊，不是回去嗎？」簡小弟看簡秋栩不是往石紡路那邊走，疑惑道。

「先去一趟窯廠。」有爐甘石，她還缺一樣工具，打算去找窯廠的人按照她的要求製作一批瓷罐。這種瓷罐的要求比較高，所以她沒打算找郭赤縣的製窯師傅，而是專門來找京城的官窯。

官窯一般不會接普通人的訂單，不過簡秋栩特意跟端九要了一份文書。負責官窯的人雖然有些懷疑她拿出的文書是假的，但還是承接了她的訂單。

簡秋栩把畫好的草圖給他們後，便帶著簡小弟離開了。她想要的瓷罐不是那麼好做的，估計她要等兩、三個月。

「小弟，你打算幾時去找李太師問問題？」路上，簡秋栩問還處在興奮中的簡小弟。

「二姊，我想好了，我要把問題蒐集起來，每隔五天去一次。」剛剛在泰豐樓時，他已經想好了，書院每五天休一天，他正好利用這個時間去找李太師。「二姊，妳說我這樣，李太師會不會嫌我煩？」

「怎麼會，李太師喜歡好學的人，自然不會嫌你煩。不過，你問問題之前，一定要自己先思考過，別只等著人給你解惑。」簡秋栩可不想她小弟因為找到了解惑的人，就變成坐等答案的人，沒了自己獨立思考的能力。

「知道了。」簡小弟高興地應道。

事情搞定，簡秋栩去車行租了一輛馬車，三人坐著馬車很快就回到村裡。

「方雲哥，你們這是……」簡秋栩剛下馬車，就看到簡方雲帶著五、六名書生，每人拿著一根竹竿往河邊走。這些人當中自然少不了端九，而且還有林錦平。

簡秋栩並沒有第一時間注意到林錦平，是因為幾個月沒見，他整個人的氣質竟然變得跟那幾個書生沒兩樣，只有滿身書卷氣及一些官家公子哥兒的貴氣。可真讓人意外，一個人的氣質怎麼會變化這麼大？難不成他也跟羅志綺一樣？

不過她想想就否定了，因為這樣的林錦平看起來才像是正常的官家子弟。

「我們剛釣魚回來。」簡方雲解釋道：「省試要開始了，最近大家看書太過疲憊，心裡也緊張，為了讓大家放鬆，李九提出大家出來釣魚。」

「原來如此。」這個時候的科舉有些不一樣，由京師及州縣學館出身的生徒是可以直接參加省試的，且考試時間在秋季。簡秋栩算了算，大概只剩兩個月了，他們要考帖經、墨義、詩賦……需要強記背誦的東西很多，時間只剩這麼點，心裡肯定緊張又緊迫。

簡方雲看天色已晚，說道：「秋栩，我先送他們離開了。」

簡秋栩點點頭，讓了路讓他們走。看簡方雲帶著他們走遠，她看了一眼林錦平。

「妳對林錦平有興趣？」端九故意走在後面，並沒有跟著簡方雲離開。「林錦平沒三公子好看吧？」

簡秋栩瞥了他一眼。「我只是好奇。你說，他這次考試能不能考上狀元？」

她夢中的記憶裡，林錦平可是這次科舉的狀元。在羅志綺的另一個她未知的記憶中，林錦平這次應該也能考取好功名，不然羅志綺今天不會說出這番話。只是現在……

「如果是之前的林錦平，狀元之位應該手到擒來，但現在，我看難。」端九雖然不是正兒八經的書生，但他肚子裡還是有些墨水的。以林錦平最近的表現，他並不覺得林錦平還能考到狀元，估計考上進士都難。「簡姑娘，妳為什麼關心他考不考得上狀元？他現在與妳無關吧？難道妳喜歡狀元？三公子如果去參加考試，肯定能考上狀元……」

「你有沒有覺得自己的話很多？」自從簡秋栩知道端九的身分後，這人再也忍不住話癆的個性了。

「話多？沒有啊！」端九無辜地眨眨眼。

看來這人沒有自知之明，簡秋栩懶得跟他扯，直說正事。「羅志綺的事，我需要隨時知道事情的進展，要麻煩你了。」

端九疑惑。「這事三公子應該安排好了吧？」

這她就不知道了，剛剛端均祁什麼也沒跟她說。

「羅志綺的事若有新進展，三公子一定會及時通知妳的。簡姑娘，三公子上次跟妳說的事，妳答應他了沒？」端九臉上帶著八卦神色。

話癆又八卦！簡秋栩白了他一眼。「你當初的選擇錯了。」

端九不明所以。「什麼錯了？」

她呵了一聲。「你當初不應該裝成病弱書生，應該裝成長舌婦，這樣比較符合你的形象。」

「我一個男的裝什么女的，欸，我話哪裡多了……」

簡秋栩不打算搭理他了，進了院子。

有了端九帶來的人幫忙，兩、三天的時間，房子已經拆得七七八八。簡秋栩房裡的東西都搬到了簡單搭建起來的茅草屋子裡。

她四周看了看，計算了一下工程進度，他們家新房子重新建起來估計一個月就夠了，也不知道梅仁里能不能趕得及把玻璃做出來。

簡秋栩打算去山腳下看看窯的進度。

五個建窯的師傅雖然建大窯沒有經驗，但不管大窯、小窯，原理都一樣，建起來速度並不慢，再過兩天就可以封頂了。

「你有把握嗎？」簡秋栩把要做的玻璃大小畫給梅仁里看。

梅仁里這幾日除了過來看看窯，剩下的時間就是往郭赤縣南邊的一個小窯廠跑。用她的錢說服了窯廠的負責人，把一個小窯租給他用。這麼幾天，也不知道搗鼓出什麼來沒？

「當然，妳看！」梅仁里把她拉到一旁，從衣袖裡掏出一塊巴掌大的玻璃片。「看，成功了！我梅仁里從不做無把握的事！」

簡秋栩看著他手中的玻璃片，眼睛一亮。雖然這塊玻璃透明度比磨砂玻璃都不如，但這代表梅仁里真的成功了，只要再研究研究，肯定能做出透明的玻璃。梅仁里這人雖然有時候不靠譜，但確實是有頭腦的人。

「你真厲害！」簡秋栩真心地誇讚他。

「那當然！」梅仁里臉上滿是驕傲。「那些說我的玻璃珠子沒用的人都是傻瓜！哼，他們都看不出玻璃珠子的價值，幸好妳有一點聰明，也幸好妳有那麼一點聰明，不然就要錯失我這樣厲害的人了。沒有我這麼厲害的人，妳別想要做出玻璃了。」

簡秋栩心裡有些想笑。「那就多謝你了，麻煩你先按照我要的大小試試。」

估計過幾天就可以試窯了，如果窯成功了，她想梅仁里肯定能製作出她想要的玻璃大小。

簡秋栩雙手比了比，在腦海中想像了一下新房子的模型，打算回去把窗戶的大小畫下來。

回到家的時候，天已經黑了。簡易茅草屋空間太小，不好畫圖，簡秋栩打算明天再幹活。

而廣安伯府這一邊，在天黑時，鄭氏被崔萍帶了回來。

過了一個多月再回到伯府，鄭氏有種從苦難中解脫的歡喜。歡喜太過，連羅老夫人要她去應付端禮這種難做的事想也不想便一口答應了下來。

等回過神來後，臉色就難看了起來。

崔萍看她臉色難看，把她接回來的不爽之情立即被愉悅替代了。哼，看妳今晚還睡不睡得著。不過她想要鄭氏臉色更難看一點，於是把羅志綺早就替她還了那三萬兩說給鄭氏聽，還添油加醋地說羅志綺根本就沒想讓她早點回來。

果然，鄭氏聽了，臉色更難看了，急急忙忙地就去找羅志綺。「志綺，妳怎麼都不替我求求情？妳不知道靜慈庵有多寒酸，吃不好、睡不好……」

羅志綺見她跟個怨婦一樣，一點都沒有伯府夫人姿態，心裡很是厭煩。「妳挪用公中的三萬兩我不幫妳還了，妳覺得妳能這麼快回來？求情？祖母是什麼人妳又不是不知道，她不讓我多說，我若是再繼續替妳求情，妳能討得了好？」

鄭氏一想也是，只是再想想又覺得不對。「可是妳之前讓我一個人把事情頂下來的時候，說有法子讓老夫人以後不敢拿我怎麼樣。現在妳雖然把錢還了，但跟妳之前說的還是不一樣。志綺，妳是不是還有什麼法子沒拿出來？」

鄭氏也不是傻子。

「現在還沒到時候，再等一段時間吧。」之前她有想過讓羅老夫人知道自己的財力，可後來想想，那些東西怎麼能讓老太婆知道，她現在沒權沒勢，讓她知道了還不是被她搶走。

「現在不說這個，明天的事情一定要辦好了，一定要讓人知道我們伯府一點都不想和端禮扯上關係。」

第七十六章

「秋栩姊姊，成功了！」小布繞著新出爐的玻璃片歡呼。梅仁里果然有本事，新窯試了幾天，就把大片的玻璃做了出來。

這些製作出來的玻璃雖然透明度趕不上前世，簡秋栩卻很滿意。

看著那一片片透明的東西，簡家眾人驚呼，稀奇得不得了。

簡方樺摸了摸它，又小心地敲了敲。「小妹，這東西用來做什麼？」

「哥，你過幾天就知道了。」

等新建好的房子都按照簡秋栩的要求裝上玻璃窗後，簡方樺的眼睛都亮了。

「這……」看著裝上玻璃窗、亮堂堂的新房子，簡氏眾人心裡震驚。原來這個東西可以這麼用，原來關著窗子的房子也可以這麼亮。

圍觀簡家新房子的族人對這種稀奇的新窗子著了迷，一個個都想著把自己家的窗子換成玻璃，簡秋栩便讓他們去找梅仁里製作，正好讓梅仁里多練練，將製作玻璃的技術練得更加精湛。

「小妹，這可以賣吧？」簡方樺腦子靈光，在窗戶成形的時候，他腦中就有了各種各樣的想法，摩拳擦掌著想要把玻璃推銷出去。他相信，這種好東西肯定不缺銷量。

「當然。哥，以後賣玻璃的事就交給你了。」

簡方樺一直想要當個掌櫃，簡秋栩打算在郭赤縣開一家玻璃店，讓他負責。

當然，對於這樣新鮮的東西，有眼光的人都知道它的價值，打它主意的人肯定只多不少，簡家小門小戶，肯定守不住。

簡秋栩早就做好了打算，不僅玻璃的製作法子，連族人用竹子製出布的法子都一併請端九獻了上去。他們守不住，那就獻出去，反正賺錢的法子多得是。

「簡家這小姑娘不錯。」武德帝看著端九獻上來的法子，對端均祁說道。大晉建國不久，國庫一直虧空，有了玻璃和竹子布的法子，至少能讓朝廷賺點錢填充一下國庫。上次簡秋栩家裡的那幾畝田，他一直讓人盯著，果然像她說的一樣能增加水稻的產量，他已經讓司農的人去推廣分秧的種植法子。對於簡秋栩，武德帝是很滿意的，期待她能夠拿出更多法子。

端均祁清冷的臉上有絲笑意。「她很聰明。」

武德帝看了他一眼。他這姪子從小到大一副冷冰冰的模樣，不過最近一段時間，感覺到他心情好像不錯，彷彿遇見陽光的冰塊，冷意都消融了不少。武德帝想到了暗衛的話，敲了敲桌子，問道：「你看上了簡家這個小姑娘？要不要皇伯父給你下道旨？」

他聽暗衛說了均祁的事，姪子心裡對簡秋栩是不一樣的，不過好像簡家這個姑娘對均祁沒有什麼心思。武德帝覺得這並不是什麼難事，只要下一道賜婚的聖旨，感情以後再慢慢培養。武德帝從小疼愛端均祁，雖然簡秋栩的身分、地位低，但憑她拿出這麼些對大晉有利的東西，到時候想個法子提一下她的身分也是簡單的一件事。

「不用了，皇伯父。」端均祁拒絕了他的好意。他了解簡秋栩，這種事情不能強來。如今，他有時間慢慢來。

「既然如此，那朕就等著了。」武德帝笑道：「你可別讓朕失望。」

端均祁點頭，而後神色肅然。「皇上，端禮的人駐紮在京城五十里外的蒿山。」

「當真？」說到端禮，武德帝剛剛還輕鬆愜意的神情立即冷了下來。

端均祁點頭。「暗衛查探過，不會有假。端禮此次進京，帶了一半兵馬。」

自從透露出買了周密楊住處的人是羅志綺後，端均祁的人就一直盯著端禮。所以悄悄跟著他進京，藏在蒿山下的兵馬早就被摸清了。

武德帝冷哼一聲。「既然來了，那就別想回去了！」

端禮之前一直在封地，他有先帝留給他的五萬兵馬，即使上次找出他練私兵和製作兵器的證據，武德帝也不能輕易出手。如今端禮仗著手握兵馬，肆無忌憚地來京，作為帝皇，武德帝哪裡能容忍？加上這些年來，端禮為了皇位與敵國勾結，一個不顧忌大晉安危、對大晉有威脅的人，武德帝絕不會放過此次讓他有來無回機會。「讓林泰和廖戰過來。」

皇帝有什麼安排，簡秋栩等普通老百姓是不知道的。日子照舊過著，房子照舊建著。不過儘管忙碌，有端九這個話癆在，羅志綺那邊的消息還是源源不斷地傳到耳裡。

鄭氏回了廣安伯府後，輾轉一個晚上，小心翼翼地找端禮退了信物。端禮表面溫和，遺憾地拿回了信物，等鄭氏一離開，臉就沈了。

鄭氏歡喜地以為自己成功了，很開心地回去跟羅老夫人交差。

端禮如此輕易就收回信物，羅志綺總覺得不對勁，因為她了解端禮是個睚眥必報的人，心裡有些不安，派人悄悄盯著端禮。不過盯了幾天下來，發現端禮真的沒有什麼動作，才徹底放下心來。

只是端禮沒有如她所願地報復簡秋栩，心裡總是不爽，幸好有那些被她藏起來的金銀珠寶，想到簡秋栩以後再怎麼都沒有她富裕，心中的不滿才稍稍平復。又加上省試在即，林錦平即將成為狀元，而她會帶著一大筆財富風光大嫁，成為狀元夫人，她便又得意了起來，準備著自己嫁衣，一定要比前世簡秋栩嫁給林錦平時更加華麗。

最近郭赤縣可熱鬧了，簡氏一族做出了透明窗子一事傳了出去，現在簡氏眾人每家每戶都用上了玻璃窗，每天都有不少人來觀看，族人很是得意自豪。想要購買玻璃的人每天都增加，簡方樺辭掉了泰豐樓的工作，專心賣玻璃，而族人製作的竹纖維布也非常暢銷。

家裡和族裡都有了賺錢的點子，簡秋栩便把重心放回自己的玩具店上。

「端禮還沒有動作嗎？」簡秋栩又訂了一批爐甘石，周邊的爐甘石都差不多被她買完了，她算了算，差不多夠了，就不再購買，等著那批罐子製作好。

「快了。」回答她的不是端九，而是端均祁。他消失了一段時間，簡秋栩以為他不會出現在自己面前了，沒想到最近幾天他經常到村裡來。

每次見到他，簡秋栩總想到他問自己的問題，心裡多少不自在。然而端均祁卻再也沒有提起，讓她想拒絕都沒機會。

「你不用上朝嗎？」端均祁一直出現在這裡，族裡人看著她和他的眼神都帶上了不可言喻的意思，她娘和伯母她們還偷偷問她，她和端均祁是什麼關係。說了普通朋友，她們都不信。

「暫時不用。」端均祁看向她，眼神比平常多了溫柔。

端均祁此時在簡秋栩的書房裡，她正畫著設計圖，被他看得有些不自在地放下了筆。

「書房裡有書，你慢慢看，我出去一下。」

端均祁看她腳步匆匆出去，笑了聲。簡秋栩聽到了他的笑聲，磨了下牙。

端均祁說快了，沒想到，第二天端禮就有動作了。

「小妹，羅志綺被人告到衙門去了！」簡方樺一大早就進城和李掌櫃協商合作的事，沒想到看了一齣好戲。

「誰告她？」大嫂她們一聽，放下手中的活就過來聽八卦。

「郢州首富周密楊的女兒周雨控告羅志綺非法侵占周家財產，數額巨大！」簡方樺大聲道：「沒想到羅志綺奪人財產的事都做得出來。今天一大早，周密楊的女兒周雨就擊鼓狀告羅志綺，沒過多久，羅志綺就被帶到府衙了。我去看了，周雨有好多證據，羅志綺被帶到府衙問話了。」

可真快，簡秋栩心想。

「後面呢？」大嫂羅葵問道。

「有證據，羅志綺肯定要坐牢！財產數額那麼大，肯定要坐幾年牢！」簡方樺斬釘截鐵地說道。

證據？不用想，簡秋栩都知道那些證據肯定是端禮造出來的。讓周雨把東西拿回來，之後再從周雨那裡把東西奪走，這樣不僅拿到了圖，也給羅志綺一個教訓。

「怎麼會，怎麼會……我明明買了那棟房子，房子是我的，房子裡的東西也是我的，憑什麼冤枉我?!」羅志綺從府衙回來後一直惱怒，什麼人都來跟她搶東西！

然而無論羅志綺有多惱怒，周雨手上的證據確實證明那個房子就是周雨的，從來沒有賣給誰，是羅志綺偷偷闖進她家宅子，把存放在那裡的金銀珠寶偷走了！

「我沒有！房子是我買的！」羅志綺辯解，只是在端禮地盤上造出來的假證據，根本就沒有人看得出來是假的。她侵占周家人的罪名成立，所有從郢州拿回來的錢財都被沒收，交還給周雨，還被打了五十大板。

「沒有坐牢？」大堂嫂余星光問。

簡方樺搖頭。「東西都還回去了，廣安伯府還給周雨賠了一筆錢，大人便輕判了。」

羅葵呵了一聲。「坐不坐牢都差不多，我看她名聲都臭掉了。」

可不臭掉了嗎？廣安伯府嫡小姐千里迢迢去郢州偷別人的錢財，可不丟盡了伯府的臉，臭了自己的名聲。

羅志綺被抓後，羅老夫人氣得快升天了。要不是為了府裡幾個未訂婚的姑娘，真恨不得讓羅志綺把牢底坐穿。沒了好名聲又往官府裡面搭了幾萬兩，她老臉都丟盡了，恨極了羅志綺，什麼福星，明明是掃把星！

羅志綺也恨，不僅恨簡秋栩，這會兒更恨那個明明全家死絕，卻不知道從哪裡冒出來的周雨。等著，一個商戶女，她一定不讓她好過！

「接下來呢？」簡秋栩可不相信事情就這樣了結。

如今這個社會，名聲比性命重要，羅志綺得了這樣的臭名聲，可比要了她的命還痛苦，這也算給自己報了仇。只是簡秋栩知道，端均祁給自己報仇只是順帶，真正的目標是端禮。

「明天妳就知道了。」端均祁說道。

端均祁如此說，事情在第二天確實發生了轉變。府衙把那批財產沒收清點後準備轉交給周雨，就在此刻，另一個自稱周雨的人出現了，狀告她才是真正的周雨，之前的周雨是假的，是想要霸占她財產的騙子。第二個周雨拿出了各種身分證明，證明自己才是真正的周雨。

經過府衙慎重查探，假周雨被抓，於是準備轉交出去的財產轉了個彎，轉交到真正的周雨手上。

螳螂捕蟬，黃雀在後，端禮以為十拿九穩的事，轉手就功敗垂成。

「成事不足，敗事有餘！」端禮砸爛了桌上所有的杯子。他讓人做的假證，沒想到卻是為他人做嫁衣。「你們不是說周家人都死絕了嗎？怎麼還有漏網之魚！」

「這……」端禮手下無言。他們怎麼都沒想到真周雨會突然出現。「她怎麼會突然出現？」

「她怎麼會突然出現？本王不問你，你還要問本王?!」端禮怒目，神色陰沈，底下的人都不敢再多問，垂著頭、弓著腰。

良久，才有人打破了讓人害怕的沈靜。「王爺，現在這筆財產到了周雨手中，我們想要從她手中拿到地圖，輕而易舉。」

「對對！她一個孤女，我們下手輕易得很。」一旁的人附和。

聽此，端禮的臉色終於好了點。

「只是，會不會地圖根本就不在這筆財產中？」有人提出疑惑。他們多次去翻找那批財產，根本找不到那張地圖。

「不可能。根據周密楊貼身管家說的，地圖就藏在其中。以前東西在廣安伯府我們不好翻找，現在不一樣了。」

「王爺放心，這次我們絕對不會再失手。」

端禮揮手。「盡快查清她的落腳處，本王出來已經夠久了，速戰速決！」

話音剛落，有人來報。「周雨沒有在京都落腳，她雇了人，要把東西運出城，回她外祖家。」

「什麼？」端禮聽了，眉頭一皺。周雨外祖家在金平城，金平城是齊王把守，他們想要出手就難了。

「王爺，我們回郢州可經過郭赤縣，而從京都去金平城則是必經郭赤縣，我們可以……」

他話未說完，端禮就掀起嘴角。「就這麼辦！」

第七十七章

秋高氣爽，簡方雲等人緊張地準備秋試，簡氏一族的人忙得腳不沾地。竹布製造成功後，族裡開在鎮子上的店幾乎每天都是空的，求購的人絡繹不絕。而簡秋栩一家開的玻璃店也是紅紅火火，她哥和堂哥他們忙得都不見蹤影。

簡秋栩與他們正好相反，悠哉悠哉地在自己的工作室裡做著小玩意兒。

「姑娘，罐子送來了。」覃小芮在外面喊著。「這些罐子怎麼用？」

簡秋栩跟官窯訂的罐子分了兩層，上面一層是冷卻作用，覃小芮等人根本就沒有見過，好奇得很。

「以後妳就知道了。」她買了那麼多爐甘石，可不就等著它嗎？

簡秋栩招呼大堂嫂她們過來幫忙把罐子疊好，幾個小孩慌裡慌張地從遠處跑了回來，小臉白白的。

「怎麼了？」簡秋栩見他們神色不太對，趕忙問道。

「秋栩姊姊，土匪殺人了！」方行慌裡慌張地說道。

「誰殺人？土匪？怎麼會有土匪？」大堂嫂她們聽到土匪殺人驚叫了聲，之後又不信。

郭赤縣離京都就幾個時辰的路程，也算在天子腳下，這地方從來就沒有出現過土匪。

「是土匪！他們都穿著黑衣、蒙著面，跟運送東西的鏢局的人打起來了，一看就是要搶那些人的東西。那些鏢師根本就打不過那些土匪，好多人被殺了。秋栩姊姊，妳說他們會不會殺完鏢局的人，然後跑到我們村來搶東西？」

「對，好多血，死了好多人！」方元身子有些發抖。

大堂嫂見此，心裡咯噔了一下。幾個小孩都看到了，看來真的出現不明的人搶劫殺人。

「難道真是土匪？怎麼辦？他們不會真的來搶我們村吧？」羅葵驚慌地說道。

「應該不會。方元，你們在哪邊看到他們的？」簡秋栩皺了下眉。郭赤縣一直治安良好，這群人肯定不是什麼蒙面人。想到方行說的那些鏢局的人，那幾車的箱子，她心裡大概知道是怎麼回事了。「放心，他們不會來我們這裡搶東西的。」

「那就好。」大堂嫂她們聽簡秋栩這麼一說，放心不少，也跟著問道：「對啊方元，他們在哪邊？」

「就在小密林那邊的官道。我和方行他們在撿柴火，鏢局那些人剛走過，從右邊的林子裡冒出了好多騎馬的黑衣人，和他們打起來了。我們害怕，就跑回來了。」

「糟了！」大堂嫂一聽，臉色瞬間白了。「方榆跟和淼兩個人也在那邊！快，讓他們快回來。」

說著，大堂嫂幾人就往外跑，簡秋栩趕緊拉住她們。「嫂子，人太多，萬一他們還在，被他們看到了，我們就有危險了。你們在家等著，我去。別擔心，姊姊看到了，肯定會帶著和淼躲起來，一定沒事的。」

口中雖然這麼說，簡秋栩也是放心不下，怕他們被發現了。只是這個時候肯定不能讓幾個嫂子就這麼跑過去，萬一那群黑衣人還在，不就自己送上門嗎？「妳們在家等著，我去。」

這個時候端九不在，如果端九在，以他的身手，肯定能悄無聲息地出現在小密林裡找到簡方榆他們。

幾個嫂子聽她這麼一說，趕緊攔她。簡秋栩讓她們等著，轉身跑回房間，帶上袖箭，轉身就往小密林跑。

小密林有小道，她打算從簡方榆他們常走的小道過去找他們。

小道雜草茂密，簡秋栩輕手輕腳走著，越靠近官道，傳來的打殺聲音越大。簡秋栩仔細地在密林裡找著，終於在靠近官道的地方看到躲藏在灌木叢中的簡方榆他們。

小和淼被簡方榆掩著嘴。他們躲藏的灌木叢並不隱蔽，只要官道上的人視線看過來就能輕易發現他們。此時，官道上並不是只有黑衣人和鏢局的人，還有官兵。簡秋栩很熟悉帶著官兵與黑衣人廝殺的人，是端均祁他們。

看著越來越害怕的小和淼他們，簡秋栩有些擔心。那群黑衣人死傷無數，已經無還手之力，和淼與他們距離這麼近……

「端均祁，本王是先王親封的廬陵王，你竟然敢……」此刻被打得毫無還手之力的黑衣人廬陵王撕下了面巾，面色猙獰地說道。

「什麼廬陵王，我只看到了搶劫良民的土匪。端九，一個都不要放過！」

「你敢！」端禮面色猙獰道，此刻他知道自己中了武德帝的套了，想要以絞殺土匪的命令讓他有來無回……好，很好！

「殺！」端均祁揮劍，精兵們廝殺不斷。

「王爺，我們頂不住了！蒿山，我們的人在那裡，只要到了那裡，武德帝就不能拿我們怎麼樣……」

「怎麼去？我們現在無法突圍……」

跟在端禮身邊的幾人面色慘白，焦急地想著法子。

端禮陰冷的眼神朝簡方榆他們的方位掃了過去。「去，把他們抓過來！」

渾身發抖的簡方榆聽到端禮的話，雙腿一軟。

不好！簡秋栩立即知道他的打算，端禮想要抓她姊當人質。她也不躲了，朝簡方榆飛跑過去，趁著端禮的人不注意，先發制人地射出了袖箭。那人沒想到會有袖箭飛來，正好被袖箭刺中胸口，倒了下去。

「姊，妳快帶和淼走！什麼都不用說，快！」簡秋栩把簡方榆拉起來，把他們推向端均祁的方向。趁著端禮的人還沒反應過來，她可以為他們爭取逃跑的時間。

簡方榆軟著腿，抱著和淼踉踉蹌蹌地往端均祁他們那邊跑。

「小心！」端九喊道。

簡秋栩一出手，端均祁他們就發現她了。此時，端禮手下的其他人已經反應過來，朝著簡秋栩出手。

「端九！」端均祁神色一冷，命令端九去接簡方榆他們，之後突破了擋在端禮前面的人。

端禮見自己的人又死了一批，自知無法再抵擋端均祁，想要抓住簡秋栩這個人質以此談判。

簡秋栩已經出手過一次，端禮的人有了防備，她的袖箭沒了機會，只是依舊防備著，讓他們不敢輕易上前。

只要能撐到端均祁的人突破過來，她就有機會逃離。

「抓住她！」端禮看手下連一個女的都抓不住，揮著劍朝簡秋栩砍了過去。

「小妹，小心！」簡方榆驚慌地喊著，此時她已經被端九他們接了過去，沒了危險，看到端禮揮著劍砍向簡秋栩，當即嚇哭了。

端均祁神色冷厲，突破了守護端禮的最後一道防線。

端禮砍過來的劍擦著簡秋栩的額髮而過，她後退幾步，因為步子太大，止不住往後倒去，撞上了樹，撞到了曾經受傷的後腦勺。那力道過大，讓簡秋栩整個人昏了幾秒鐘。

也就是這幾秒鐘讓端禮找到了機會，一下子掐住她的脖子，轉身拉著她對上端均祁的長劍。

「現在，讓我離開，否則我殺了她！」端禮面色陰狠地說，掐著簡秋栩脖子的手又用力了起來。

簡秋栩呼吸困難，後腦勺的疼痛讓她更暈了，視線都有些模糊。她看不清端均祁冷厲的表情，看不清他眼中隱藏的害怕，只是努力呼吸維持自己的生命。她不想死，不想又一次消失。

又一次？簡秋栩頭很疼，沒有精力去想為什麼是又一次。

「好，撤退！」迷迷糊糊間，她聽到了端均祁命人撤退的聲音，之後被端禮扯著往前走。

在她即將昏迷的時候，看到了一支箭朝著自己射了過來。

「小妹！」

簡秋栩作了一個夢，夢中，她在自己小工作室睡著後，穿到了這個世界，才剛出生。她嚎啕哭了幾聲後便累得睡著了，等她醒來時已經在廣安伯府。因為出生後就睡過去，簡秋栩根本不知道她被換了。她放棄尋找回去的方式，安安穩穩地長到了三歲，那年她不小心著涼了，高燒不退；等她退燒醒來時，發現自己的身體裡多了一道靈魂。那道靈魂在她昏睡時不小心進入她的身體，成為她身體的主導者。

簡秋栩爭奪過，那道靈魂也愧疚地想要把身體還給她，可是無論兩人用什麼方法，都沒辦法讓她離開，最後兩人共用了簡秋栩這具身體。

由於自己不是主導，只能在特定的時間使用身體，簡秋栩每每使用身體時，只有興趣搗鼓自己的木匠工作，而「簡秋栩」在廣安伯府過得如魚得水，而這個夢中的羅老夫人和鄭氏都很是明理。

在十四歲那年，大晉與突厥發生戰爭。大晉建國不久，勢弱，為了讓自己繼續悠閒的生活，簡秋栩讓「簡秋栩」給朝廷獻了兩件武器，因此獲得了鄉君的封號。

十五歲那年，「簡秋栩」前往外祖家探親，途中遭遇土匪搶劫，「簡秋栩」在逃跑途中落水，簡秋栩便占據了主導地位。

簡秋栩仗著自己會游泳，打算游過河躲避土匪，卻被河水沖到一座孤零零的小島。在那裡，她遇到了渾身是血、氣息微弱的端均祁。

那時候的端均祁看到她彷彿眼裡看到了光。簡秋栩不想他死，給他止血，不停地陪著他說話。

那一天一夜，為了不讓他睡著，簡秋栩找盡了話題。然而端均祁還是失血過多，氣息漸漸沒了。

簡秋栩害怕，求助無門。端均祁艱難地握著她的手，塞給她一封信，困難至極地說了聲不怕，之後便沒了聲息。

她很無助，然而在端均祁徹底沒了生機後，她感覺到身體的不對勁，她的靈魂在減弱，從身體裡消失了，之後的事，她再也不清楚了。

之後夢中的場景一轉，她再次重生在簡秋栩身上，再次經歷了兩魂共身。只是與第一個夢不一樣的是，羅志綺出現了，廣安伯府眾人提前知道了「簡秋栩」不是廣安伯府的姑娘。

儘管如此，廣安伯府的人對她也像往常一樣好。

「簡秋栩」善解人意，在羅志綺回來後，為了不讓廣安伯府的人為難，第一時間就回了簡家，同時與林家退了婚。羅老夫人和鄭氏等人雖然捨不得，但也認為這是最好的安排。

夢裡的羅老夫人和鄭氏也一樣明理，在羅志綺回府後很是照顧她，教她待人處世。只是羅志綺是重生的，她什麼都要搶，處處針對「簡秋栩」，並不想學什麼待人處世的道理。

「簡秋栩」回了簡家後，簡家的日子越過越紅火，生意越做越大。在「簡秋栩」十五歲那年，她跟著簡方樺去郢州進貨，半道上又遇到了土匪。土匪見她長得好看，擄走了她；走到半路，簡秋栩掌控了身體，趁土匪不注意，跳河逃生。

一樣的場景，她再次在人跡罕至的地方遇到身受重傷的端均祁。端均祁一樣沒有撐下去，而她的靈魂再次從身體裡消失，之後的事情，她再也不清楚了。

「抱歉……」夢境消失，簡秋栩並沒有醒來，她看到了一道熟悉的身影，那是「簡秋栩」。

「為什麼說抱歉？」簡秋栩並不覺得她要向自己道歉，兩人共用一具身體不是她們能選擇的。

「簡秋栩」說：「如果不是因為我，妳不會消失。所以，這一次我把身體還給妳了。我和錦平都覺得，該把你們的人生還給你們了。」

簡秋栩看到了遠處的「林錦平」，他溫柔地看著她身邊的「簡秋栩」。

這一刻，簡秋栩明白了，現實中的林錦平已經不是羅志綺兩世記憶中的「林錦平」，而是另外一個人。

「我與錦平過了兩世，該滿足了。但我們也有私心，雖然把身體還給妳了，我和錦平心裡還是希望妳和那個錦平能幸福一生。所以，錦平送了他一份禮物。只是，你們之間的姻緣斷了，這份禮物自然就沒了。」說著，「簡秋栩」有些遺憾，之後又說道：「是我想差了，妳不是我，他也不是真正的錦平。」

原來，剛開始時林錦平身上的那股氣質和睿智聰慧，是「林錦平」送的禮物。他們之間沒了婚姻，所以就被「林錦平」收回了。

「我們該走了，祝妳幸福。」「簡秋栩」朝她揮了揮手，沒等她說什麼便與「林錦平」攜手消失了。

額後的疼痛越來越清晰，簡秋栩睜眼，對上了端均祁關心的眉眼。

「這一次，我成功救了你了……」

端均祁怔了一下。「所以妳答應我了嗎？」

第七十八章

盧陵王造反被殺的消息剛過不久，秋試的結果出來了。林錦平並沒如羅志綺所願地考上狀元，而是一名小小的進士，大家對林錦平取得如此差的成績感到不可思議。

簡秋栩並不太關注林錦平他們，不過三個月後，覃小芮跑過來跟她說，羅志綺和林錦平成親了。

羅志綺因為「偷盜」一事聲名狼藉，李蓉青根本就不想讓林錦平繼續與她的婚事，想等林錦平考上狀元後就跟伯府提出退婚，只是沒想到林錦平只考中排名最後的進士。

而秋試後的林錦平變化越來越大，學業越來越差，李蓉青急在心裡，卻又沒有什麼辦法。

羅志綺雖然不知道林錦平為什麼不像前兩世一樣成為狀元，但她堅信林錦平下次一定能成功考上狀元，她一定要嫁給林錦平，於是用明慧大師曾經給自己的批語找上了李蓉青。

李蓉青其實心裡已經不相信那批語，但她病急亂投醫，心裡又有一絲期盼，萬一呢？

就這樣，羅志綺成功嫁給了林錦平。

只是，一切都與她想得不一樣。三年後，林錦平又沒有考到狀元，依舊是一個普通進士。林錦平放棄再考，只在翰林院謀求了一個小官職混日子。

羅志綺沒能當成狀元夫人，以後當三公之首夫人的機會等於幾乎沒有，她心裡很是不甘，不明白為什麼事情不能照著她想的發展？簡秋栩能成為狀元夫人，為什麼自己就不能？老天對她不公！

在她怨天怨地時，簡秋栩和簡家村每個人都過得紅紅火火。她用那批訂製的罐子照著記憶中的法子，成功從爐甘石中提煉出鋁，並且用它和自己從郢州帶回來的二氧化錳礦石做出了簡易版的乾電池。同時讓梅仁里按自己的要求製作出了密封性良好的小燈管，利用炭做燈芯，製作出了超級簡易版的小檯燈。

玩具店自從兩年前推出了一種叫「小檯燈」能發光的小玩具後，徹底在京都，甚至在整個大晉都打響了名氣。每天店門口都排了好長的隊，要購買各種各樣的小檯燈。

不僅如此，因為簡秋栩做出來這種利國利民的小檯燈，武德帝賜了她郡主的封號，還給她和端均祁賜了婚。

聽到這個消息的時候，羅志綺坐在椅子上久久不起，之後彷彿想到了什麼，屏退了丫鬟，拿起桌上的小刀。

她心裡不甘，不相信自己每一世都過得比簡秋栩差！既然能重生兩次，那肯定還能重生第三次。等她再次重生，她一定能活得比簡秋栩好……這一次她不要嫁什麼林錦平，她要嫁給端均祁。只要嫁給端均祁，簡秋栩就永遠矮她一頭……

這麼想著，羅志綺拿起小刀，狠狠地朝自己的心臟刺了下去。她毫不在意疼痛，含笑倒下，等著自己再次重生。

只是她不知道，不會再有第四世。

聽到羅志綺自殺的消息，簡秋栩非常意外。她還以為羅志綺會繼續折騰下去，沒想到是如此結局。

每個人的人生都是自己選擇的，簡秋栩只是意外了一下，便恢復如常。她轉身，看到了等在不遠處的端均祁，笑道：「走吧。」

這也是她的選擇。

他重生了兩世。

第一次是二十歲，在他從金平城趕回京城的路上。那一世，大晉與突厥的仗並不好打，雙方戰爭持續了半年之久，直到他深入敵營，生擒了突厥二王子拓跋元豐，戰事才止。

他從金平城趕回京城，軍中暗探把他的行蹤洩漏給端禮，端禮在路上埋伏了百餘人。那時，他血氣方剛，並不懼怕，帶著端長平等二十餘人殺出血路。

在敵方剩餘三、五人時，他們用上了箭。

朝他心臟射來的箭其實對他構不成威脅，他只要揮劍便可把它打飛。然而，那時的他突然渾身無力，劍從手中掉落，他在端長平等人的驚慌眼神中跌入長河。

在他以為自己就要孤零零地死在河中孤島時，遇到了同樣孤零零的簡秋栩。

即使渾身狼狽，她仍努力讓他活著，不斷給他打氣，陪他說話。他在她眼中看到希冀，也看到無能為力的害怕與難過。

在自己最後的時光，她給了他溫暖，讓他不懼死亡，不是一個人孤零零而死。

他重生在十八歲。剛重生之時，他有一時的不可置信，之後對上天充滿了感激，感謝祂讓人生重來一遍。

第一時間，他想見的人是簡秋栩，所以，他去找了她。

只是，他見到的簡秋栩是溫柔端莊卻陌生的她。

他確定，那不是他在孤島上遇到的簡秋栩。他以為自己重生了，她卻變成了另一個人，後來才發現，簡秋栩一直都在。她們不是同一個人，她藏在「簡秋栩」的身體裡，他很輕易就分辨出了她們。

他曾見她偷偷摸摸跑出廣安伯府，只為了一塊木頭；見她為了一件玩具廢寢忘食；見她努力過著自己短暫掌控身體的時間……她過得很快樂。

可她從來沒有見過他。

端均祁想，等他過了二十歲，再出現在她的面前。

這一世，因為有了前世的記憶，他讓父親提前對突厥做好準備，同時清理掉軍中的暗探。這一世，大晉與突厥的戰爭結束得很快，他平安無事地回到了大興城。

然而，在去郢州的途中，同樣是二十歲這天，他又一次遭到端禮的伏擊，再次突然無力面對飛來的箭。那一刻，端均祁明白了，他的重生不是老天格外開恩，而是想要告訴他，他的命運被安排得明明白白，他終究逃不了一死。

在他嘲諷著等待死亡來臨時，簡秋栩又出現在孤獨等死的自己面前。與前世一樣，在他即將死亡時，她努力地給他溫暖，希冀、害怕又難過。他那時候想跟她說很多，可最後什麼都沒有說。

睜開眼，他回到了十九歲，此時他在金平城。

這一次，他對命運只剩下嘲諷與絕不屈服。

大晉與突厥的戰爭如約而來，這一世因為多了機械弓弩，戰爭結束得更快，他再一次提早離開金平城。

回京的路上，遇到了她。

端長平停下與她打招呼，而他發現，這時的簡秋栩是那個兩世都陪著他走向最後的人。

二十歲即將來臨，他不想端長平跟著他再次受傷害，便打算一人前往郢州。

但去郢州之前，他去找了明慧。

明慧確實是個高人，在他出現時，便已經看出他身上的異象。兩世重生，讓他對命運以及他口中的生機充滿嘲諷，內心卻仍然有所期待。

明慧說他只有這次機會，他不相信，他一定會掙脫注定的命運。

只是，萬一他真的沒有重生的機會了呢？

去郢州之前，他想去見見她，想見見在兩世死亡之前給他帶來溫暖，陪著他走到最後，讓他對死亡沒有懼怕的人。

在郢州見到她時，他知道，他的大劫躲不過了。他不甘的同時更堅定要打破命運。只是，他再次中箭，跌落懸崖，再次見到她時，他沒了堅定，只剩下無奈與自嘲。他好像對抗不了命運，只能再次在她的害怕與無能為力中死去。

然而這次不一樣，他們不再是孤單的兩人。那一刻他明白了，簡秋栩一直都是自己的那一線生機，三世都是，一直都是她。

她是自己的命定之人，是幫他打破命運的人。他活下來了，她也不會再消失。醒來的第一時間，他只想確定她是她。看到她是她，他很開心，她和自己一樣，活下來了。

不過她和他不一樣，她沒了前兩世的記憶，他也不想讓她有那兩世難過與無能為力的記憶。

掙脫了命運，端均祁整個人都放鬆了。可他發現，沒了對命運的不甘，心裡卻有了對她的執著。

第一世重生時，他已經喜歡上她。

知道她家人給她說親後，他心想，他是最適合她的人。

不過她好像對他想要以身相許一事很窘迫，一直在拒絕他。
可他不是一個輕易放棄的人。
他堅信，命運不是一成不變，且人定勝天。

第七十九章

恢復了前兩世的記憶，簡秋栩終於知道自己為什麼第一眼見到端均祁，感覺到的是熟悉。

雖然不明白自己為什麼多次穿越重生，但這一世他能活下來，她真的很開心。

開心過後，就有些窘迫了，因為她對他的感情也很複雜。

不過端均祁沒有再追問她的回答，卻常常出現在簡家，讓她熟悉他的存在，對他沒了不自在。

她與他的感情並無轟轟烈烈，就是水到渠成。

簡秋栩知道自己被套路了，不過在這個時代，遇到一個真心喜歡自己，又不攔著她做喜歡的事的人，很是難得。

再說了，端均祁長得真好看，其實她也挺喜歡的。

婚事也是水到渠成，他與她如她所想得一樣契合。

「皇伯父讓妳帶簡舍進宮。」端均祁從外面走進來，大氅上沾了些雪花，讓他整個人看起來更多了清冷氣質。不過他的眼神是暖的，就像冬日的暖陽。

「皇伯父還不死心啊？」簡秋栩想起前日帶簡sir進宮的事，就覺得好笑。

解決了端禮後，武德帝心事少了一件，他發現了簡sir的厲害之處，把心思放在培育軍犬上，特意讓人挑選了一批幼犬，照著簡秋栩給的法子訓練。

不僅如此，他給自己也挑了一隻外表看起來很是勇猛的小狗，有空時就訓練牠。

武德帝自信自己訓練的小狗很厲害，為了檢測一下成果，他讓簡秋栩把簡sir帶進宮。只是兩隻狗還沒開始比賽，武德帝身邊那隻看起來勇猛的狗就在簡sir的注視下，變成了撒潑打滾的「二哈」。

武德帝的臉色當即就黑了，讓人把牠丟進軍營，與之前那批軍犬一起訓練，勢必要把牠的氣勢練出來。

這才半個月不到，「二哈」變神犬了？

端均祁笑了聲。「不是，是其他隻狗。章公公說，皇伯父的威猛將軍經常擾亂其他犬隻的訓練，現在還被單獨關著。」

簡秋栩笑出了聲。武德帝當皇帝很英明，看狗的眼光卻很差。他的威猛將軍體形看起來真的很威猛，但確確實實與「二哈」有些血緣關係，想要把牠訓練成聽話的軍犬，任重道遠。

簡秋栩把手上剛完工的木雕遞給端均祁。「送給你，我去找簡sir了。」

端均祁接過。木雕雕刻的是人，披著長長的頭髮，有著鬈翹的劉海。

不過熟悉的眉眼讓他知道木雕上的人是自己。他看著鬈翹的劉海，想起她很喜歡撥弄自己的劉海，笑了笑。

兩人帶著簡sir進了宮，簡sir一如既往地勇猛，武德帝目光盯上了牠。

簡秋栩知道武德帝看上了她的簡sir，裝作不知，帶著牠遠離武德帝的視線。

兩人從宮中出來時，雪下得更大了。

簡秋栩放開了簡sir，讓牠在雪地裡踩出了一個個梅花印。

「過來。」端均祁撐著傘走到她身邊，把大半的傘遮在她頭上。

簡秋栩抬頭看他，他也低頭看著她，淺綠色的眼眸裡是滿滿的溫情。

端均祁是一個能給人安全感的人，她喜歡這種溫馨的、平緩的生活。

自從與方氏分了村後，簡氏一族發展得紅紅火火。

竹布如今已經聲名遠播，族中人靠著賣竹布，每家每戶每個月都能分到一、兩百銀子。

族中不僅有竹布，而且族人根據簡秋栩的建議，利用竹子做出好多衍生產品，譬如竹碗、竹杯、竹傘等等。

簡秋栩把製作玻璃的窯併入族中產業，以分紅的模式交給族長管理。

梅仁里製作玻璃的技術已經越來越嫻熟，成片的玻璃、各種各樣的玻璃製品層出不窮，簡家村成了玻璃大戶，外來商戶絡繹不絕。

每到季度分紅，族裡人都是喜氣洋洋。

有了錢，生活條件就要跟上。族中的人都學著簡秋栩建起了二層小樓，還用上了玻璃窗子。一排排窗明几淨的二層小樓，與隔壁低矮的方氏一族形成了鮮明的對比。

簡家村不僅家家戶戶都住上了二層小樓，每一條路也都修得整整齊齊，鋪上了石塊，村裡的每一處花草樹木都維護得整整齊齊。

不僅如此，簡家村還建了學堂，請了夫子，讓每一戶的小孩都能讀書識字。

簡家村的變化肉眼可見，羨慕嫉妒者不少，卻沒人敢覬覦村裡的一切。因為，簡家村村口龍飛鳳舞的「簡家村」三個字，是當今聖上親筆題字。

漸漸地，外面的人建房子也學起了簡家村，用上了玻璃窗子。

玻璃和竹布的需求越來越大，玻璃工廠和竹布工廠便開始擴招，族裡的人已經不能滿足生產的需求，便向外面招人。

知道簡家村招人，工錢高且有其他福利的消息後，前來應聘的人絡繹不絕。

看著簡氏一族每個人都過得蒸蒸向上，方安平等人嫉妒不已。不過他們明面上罵著簡秋栩等人，暗地裡有不少人悄悄地打探著簡家村招人的事。

有人厚臉皮直接去應聘，簡樂為也不一竿子打翻一條船，若是真心實意想要找工作的人，只要他通過考驗，也會讓他留下來做工。

畢竟，方氏一族就在他們簡家村旁，有些事不能做得太絕。

把玻璃廠交給族中後，簡秋栩就沒有再插手管理。她大哥簡方樺是個頭腦靈活的人，簡秋栩很放心讓他參與，而她則安心經營起玩具店來。

自從成功用古法把爐甘石中的鋁蒸發出來後，她經過多次試驗，終於用它和從郢州帶回來的二氧化錳礦石做出了簡易版的乾電池。

有了乾電池和玻璃，簡秋栩成功利用碳化的棉線做出燈絲，製作出大晉第一個小檯燈。此後，會發光的小檯燈風靡大晉。不僅如此，會跑的小馬車，可以輕易壓水的手動壓井，能夠計時的木製齒輪鐘、腳踏板脫穀機……大晉第一玩藝店所出的每件玩具都很神奇，不僅能玩，而且都能用在生活上。

簡秋栩做出的玩具成為了大晉技術更新的風向。

每做出一件新東西，她就會把技術交給武德帝。

武德帝很看重她獻上來的東西，為此，他特地讓工部設立一個研究所，面向全大晉招收人才，不拘於是否識字，只要有一技之長都可以過來報名選拔。

全國各地前往京城的人才絡繹不絕，一時間，京城成為了研究中心。此後，新東西絡繹不絕地產出。漸漸地，大晉的百姓發現，他們的生活方便了不少。

簡方櫸並沒有在族裡的廠裡工作，他跟著簡秋栩學木工。他在木工方面很有天賦，獨創了不少新鮮玩具。

而家裡的幾個小孩和她學了不少東西。小孩子腦洞大，往往會做出一些出人意料的東西，簡秋栩把自己的玩具店劃出一塊區域，讓他們自己做東西賣。

自從成功賣出一件東西後，和淼等人更積極了，更願意跟她學習陌生的知識。

「姊，方雲哥要當官了！」簡小弟開心地說道。

簡方雲一年前就考上進士，前段時間參加吏部銓選通過了，如今分配到楊璞手下當縣丞。

雖然只是八品小官，但這是簡氏一族第一個當官的人，舉族歡慶，整個村子熱鬧不已。

「二姊，我也能考上進士的。」簡小弟看著被族人包圍著的簡方雲，堅定說道。

「二姊相信你啊，不過進士目標是不是太小了，要定咱們就定個大目標，先考個狀元如何？」簡小弟跟著李太師學習，如今進步神速。端均祁私下跟她說過，李太師認為他日後定能成才，打算好好培養他。

既然李太師都這樣認為了，她自然不想讓簡小弟的目標定得太小。目標定得大一點，才能更加激勵他向上。

「好，考狀元！」

有了目標，簡小弟學習起來更是廢寢忘食，往李太師家跑得更積極了。

為了不讓他成為一個只懂學習的人，簡秋栩在他讀書的時候會時不時讓他去廠裡看看，並且每天陪著簡sir玩半個時辰。

簡小弟是個有天賦的人，三年後接連通過了童試和鄉試，之後正式拜李太師為師，成為了李太師最後一個關門弟子。

為了讓簡小弟成才，李太師並沒有讓他參加三年後的會試，而是帶著他周遊各地，增長見識。六年後，他參加會試，一舉通過會試和殿試，摘得桂冠。

他走上了第二世的為官之路。

「鐘玲啊，我覺得方榆與我家揚名很合適，不如就讓方榆給我當兒媳？」看著簡家村越來越紅火，大舅媽再次提出了她的想法。簡秋栩她是不敢想了，但娶了簡方榆也一樣啊！簡方榆也有族中的分紅，她兒子若娶了方榆，那就是娶了個錢袋子，以後不愁錢花。

「親家大舅媽，妳臉皮可真厚，還惦記著我家姑娘的嫁妝呢！我告訴妳，不可能。」大伯母張金花諷刺她。

大舅媽再次被大伯母戳穿心思也不怕，就是厚臉皮。「方榆這不是還沒許人嗎？咱們是親戚，方榆嫁過來是親上加親；再說了，方榆嫁到咱們鐘家肯定沒人會欺負她，這不挺好嗎？」

「我們家方榆是沒許人，可是已經有看上的人了，就差定下來了，就不勞妳惦記了。」張金花朝她翻了個白眼道。

不是她看不起鐘家大舅媽，實在是這人太過勢利眼，不好相處。簡方榆性子害羞軟綿，容易被她拿捏住。

在一旁擇菜的簡方榆聽到大伯母的話，有些害羞地低下頭。

「看上誰了？」大舅媽不信，簡方榆整天在家，能看上誰？

「李九李公子，無父無母，我們家方榆嫁過去就能直接當家做主了。」張金花看得可清了，她姪女就是看上李九那個書生了，不然怎麼總偷偷看他，還給他送吃的。

大舅媽更不信了。「李九是個書生，能看上方榆？」

這話讓一旁沒開口的簡母不悅了。「怎麼看不上，我家方榆哪裡差了？」

大舅媽見她生氣了，閉嘴不說話。

而一旁的簡方榆看到家裡人對她的心思都了然，神色越發害羞，提著籃子就進了廚房。

「說，你什麼想法？」簡秋栩逮住了站在門口的端九。她娘和大舅媽的話她可聽到了，也知道她們對端九很滿意。端九這話癆時常裝著身子弱，在她姊那裡騙吃騙喝騙關心，而她姊偏偏喜歡這種病弱的書生，好吃好喝地招待著他。

若他敢說沒想法，辜負她姊一份心意，簡秋栩第一個饒不了他。

端九嘿嘿一笑。「三公子，行嗎？」

端均祁掃了他一眼。「你吃了別人多少東西你說說，你自己不是早有打算？我會跟皇伯父說。」

端九朝端均祁拱手，跑進廚房找簡方榆。也不知道他說了什麼，簡方榆害羞地跑回了房間。

沒過幾天，他就上門提親。簡家自然答應了，很快就給兩人定了日子。

既然要娶簡方榆，端九就不能再當暗探了，只能安生當他的書生。

婚後，簡方榆擔憂端九身體，為了能讓他有個好身體參加科舉，天天給他燉補品。

連續喝了半個月苦藥的端九怕了。「娘子，我只是長得虛弱，我沒病，看！」

為了讓簡方榆相信他只是長得虛弱，並不是真的虛弱，他腳一蹬，躍上了牆，而後被猝不及防的石子點中了穴，一臉蒼白、額頭冒汗地跌落下來。

簡方榆擔憂地抱住他。「看，你真的很虛弱。」

端九看向遠處，磨牙。「端一、端二，我跟你們沒完！」

報了見色忘友之仇的端一、端二很是滿意地走了。

——全書完

2022年11月出版

掌勺千金

文創風 1120～1121

十指不沾陽春水的嬌嬌女，
變身熱愛美食的料理達人！
不論街邊小吃，還是辦桌筵席，通通難不倒她！
千金變大廚，舞鍋弄鏟，十里飄香——

點食成金／江遙

突然穿越到小說世界裡當個千金小姐，江挽雲有點懵。
家財萬貫，貌美如花，又有個超寵她的富爹爹，
聽起來這新的人生好像不賴對吧？才怪哩——
因為她這角色，是個腦袋空空的炮灰配角呀！
爹爹死後，她被繼母剋扣嫁妝，嫁給怪病纏身的窮書生，
受不了苦日子，丟下丈夫跟人跑了，卻被騙財騙色，悽慘一生。
江挽雲畢竟是看完小說的人，自然不會讓自己落入悲慘結局，
要知道那個被拋棄的病書生陸予風，就是小說男主角，
他以後會高中狀元，飛黃騰達的呀！
所以在男女主角正式相遇前，她會做好原配夫人的角色，
照料臥病在床的男主角，以免他掛點，導致故事提早結局。
靠著一手好廚藝，她先收服陸家人的胃，再收服全家的心，
一家人齊心努力上街賣美食，脫離負債，前進富裕——
目標推廣美食！努力賺錢！爭取舒舒服服過日子！

2022年11月出版

姑娘深藏不露

文創風 1115～1116

七妹剛從村裡逃出來，初出江湖，自是不知險惡，
遇到有人求助，她定是二話不說，伸出援手，
但世上的人，不是每一個都像她那般單純。
於是她懂了，凡事不可輕信，在這險峻江湖，她要靠自己！

有一種愛情叫莫顏，有笑也有甜／莫顏

安芷萱一開始並不叫這個名字，而是叫七妹。
七妹出生在溪田村，爹娘死後被二伯收養，
誰知無良二伯和村長勾結，一心只想把她賣了賺錢。
她才不願讓他們得逞呢，天下之大，何處不能容身？
她乘機逃脫，路上偶然得到法寶幫忙，
原以為靠著法寶，她可以美滋滋過著自己的小日子，衣食無憂，
誰料得到，竟是將她拉進一連串驚心動魄的旅程……
易飛身為靖王身邊的得力護衛，什麼江湖高手沒見過？
誰知一個看似無害的姑娘，竟讓他有如臨大敵的感覺。
易飛覺得安芷萱很可疑。「她一路跟蹤我們，神出鬼沒。」
好夥伴喬桑狐疑道：「可是她沒有內力，也沒有武功。」
安芷萱趕緊附議。「我是無辜的。」
易飛認定這姑娘有問題。「她掉下萬丈深淵，竟然沒死。」
軍師柴子通捋了捋下巴的鬍子。「丫頭，妳怎麼說？」
安芷萱回答得理直氣壯。「我吉人自有天相，大難不死！」
一旁的護衛們交頭接耳，還有人說她是東瀛來的忍者……
安芷萱抗議。「怎麼不說我是仙子？」
靖王含笑道：「小仙子是本王的救命恩人，不可無禮。」
安芷萱眉開眼笑。「殿下英明。」
易飛冷笑，一雙清冷眉目瞪著她。妳就裝吧，我就不信查不出妳的秘密！
安芷萱也笑，回瞪他。你就查吧，看我怎麼玩你！

2022年10月出版

撿到潛力股相公

文創風 1109～1110

她當機立斷，花幾個銅板擬好婚書就把自己給嫁了，
而現成的相公正是那個她救回家養傷的瘦弱少年郎！
雖然至今昏迷不醒，但她已認出他是誰，這樁婚事將來穩賺不賠……

大力少女幫夫上位／晏梨

不速之客上門認親，聲稱她是工部陸大人失散的親生女，蕓娘反應出奇冷淡，
毫不猶豫關門送客，對那官家千金所代表的富貴榮華無動於衷！
開什麼玩笑，誰說認祖歸宗才有好日子過？
重活一世，她已不稀罕當那個被自家人欺負、最終短命而亡的柔弱千金，
姑娘有本事自力更生，憑著養父留下的殺豬刀，以及天賦異稟力大如牛的能耐，
當村姑賣豬肉何嘗不是好選擇？小日子勢必比悲摧的前世過得有滋有味～～
只是本以為裝傻能阻絕陸府的騷擾，怎料事情沒這麼簡單，煩心事接二連三，
無良大伯還來摻一腳，籌謀著想把她賣給隔壁村的傻子當媳婦，
想來她得先下手為強把自己嫁了，名義上有了夫婿，看以後誰還敢算計她！
好在身邊有個最佳的相公人選，正是她從雪地裡救回的落魄少年顧言，
雖說他有傷在身至今昏迷不醒，但已花了她不少銀兩及心力救治，
也該是他「以身相許」回報的時候了……

人生若只如初見，何事秋風悲畫扇／不繫舟

2022年10月出版

一妻當關

一賠二十的賭注，她是唯二押了六元及第的人，
另一個是她閨密，看她面子意思意思押了一百兩而已，
為什麼她敢玩這麼大？因為她下注的那人是她夫婿啊！
自個兒的男人她不挺，誰挺？
更何況，他的實力她是知道的，那是妥妥的殿試一甲啊！

文創風 1111 1

要不要這麼驚險刺激啊？沈驚春才穿來，就面臨再度領便當的逃命大戲！
原來原身是宣平侯府的假千金，當年被抱錯了，與正牌大小姐交換了身分，
如今真千金回府認親了，她這個本來就不得侯夫人疼愛的狸貓只得滾蛋，
不料那個送她返回沈家的侯府護衛，在途中竟想對她來個先姦後殺！
想當初她一路廝殺，連喪屍都不怕，而今又怎會怕他區區一個人類？
沒想到順利返家還沒認親呢，一進門就先看見她一家子被其他房的人欺凌，
而那被壓在地上打得鼻青臉腫的男人，竟跟她末世的親哥長得一模一樣！
親哥當年為了救她而喪命，莫非也早她一步穿來了？但……穿成個傻子是？

文創風 1112 2

老實說，沈家這些便宜親人她幾乎都不認識，要說多有愛那是睜眼說瞎話，
但打誰都行，獨獨要打她沈驚春的哥哥，得先問過她的拳頭！
如今的當務之急是想辦法攢錢治好傻哥哥，確認他和末世的親哥是不是同一人？
不過一下子拿出許多這世間沒有的種子太惹眼了，先種玉米就好，
待玉米豐收後，她又種起了辣椒，沒辦法，她這人嗜辣成癮、無辣不歡啊！
之後還有關乎百姓穿得暖的棉花、讓貴族們求之不可得的茶葉要種，
想想她一個農村姑娘卻擁有種啥皆可長得無比厲害的木系異能，
這不就是老天賞飯吃，要讓她妥妥地邁向致富之路嗎？

文創風 1113 3

這日，力大無窮的沈驚春上山想尋找些珍貴木材好砍回家做木工活，
哪知樹沒找到多少，卻在一座孤墳前撿了個發燒昏迷的漂亮男子回家，
經沈母一說，她才知道男子叫陳淮，是個身世坎坷、孤苦無依的讀書人，
留他在家養病的日子，他可能感受到了家庭的溫暖，竟自願嫁她當上門女婿！
但婚後她意外發現他身上明明有錢啊，那幹麼把自己過得這麼窮苦潦倒？
一個才學過人、顏值沒話說、身上又有錢的男子，為何甘願當贅婿？
莫非……他對她一見鍾情？嗯，這倒也不是不可能，
畢竟她這人雖貌美如花又武力值極高，偏偏腦子還挺好使的，誰能不愛呢？

文創風 1114 4 完

世上人無奇不有，比如這位嘉慧郡主就是奇葩中的奇葩、瘋子中的瘋子，
仗著皇帝外祖父的寵愛，即便死了兩任丈夫就沒再嫁人，宅中卻養了極多面首，
本來嘛，人家脾氣驕縱又貪戀男色跟她沈驚春也沒啥關係，
但壞就壞在瘋郡主這回瞧上了她家陳淮，丟出十萬兩要她主動和離啊！
先不說陳淮是個妻奴，更是妥妥的殿試一甲，未來官路亨通、前途無量，
光說她自己那就是臺印鈔機啊，才十萬兩而已，她自己隨便賺就有了！
不就是背後有靠山才敢這麼囂張嘛，她後頭撐腰的人來頭可也不小好嗎？
有她這個妻子當關，任何覬覦她夫婿美色的鶯鶯燕燕都別想越雷池一步！

文創風 1133

金匠小農女 3 完

國家圖書館出版品預行編目資料

金匠小農女 / 藍斕著. --
初版. -- 臺北市 : 狗屋出版社有限公司, 2023.01
冊 ; 公分. --（文創風 ; 1131-1133）
ISBN 978-986-509-392-1（第3冊 : 平裝）. --

857.7　　111020567

著作者	藍斕
編輯	張蕙芸
校對	沈毓萍
發行所	狗屋出版社有限公司
地址	台北市104中山區龍江路71巷15號1樓
電話	02-2776-5889～0
發行字號	局版台業字845號
法律顧問	蕭雄淋律師
總經銷	知遠文化事業有限公司
電話	02-2664-8800
初版	2023年1月
國際書碼	ISBN-13　978-986-509-392-1

本著作物由北京晉江原創網絡科技有限公司授權出版

定價280元

狗屋劃撥帳號：19001626

網址：love.doghouse.com.tw　E-mail：love@doghouse.com.tw